Michael Sailer • Belästigungen

AF223274

Edition BOD

Über den Autor:

Michael Sailer, 1963 in München geboren, lebt daselbst; ist freier Autor, Kritiker, Journalist, Redakteur, Musiker, Übersetzer, Photograph, Spaziergänger und dies & das. 2001 wurde er mit dem »Schwabinger Kunstpreis« ausgezeichnet. Neben bislang vier Bänden mit gesammelten Kolumnen Beiträge für diverse Zeitungen und Zeitschriften sowie vielerlei Anthologien.

Aktuelles und vieles mehr findet sich im Internet unter: www.michaelsailer.de. Zuletzt auf Tonträger erschienen: »Everything Is So Beautiful« (mit DEAD CITY RADIO,2003) sowie »Was kommt!« (mit V2 SCHNEIDER, 2004).

Über das Buch:

Michael Sailers »Belästigungen« erscheinen vierzehntägig im Stadtmagazin »IN MÜNCHEN«, dem Kultblatt Münchens. Was aus Sailers Feder fließt ist ein globalverständliches Denkgewitter, das auch Münchenferne genießen können. Mit geschliffener Sprache, klugem Witz und zynischer Schärfe zieht Michael Sailer über die Dumm- und Blödheiten zwischen Alltag und Weltpolitik her. An den schonungslosen Bösartigkeiten (das ist ein Synonym für Wahrheiten), mit denen Sailer um sich wirft, muss einfach jeder Freude haben. In diesem Band sind die erfolgreichsten und besten »Belästigungen« der letzten Jahre zusammengefasst.

Michael Sailer

Belästigungen

Kolumnen und Satiren

Edition BOD

Bücher für Entdecker
Die Books on Demand GmbH bietet Autoren durch die Zusammenführung von neuer Drucktechnologie und klassischen Vertriebswegen eine moderne Verlagsplattform zur Veröffentlichung ihrer Werke. Viele Debütanten, etablierte Autoren und engagierte Verleger nutzen den Publikationsservice von Books on Demand und bereichern den Buchmarkt mit vielfältigen und individuellen Titeln. Mit der »Edition BoD« hat BoD eine Reihe ins Leben gerufen, in der herausragende Neuerscheinungen einen besonderen Platz finden. Monatlich wird in der Reihe ein »Buch des Monats« präsentiert. Lesen Sie selbst, welche Entdeckungen das Programm von Books on Demand möglich macht.

Mehr Infos auch auf www.bod.de.

Die meisten Beiträge in diesem Buch sind den Bänden »Eure Armut kotzt mich an. Belästigungen 1-30« (2000), »In Wahns Welt. Belästigungen 31-60« (2002), »Einladung zur Enthirnung. Belästigungen 61-100« (2003) sowie »Der Untergang des Laberlandes. Belästigungen 101-166« (2005) entnommen. »Die wundersame Wiederkehr der Katzenschrulle« und die Reportage »Konsumdrill unter Fettdampfwolken erscheinen erstmals in Buchform.
Die beiden Folgen aus der Serie »Schwabinger Krawall« wurden zuerst auf den Münchner Seiten der FRANKFURTER ALLGEMEINEN SONNTAGSZEITUNG gedruckt und werden in naher Zukunft mit etwa fünfzig weiteren ein Buch füllen. Seit der Abschaffung der Münchner Seiten im Sommer 2003 (auf Geheiß von Roland Berger) ist die Serie alle paar Wochen auf der »Wahrheit«-Seite der TAGESZEITUNG zu lesen.
Die Serie »Belästigungen« erscheint vierzehntägig im Stadtmagazin IN MÜNCHEN, einige Texte entstammen anderen Zeitungen. Quellen abweichender Erstdrucke und Erscheinungsdaten sind jeweils am Ende der Texte vermerkt.
Alle Texte (auch die bislang unveröffentlichten) wurden für die vorliegende Buchausgabe durchgesehen, überarbeitet (aber nur an wenigen Stellen aktualisiert) und stellenweise behutsam gekürzt.

Kursive Textstellen sind Originalzitate aus Druckwerken.

erstmals erschienen im Sommer 2005
Herstellung & Verlag: Books on Demand GmbH, Norderstedt
© 2005 by Michael Sailer
www.michaelsailer.de
ISBN 3-8334-3361-2

Inhalt

Der Umweg ist das Ziel!
(eine Art Vorwort)

Ein bißchen Komödie ist ganz schön,
aber Sie sollten nicht zu weit weggehen vom Bahnhof
– sonst fährt das Drama ohne Sie weiter.
Vladimir Nabokov

Neulich sagte jemand: »Wenn du nicht immer so furchtbar weit ausholen würdest, dann täte deine Geschichten vielleicht auch mal jemand lesen!« Ich lächelte ein bißchen, weil man das tut. Gesagt habe ich nichts, weil ich dann ja wieder so furchtbar weit ausholen hätte müssen, und am Schluß, wenn man fertig ist, sagen alle: »Das hätte man auch kürzer sagen können!« Es hilft nichts.

Weit ausholen muß man, weil einen sonst keiner versteht. Zum Beispiel diese modernen Buntblättchen, die an den Kiosken hängen: Da ist alles ruckzuck erklärt; die versteht niemand. Deshalb kauft sich jeder gleich noch ein zweites. Vergeblich.

Außerdem ist es ja so, daß auch die Menschheitsgeschichte entsetzlich lang ist (außer für den lieben Gott und Methusalem) und furchtbar weit ausholt. Wie soll man die kurz erläutern? Nehmen wir nur mal die Sache mit diesen verkehrstechnischen Dingen. Die geht in etwa so: Es war einmal ein König, der ließ sich gerne durch sein Land tragen, zum Beispiel um den Zehnten einzusammeln. Er hätte auch gehen können, aber dazu war sein Land zu groß. Da hätte es immer irgendwo ein paar Leute gegeben, die gesagt hätten: »Was? Ein König? Den haben wir hier noch nie gesehen, also geben wir ihm auch keinen Zehnten, sondern gründen selbst ein Land und wählen unseren eigenen König!« Wenn alle Könige zu Fuß gegangen wären, gäbe es heute in Europa sechzigtausend Länder oder noch viel mehr, und daß das nicht gut ist, versucht uns Josef Fischer seit seinem Amtsantritt zu erklären.

Weil es dem König auf die Dauer zu dumm wurde, daß er beim Getragenwerden immer anhalten mußte, wenn er etwas essen oder trinken oder sich die Zehennägel schneiden lassen wollte, ließ er sich eines Tages einen Kasten bauen, in den er sich setzte. Da nahm er Kuchen, Wein und seinen Nagelschneidelakai mit hinein

7

und hatte so ganz nebenbei auch noch den Komfort erfunden. Nur eines wurmte ihn: Seine Fabrik für chemische Kampfstoffe und Arschmedizin stand nutzlos in der Landschaft herum, weil keiner drin arbeiten wollte. Die Leute saßen lieber vor den Häusern, aßen ihr Brot und erzählten sich lange, weit ausholende Geschichten, während sie in die Abendsonne blinzelten.

»Geht doch in meine Fabrik und arbeitet!« schlug der König vor. »Dann könnt ihr euch auch eine Sänfte leisten und müßt nicht zu Fuß gehen!« Aber die Leute waren nicht auf der Brennsuppe dahergeschwommen, sondern antworteten mit gebührendem Respekt: »Nein danke. Wer soll uns denn tragen, wenn wir alle eine Sänfte haben?«

Da ließ der König das Rad und den Motor erfinden und brauste in einem Höllentempo durch sein Land. Das imponierte den Leuten doch mächtig. Ein Auto wollten sie auch haben. Also gingen alle brav arbeiten, kauften sich ein Auto und erfanden den Stau. In dem standen sie dann täglich, popelten in der Nase, ließen sich von Radio Charivari verblöden und überlegten, was man ändern könnte.

Es stellte sich heraus, daß zwei Räder viel schmaler als ein Auto sind. Und wem das nicht genügte, der ließ den Motor auch noch weg und war ganz begeistert von dem neuen Freiheitsgefühl. »Endlich wieder frische Luft atmen und den Kopf in der freien Natur!« sagte man und ließ Radwege bauen, um dem stinkenden Stau ganz zu entkommen.

Ein paar Fußgänger waren übrigens übriggeblieben. Die wurden von der wild vor sich hin boomenden Fortbewegungsindustrie schief angesehen, weil sie sich weigerten, ihre Produkte zu kaufen. »Kauft euch doch ein Auto, ein Mofa oder ein Rad, dann könnt ihr auch fahren!« sagte die Industrie, aber die Leute, die keine Garage und keinen Keller hatten, antworteten: »Und wo sollen wir das Ding dann abstellen?« Ein verschrobener Professor mit weißem Bart und Holzsandalen meinte, die Leute gingen deshalb zu Fuß, weil sie keinen Sinn darin sähen, sich zu beschleunigen. »Wo sollten sie denn so schnell hin?« fragte er rhetorisch. Das war Blödsinn, denn schnell sein will der Mensch

8

von Haus aus, noch mehr als laut und dumm, und deshalb kam die Industrie eines Tages auf die Idee, Schuhe mit Rädern zu erfinden. Die konnte man nicht nur notfalls unters Bett stellen, sondern man war nun auch noch viel schneller, weil man schon vom Bett zur Haustür fahren konnte und dabei so in Schwung geriet, daß man draußen wie eine gesengte Sau losdüste. Das war toll! Autos und Radfahrer würden schon irgendwie ausweichen.

Das taten sie aber manchmal nicht, und so füllten sich die Krankenhäuser mit überfahrenen und vor Wut verprügelten Rollschuhfahrern, was dem König nicht gefallen hätte, wenn man ihn nicht inzwischen durch eine Demokratie ersetzt gehabt hätte. Die machte sich Sorgen, denn viele Leute konnten nicht arbeiten gehen, weil sie monatelang in den Krankenhäusern herumlagen. Zu den Rollschuhfahrern gesellten sich dort viele Radfahrer – weil die Autofahrer in ihrem gerechten Zorn beschlossen hatten, die auch gleich zu ignorieren – und Autofahrer, die einfach so ganz von alleine verunglückt waren. Also beschloß die Demokratie, daß fortan alle Radfahrer einen Helm zu tragen hätten. Die Rollschuhfahrer blieben zunächst verschont, doch nach einiger Zeit verordnete man auch ihnen Kopf-, Arm- und Beinschoner. Wenn man die mit ein paar Stangen verbindet, hat man praktisch schon eine Karosserie, in der man zudem prima sitzen, essen, trinken und telephonieren kann, und so wurde das Auto ein zweites Mal erfunden, nur daß diesmal die Räder an die Füße geschraubt wurden. Das ist alles sehr logisch, gell?

So. Und jetzt mal ganz ehrlich: Wenn ich geschrieben hätte: »Eines Tages werden die Leute die Räder von ihren Autos runterschrauben und sie an ihren Schuhen befestigen, weil das sehr logisch ist«, dann hätte doch bestimmt jeder gesagt: »So ein Blödsinn! Das verstehen wir nicht!« Also ist auch diese Geschichte wieder furchtbar lang geworden; aber die paar, die mir bis hierher gefolgt sind, die haben dafür eine ganze Menge gelernt, oder?

(geschrieben von Spätsommer 2000 bis 21. Januar 2001, wegen schicksalhafter Überlänge nie erschienen; gedruckt in »Der Untergang des Laberlandes. Belästigungen 101-166«)

Einige grundsätzliche Bemerkungen

Für auftretende Belästigungen bittet die Stadt München im Rahmen ihrer Straßenbauarbeiten um Verständnis. Oder Entschuldigung. Oder Nachsicht. Ich weiß es nicht, und anstatt mich zu fragen, ob nichtauftretende Belästigungen wirklich Belästigungen sind (so wie man sich Gedanken machen könnte, ob es Gedanken gibt, die sich niemand je gemacht hat), will ich lieber feststellen, daß es für Belästigungen, gleich welcher Art, weder Entschuldigung noch Nachsicht geben kann. Und Verständnis schon gar nicht. Noch lieber sollte man Nachforschungen anstellen: Warum belästigt man uns eigentlich andauernd?

Warum sucht sich jeder, der am Sonntagmorgen um sieben Uhr seinen Schlüssel nicht dabei hat, immer unseren Klingelknopf aus, um ins Haus zu kommen? Warum muß er unseren schlaftauben Ohren dann auch noch eine steindumme Geschichte erfinden, weshalb er seinen Schlüssel vergessen hat MÜSSEN? Warum erscheint jedes Jahr rechtzeitig vor Weihnachten ein »neues Album« von wahlweise Tina Turner, Phil Collins, Prince oder Joe Cocker? Und warum kommen gerade dann, wenn man feststellt, wie sehr einen das blöde Verdummungsgerocke der vier belästigt, alle vier gleichzeitig »auf Tour«?

Was uns von Maschinen unterscheidet, sagt Che Guevaras einstiger tapferer Kampfgefährte Regis Debray, ist die Tatsache, daß wir sterben. Das mag sein. Aber warum haben dann gewisse Maschinen, etwa Aufzüge, Computer, Autos, Zigarettenautomaten, immer dann, wenn man sie mal braucht, nichts besseres zu tun als zu sterben? Im übrigen haben amerikanische Wissenschaftler schon vor Jahren festgestellt, daß das menschliche Gehirn im Prinzip unsterblich sein oder zumindest ein paar tausend Jahre leben könnte, wenn der Körper nicht vorher unter der Last dauernder Belästigungen zusammenbrechen würde.

Warum also schaffen wir uns Fernseher an, die uns dann mit einer Flut von Belästigungen (allen voran »TV-Filme« über »Serienmörder« und »Kinderschänder«, ZDF-Krimis, Talkshows mit Campino, Nachrichten über Dinge, die uns gar nichts angehen, blöd grinsende »Lottofeen«, impertinent dreist verlogene Politikerfressen, nicht zu einem einzigen annehmbaren Satz fähige Fußballreporter und dauernde Kauf- und Verhaltensbefehle) dem Grab täglich ein paar Dutzend Jahre näherbringen? Weil wir es lieben, zu leiden? Irrtum, diese fromme Beschäftigung sollte eigentlich den Christen vorbehalten sein, die sich aber damit auch nicht begnügen und uns ständig mit dümmlichem Frohgrinsen und hinterhältigen Fragen belästigen.

Warum wählen wir Politiker, die einige der wenigen erträglichen Menschen aus unserem Land deportieren lassen, damit den Zinsgewinnern mehr Geld bleibt, um darin zu ersticken? Warum kaufen wir uns moderne Lebensmittel, die schmecken wie entaromatisierte Katzenscheiße mit aufgeweichten Tempotaschentüchern? Warum trinken, rauchen, schnupfen und injizieren wir jeden Abend alles mögliche Zeug in unseren Körper, wo wir doch wissen, wie grausam, verhustet, erbärmlich und zittrig das todsehrähnliche Erwachen am nächsten Mittag sein wird? Oder warum zum Teufel kaufen wir Phil-Collins-Platten?

Man hat uns früher in der Schule erzählt, daß sich irgendwo im Norden Europas jedes Jahr große Herden einer besonders dummen Nagetierart versammeln, um den sonnigen Nachmittag damit zu verbringen, sich von Klippen ins Meer zu stürzen und darin zu ersaufen, und daß sie deshalb Lemminge heißen. Das war ein einleuchtendes Beispiel sowohl für die Atomkriegsverhinderer, die damit das Verhalten des ungebremsten Massenmenschen vornehmlich nordamerikanischer und westeuropäischer Herkunft mahnend erklären konnten, als auch für unsereinen, der immerhin feststellen konnte, daß es dem Menschen offenbar genetisch veranlagt ist, sich durch ständige Belästigung erst um Verstand und Würde und dann ums Leben zu bringen.

Jetzt weiß ich, daß die Geschichte gar nicht stimmt. Die Nagetiere gibt es, und sie werden auch manchmal weniger, aber kein Mensch hat je auch nur eines davon ins Meer springen gesehen.

Dafür habe ich neulich im Fernsehen einen Pornodarsteller gesehen, der gerade einen seiner gymnastischen Arbeitstage absolvierte: rein, raus, rein, raus, Szenenumbau, rein, raus, rein, raus. Nur schade, daß ihm sein Arbeitsgerät alle fünfzehn Minuten zusammenschmolz und aussah wie ein Oktoberfest-Luftballon kurz nach Ostern. Überarbeitung, entschuldigte er sich. Jeder Stoß verursache ihm Schmerzen. Pech.

Ich meine, der Mann hat einen Beruf, von dem 200 Trillionen deutsche Ehemänner Tag und Nacht träumen, aber ausüben kann er ihn nur unter quälenden Schmerzen. Ähnlich muß es Phil Collins, Tina Turner, Prince und (ganz offensichtlich) Joe Cocker gehen. Schrecklich. Man möchte sich entschuldigen, in die nächste dieser CD-Bestseller-Stapelhallen gehen, die sich heute Plattenläden schimpfen, und ihre Platten erwerben, um die Ärmsten mit noch mehr Geld zu trösten.

Aber wir tun das nicht wirklich, weil uns zehn Meter davor zum Glück doch noch einfällt, daß es uns und allen anderen ja genauso geht: Wir quälen, prostituieren und richten uns zugrunde mit Sachen, die keiner braucht und die die meisten nur belästigen. Wer wäre nicht schon mal auf einer dieser unsäglichen »Partys« einem Millionär begegnet, der einem nach dem dritten Glas »Sekt« gesteht, daß er sein Geld damit verdient, Dreck herstellen zu lassen, den die anderen mit viel Steuergeld wieder von den Straßen fegen lassen müssen. Kaugummispielzeug zum Beispiel. Oder Getränkedosen. Autos. Phil-Collins-CDs. Sollen wir »Mitleid« mit dem Kerl haben oder ihm den Besen selber in die Hand drücken?

Irgendwelche Esoteriker glaubten einst, es sei die Suche nach kollektiver Harmonie, die Menschen dazu treibt, zusammenzuleben (und dafür stinkende Großstädte zu bauen). Wolfgang Sofsky hat vor kurzem erklärt, daß es Gewalt und die Angst davor seien, die uns das tun lassen. Ich stelle fest: Wir wollen und müssen uns gegenseitig belästigen, und deshalb suchen wir uns andere Menschen, mit denen wir das tun können. Das ist so. Weil wir Menschen sind, übrigens. Bäume belästigen sich nicht.

(Dezember 1996)

12

Kommunikation! Zukunft! Aargh!

Neulich wollte ich einen Zug erreichen.

Nein, so kann man das nicht anfangen, man hat schließlich seine Verpflichtungen. Selbst geschaffen, aber bindend:

Bislang dachte ich, die verachtungswürdigste aller vorstellbaren Belästigungen wäre die Beschallung öffentlicher Gebäude (und neuerdings: Plätze) mittels »Phil Collins« und ähnlichem ...

Unterbrechen wir den Satz hier kurz, um eine Frage zu diskutieren, die sich dem aufmerksamen Leser dieses Buchs bei Gelegenheit vielleicht schon mal gestellt hat: Was ist das eigentlich mit Phil Collins? Was hat der Mann, was andere nicht haben? Und: Gibt es tatsächlich etwas »Ähnliches« wie Phil Collins? Oder vielleicht lassen wir das besser, es führte uns möglicherweise auf Abwege.

Es geht jedenfalls noch schlimmer. Das bemerkte ich recht ruckartig, als ich neulich durch den Münchner Hauptbahnhof eilte, um einen Zug zu erreichen (was eigentlich relativ leicht geworden ist, seit die Deutsche Bahn auf bedingungslosen Service setzt, hunderte von Millionen dafür ausgibt, daß der Passagier demnächst zehn Sekunden früher in Nürnberg oder sonstwo ist, und seit aus irgendwelchen damit zusammenhängenden Gründen alle Züge generell zu spät kommen) – um also einen Zug zu erreichen, eilte ich durch den Bahnhof und prallte in eine Menschengruppe, die mitten in der Halle offensichtlich festzementiert war. Bei genauerer Betrachtung erkannte ich, daß die Verblödung des mitteleuropäischen Menschen mittlerweile ein nicht mehr vorstellbares Maß erreicht hat: Da standen Menschen (und nicht wenige) an einem der ungemütlichsten »Plätze« zwischen Grönland und Kap Hoorn, reckten ihre Köpfe und sahen sich auf einer zu unerfindlichen Zwecken eingerichteten Riesenleinwand Reklame für Joghurt und Weihnachtsmüll an. Ich möchte am liebsten den ganzen Satz noch einmal wiederholen, damit man ihn auch wirklich liest und begreift: Da standen ...

Nein, aber im Ernst: Wer kann sich Unangenehmeres vorstellen als Menschen, die ungefragt irgendwo auf der Straße auf einen zukommen und loslegen: »Nachdem meine Mutter mir dann die Pfannkuchen aufgewärmt hatte, legte ich mich aufs Sofa! Ich meine, ich legte mich wirklich aufs Sofa!«?

Ich: Menschen mögen lästig sein, aber wenn sie und ihr Gebrabbel und Gequassel über Beschallungs- UND Belichtungsgeräte UNVERLANGT in die Allgemeinheit gemüllt werden, ist der Punkt erreicht, an dem geschossen werden kann.

Zu den befriedigendsten Dingen im Leben – so wir uns denn darauf verständigen wollen, daß etwas »befriedigender« sein kann als etwas anderes – zu diesen Dingen gehört die Rache am Objekt. Wer hat nicht schon einmal folgende Situation erlebt: Der Briefkastenschlüssel paßt mal wieder nicht richtig, aber je fester man ihn in sein Loch hineinzustöpseln versucht, desto weiter beugt man sich vor – Nuancen nur, aber das genügt, um das Fahrrad aus der Balance zu bringen. Das Rad vollführt einen halben Kreisschritt, die Einkaufstüte mit den gläsern verpackten Viktualien wird unruhig, die linke Hand will sie packen und stößt sie damit zu Boden, das Rad fällt drauf, durch die ruckartige Bewegung bricht der Briefkastenschlüssel ab, und drinnen in der Wohnung hört man sehr dringend das Telephon klingeln. Was kann in solchen Momenten schöner sein, als dem ganzen Haufen von Draht, Blech, Scherben und sonstiger Materie einen gezielten, völlig unkontrollierten Tritt zu verpassen? Wie ein Veitstänzer darauf herumzuspringen, bis auch das letzte kleine Rädchen und Döschen unbrauchbar geworden ist? Schreiend zur Hacke zu greifen und das ganze Haus abzureißen?

Natürlich, solche Anfälle sind ein typisches Charakteristikum von Überflußgesellschaften: Wer zuviel hat, trachtet unbewußt danach, redundante Produkte und Waren zu vernichten. Das macht aber gar nichts, denn tun läßt sich dagegen nichts (außer sich zu beherrschen, und wer das tut, kriegt Magenkrebs), also randalieren wir fröhlich weiter, wenn uns die Physik der Gegenstände mal wieder narrt. Wer hat noch nie einen Fernseher mit dem Schuh bearbeitet, nachdem sich zum dreizehnten Mal das Programm genau in dem Moment in rauschendes Schneegestöber verwandelt hat, wo man sich eben wieder aufs Sofa hat fallen lassen? Wer hat noch nie einen Kassettenrecorder an die Wand geworfen, der, nachdem man vierzehnmal das Gehäuse aufgeschraubt und alle Einzelteile mit dem Schraubenzieher zärtlich geklopft hat, immer noch eiert?

Kassettenrecorder und ihre nächsten Verwandten aus der Hifi-Familie sind überhaupt unheimliche Gegenstände: Man hat irgendwie immer das Gefühl, sie gar nicht richtig kennenzulernen. Sie nutzen sich nicht ab und verraten uns nichts über ihre Funktionsweise. Man stellt sie in die Wohnung, sie spielen ein paar Jahre lang Musik, ehe mit einem plötzlichen Knacken alles vorbei ist. Dann stehen sie jahrzehntelang im Keller, ohne sich äußerlich zu verändern. Oder kennt jemand jemanden, der schon mal ein Hifi-Gerät in die Mülltonne geworfen hat?

Telephone sind ein bißchen anders: Erstens nützen sie sich ab, zumindest wenn man wie ich fünfzehnmal am Tag über das Kabel fällt und erstaunt beobachtet, wie das Telephon umgehend aus irgendeinem Zimmer geflitzt kommt, um irgendwohin zu knallen. Zweitens haben sie keine Funktion, außer Kassetten zu füllen. In dieser Sekunde sind circa zehn Millionen Menschen in näherer Umgebung damit beschäftigt, eine sogenannte »Nachricht« zu hinterlassen: »Hallo Peter, ruf mich bitte zurück!« Dahinter steckt irgendein düsterer urzeitlicher Atavismus, denn falls tatsächlich mal jemand »zurückruft«, führt dies nur zu einer neuen »Nachricht«: »Hallo, hier ist Peter, ich habe zurückgerufen. Ruf mich bitte wieder zurück.«

Seit es Anrufbeantworter gibt, hat kein Mensch mehr mit einem anderen gesprochen. Möchte man meinen, aber ganz so ist es auch nicht. Gesprochen wird. Überall, ständig und ganz unabhängig davon, ob man sich das kulturpessimistische Hörrohr ins Ohr steckt und den Unterschied zwischen Sprechen und Reden diskutieren möchte. Alles eins, sage ich: Gewäsch nämlich.

Da hat das Telephon gegenüber traditionelleren Medien (etwa dem Küchentisch) entscheidende Vorteile: Man kann schon vor dem Zähneputzen am Morgen loslegen, ganztägig durchplappern, ohne sich zu bewegen, ja, die moderne Zeit macht es inzwischen sogar möglich, an jenen neunzig Prozent aller Orte, die bislang telephonfrei waren, Sätze wie diese von sich zu geben: »Ja, bin jetzt am Bahnhof. Jetzt fahre ich zum Flughafen. Ja, Paß hab ich dabei. Gebe mein Gepäck auf. Ich dich auch. Bin beim Einchecken. Du, muß aufhören, wegen diesem blödsinnigen Verbot an Bord. Ruf dich an, wenn ich gelandet bin.« Dann geht's weiter: »Bin gelandet, gehe jetzt mein Gepäck holen und dann zur S-Bahn. Ich dich auch. Jetzt bin ich in der S-Bahn ...«

Und so weiter bis zur Vergasung. Nicht genug, daß die Heerscharen von Volltrotteln, die dieses Land bevölkern, vor einigen Jahren damit begonnen haben, ihr Leben zu verdoppeln, indem sie pausenlos mit Videokameras rumlaufen und alles aufnehmen, was sie früher selbst sehen mußten. Jetzt müssen sie auch noch ununterbrochen irgendwem erzählen, was sie gerade tun. Angeblich tun, denn vorstellen kann man sich auch den Wirtschaftssack, der im Hotel in seiner Sekretärin rumrammelt und dabei ins Telephon schwätzt: »Ja Schatz, Müller ist auch da. Wir gehen jetzt zum Konferenzsaal. Wird ein langer Abend. Ich ruf dich dann an, wenn ich komme, äh. Ich dich auch.«

Solange es noch keine handlichen Fernsteuerungen gibt, mit denen man die Dinger per Knopfdruck sprengen kann, bleibt uns anderen nur die Flucht. Aber wohin? In Flugzeuge? Teurer Spaß. In Konzertsäle? Auch nicht ideal: Erstens besteht die Gefahr, dort Phil Collins zu begegnen, zweitens habe ich mir sagen lassen, daß vor einiger Zeit ein schwerchristlicher Rockstar auf die Idee gekommen ist, auf der Bühne mit irgendwelchen Prominenten zu telephonieren. Das ist zwar immer noch angenehmer als die eigentlich näherliegende Idee, auf der Bühne ein Klo zu installieren, damit Bruce Springsteen seinen Fünfstunden-Heulmarathon auch dann noch abziehen kann, wenn er das Alter der Inkontinenz erreicht.

Andererseits fällt mir gerade auf, daß ich mein Thema aus den Augen verloren habe. Fassen wir daher kurz zusammen: Kommunikation – Belästigung – Fußtritt. Und schreiben wir uns das hinter die Ohren.

(Juni 1997)

Eine kurze Geschichte der Verwahrlosung

Maschinen sind nützlich: Sie helfen uns bei der gemütlichen Verwahrlosung. Ein zufällig herausgegriffenes Beispiel: Bislang oblag es den Fahrern der Münchner Trambahnen, zwischen zwei Haltestellen den Namen der nächsten durch ein Vorkriegsmikrophon im Wagen zu verbreiten. Weil die Mundfäule, oder sagen wir: Mundfaulheit mancher Fahrer dazu führte, daß schließlich nur noch »Näste Ratze« (nächste Haltestelle Ratzingerplatz), »Znptz« (Hohenzollernplatz) oder »Stalt Gwalt« (nächster Halt Grünwald) zu hören war, beschloß ein schlauer Techniker, von einer Frauenstimme ein Band mit den Namen aller Münchner Haltestellen besprechen zu lassen. Nun, ihrer vorvorletzten Aufgabe beraubt, verwandeln sich die Fahrer vollends in Brotlaibe, die jemand drei Tage im Regen liegengelassen hat.

Ein harmloses Beispiel. Schlimmer ist, was die Computertechnik anrichtet: Ich habe von einem jungen Mann erfahren, der seit sechs Monaten versucht, ein Anwenderprogramm zum Laufen zu kriegen, und in der ganzen Zeit weder das Haus verlassen noch Unterhosen und Socken gewechselt hat. Die restliche Kleidung schon gar nicht, die zieht er gar nicht mehr an. Man kann den armen Kerl auch nicht retten: Sein neues Telephonmodem funktioniert nicht richtig, und Briefe kommen als unzustellbar zurück, weil der Postbote ein empfindlicher Mensch ist.

Musikmaschinen sind auch nicht besser. Legt man eine der phantasievoll gestalteten Platten auf, die herauskommen wie Ameisen, wenn man auf ihren Haufen pinkelt, dann sieht man regelrecht vor sich, wie sie entstanden sind: Jemand drückt auf einen Knopf, und es macht buff-zisch-bubuffbuff-zisch. Irgendwann ertönt die genormte Stimme einer Soul-Frau, die »Take me up!« verlangt, und der Hörer stellt mit einem Blick auf die Uhr fest, daß Bob Dylan inzwischen drei Jahrhunderte amerikanischer Geschichte in Einzelschicksalen erzählt hätte. Nicht daß das erfreulicher wäre. Dann dämmert einem, daß das Gerede von der unglaublichen Beschleunigung, das die Philosophen in immer kürzeren Abständen auf die Büchertische schleudern, Blödsinn ist. Das einzige, was uns die Technik gebracht hat, ist öde, wüste, leere, dröhnende, ununterbrochene Langeweile. Aufgeschwemmte Trambahnfahrer, schmutzige Yuppies, Musik zum Einschlafen. Das soll die Zukunft sein, die uns Raumschiff Enterprise, Grundig und Helmut Kohl versprochen haben? Da ist mir ja die Vergangenheit noch lieber.

Zum Beispiel durfte ich als Kind noch mit Wasserfarben, Pinsel und Fingern bunte Abbilder meiner Umwelt (oder einfach nur fröhliches Farbgeschmier) herstellen. Heute geben Kultusminister Millionen aus, damit Kindergartenkinder mit Computern ausgerüstet werden, die eine Paintbox-Funktion haben. Da kann man (wenn man von Pädagogen »aufgefordert« wird) mit Tastendruck und »Mausklick« bunte Bildchen herstellen und für ein paar Millionen Mark mehr sogar ausdrucken und mit nach Hause nehmen. Und die Pädagogen wundern sich dann, wieso die Bilder bei allen Kindern gleich aussehen. Und wieso später Deutschlands Städte alle gleich aussehen.

Was passiert eigentlich in Deutschlands Städten? Um das zu erfahren, kann man sich eine dieser Stadt-Illus kaufen, die beim Durchblättern wirken wie ein verrücktgewordener Privatsender bei dem Versuch, alle seine Talkshows (inklusive Bildschirmtext) auf einmal zu zeigen. Da stellt man fest, daß gar nichts passiert, von einer Myriade »Events« abgesehen, wo immer dasselbe geschieht: Menschen stehen rum, werden beschallt, trinken Getränke, tauschen auf dem lärmgedämpften Klo ein paar Floskeln aus und lassen sich Berge von Werbezetteln für die nächsten »Events« in die Taschen stopfen. Sieht man genauer hin, stellt man fest, daß nicht nur in allen Städten die gleichen »Events« stattfinden, sondern: Auch der bunte Mist, der auf den vorderen Seiten der Magazine verzapft wird, ist der gleiche. Models, Mega-Filme, Psycho-Müll, »Rezensionen« von Mega-CDs. Früher nannte man das Gleichschaltung. Heute ist es so attraktiv, daß keiner Besseres zu tun hat, als sich dem vorgegebenen Format bereitwillig und gehorsam anzupassen. So werden wir umflattert von schrillen Heftchen, die alle das gleiche verzapfen. Da muß man ja Drogen nehmen.

Apropos: Von allen mir bekannten Drogen ist der Alkohol die schlimmste. Nicht daß die Wertung einfach wäre: Halboffenen Auges herumschlurfende Antriebslose, die außer der Technik des Tütenrollens und einem Freak-Brothers-Wurscht-Grinsen so ziemlich alles vergessen haben und daher penetrant nach immer den gleichen Telefonnummern, Namen und generellen Anschlüssen fragen, schon vor der Antwort nicken und wieder wegdämmern; unstopbare, schniefende Sprechmaschinen, die mit der Hektik der Verzweiflung und vakuumentleertem Blick noch das uninteressanteste Detail ihres atemlosen Lebensrasens an unserem Ohr vorbei in die Luft brüllen und selbst dann weiterreden, wenn sie alle zehn Minuten aufs Klo hetzen; zuckende Hirnlose, die ihre Hartgummileiber zu paramilitärischem Lärm, der der Genfer Konvention zuwiderläuft, durch vermüllte Straßenzüge karren, nach Liebe und Bewegung schreien und irgendwann entwässert im Rinnstein liegen bleiben; jammernde Junkies, die den ganzen Tag jammern und jammern und jammern und dafür auch noch Geld wollen – jedes einzelne Ergebnis solcher Experimente mit jugendlicher Neugier, Pharmazie und ostasiatischen Benebelungstraditionen ist ein Fragezeichen hinter der Behauptung einer Entwicklung der menschlichen Intelligenz.

Aber nichts geht über das Saufen: Millionen Deutsche schieben sich Tag für Tag in stinkige Stehausschänke, in denen es nicht mal Hunde aushalten (die man deshalb vor die Tür schickt, wo dann Berge von Haufen und Würsten mumifizierter Hundeernährungsexperimente vor sich hin stinken), um sich in einen Zustand zu versetzen, in dem ihnen zunächst alles auf die Nerven geht, in dem sie dann alles ankotzt, in dem sie dann selber kotzen (wovon sie wieder Durst bekommen), um sinnlosen Blödsinn streiten, heimwanken, Frau und Kind krankenhausreif schlagen, die Wohnung zertrümmern, aus dem Fenster grölen, tonnenweise Müll fressen, die dümmsten Fernsehsendungen anglotzen und am nächsten Tag überhaupt nichts mehr wollen, mögen und ertragen. Weshalb der ganze Circus umgehend von vorne anfängt. Etwas Sinnvolleres ist kaum zu denken. Man sollte Maschinen dafür erfinden.

(Juni 1998)

Wir gegen die Welt (den Rest sowieso)

Wenn es der Natur zu bunt wird mit den rosa und braunen Gestalten, die da über ihren Erdball kreuchen und fleuchen, schickt sie wirksame Plagen, um für ordnungsgemäße Dezimierung zu sorgen. Man kennt das: blutrote Flüsse, Heuschreckenschwärme, bitteres Wasser, Würgeengel, Wirbelstürme, Vulkanausbrüche, Erdbeben, Eiszeiten, Seuchen, Springflut und Privatfernsehen. Das hat eigentlich noch immer geholfen; notfalls muß eben ein anständiger Krieg her.

In letzter Zeit ist Mutter Gäa aber offenbar mit ihrem Latein am Ende: Aids, Heroin und Massenmord treffen immer die Falschen, nämlich die, die dem fragilen Kreislauf natürlicher Vorgänge ohnehin keinen großen Schaden beizufügen trachten; die anderen machen munter weiter: Industriekapitäne, »Handy«-Börsianer, Fortschrittsfanatiker und alle möglichen Deregulierer. Das Mittel, das die Natur erfunden hat, um derlei Kroppzeug in die Pfanne zu hauen, ist perfide, aber nicht besonders wirksam: Es heißt Streß, bringt die kalten Herzen zum Zerspringen, überdehnt zerfranste Nerven, durchbohrt tablettenzerfressene Magenwände, läßt ausgemergelte Geldgläubige mit einem letzten Seufzer über mitternächtlichen Bilanzrechnungen erbleichen oder stellt der Autohatz von Termingeschäft zu Termingeschäft einen Baum in den Weg. Hilft aber nicht viel, wie ein kurzer Blick auf das »Fixing in Frankfurt« oder ähnlich widerwärtige Vorgänge in den Akkumulationssekten zeigt.

Deshalb entstand vor einigen Jahrzehnten ein neues Phänomen, das mit dem harschen Begriff »Sport!« etikettiert wurde. Ganz neu war das nicht: Schon die alten Griechen rannten um die Wette, schleuderten in Ermangelung durchbohrungsbereiter Feinde ihre Speere einfach so in die Wiese und warfen auch ganz fröhlich mit Hämmern und Scheiben durch die Gegend. Die hatten aber auch kaum Besseres zu tun: Fabriken und Börsen waren noch weitgehend unbekannt. Zudem widmete man sich mit ebensolcher Ausdauer dem Studium von Musik, Mathematik, Bildhauerei, Philosophie, Staatskunst und anderem unproduktivem Zeitvertreib, während ein Heer von Sklaven dafür sorgte, daß Wein und schwarze Suppe auf dem Tisch stand.

Irgendwann geriet der olympische Geist in Verflüchtigung und sammelte sich erst in unserem Jahrhundert wieder dort, wo er hingehörte: *Würde unsere gesamte geistige Oberschicht einst nicht so ausschließlich in vornehmen Anstandslehren erzogen worden sein, hätte sie an Stelle dessen durchgehendes Boxen gelernt, so wäre eine deutsche Revolution von Zuhältern, Deserteuren und ähnlichem Gesindel niemals möglich gewesen!* tönte das Größte Fliegengewicht Aller Zeiten Ende der zwanziger Jahre in seinem Hauptwerk, das alsbald ein Bestseller wurde.[1] Und ging kurz darauf daran, die Erkenntnis umzusetzen: Rhythmischer Gleichschritt, Motorsport (Disziplin Kettenfahrzeuge), Scheibenschießen (auf bewegliche Ziele), nationaler Ringkampf (Freistil) und der gesamtvölkische Marathonlauf nach Osten traten an die Stelle der *vornehmen Anstandslehren*, die man den Deutschen später mühsam wieder einigermaßen beibomben mußte.

Aber wie so vieles aus jener tausendjährigen Legislaturperiode (man denke nur an den erst heute so richtig verwirklichten Gedanken der Gleichschaltung: Jeder sieht, liest, arbeitet, kauft, ißt und denkt das Gleiche) blieb auch der Sport latent wirksam. Die *vornehmen Anstandslehren* hingegen nicht: Wer sich in Ermangelung rückwärtiger Augen nicht rechtzeitig in den Straßengraben in Sicherheit bringt, wenn die wilden Horden auf allen möglichen Sorten von Rädern daherbrausen, muß sich höchstens noch beschimpfen lassen und die medizinische Wiederherstellung selbst bezahlen. Und untätige Wochen auf dem Sofa damit verbringen, die biblische Plage des deutschen Fernsehens anzustarren.

Übrigens gehört zu den schicken Sachen, die uns die Bewußtseinsindustrie seit vielen Jahren verspricht, um uns bei Laune zu halten, neben anderem Schwachsinn vor allem das interaktive Fernsehen. Wer sich fragt, warum das bis heute noch nichts geworden ist, sollte sich von ein paar falschen Vorstellungen befreien. Von wegen, man könne dann den Ausgang eines Krimis selbst bestimmen, oder den weiteren Verlauf der Entwicklungen

---

[1] Leider konnte die Frage, welche Betätigung genau unter »durchgehendem Boxen« zu verstehen ist, bis heute nicht befriedigend beantwortet werden.

in der »Lindenstraße«. Beides wäre Müll: In ersterem Fall langweilt man sich zu Tode (wenn man überhaupt so blöd ist, den
selbstbestimmten Film bis zum Ende anzusehen) und hat am
nächsten Tag in der Kantine gar nichts mehr zu erzählen.
Zweiteres würde nach etwa zehn Folgen zur Existenz von etwa
hundert Trilliarden verschiedenen Fernsehserien führen, die
gleichzeitig ausgestrahlt werden müßten, um sich am Sonntagabend erneut millionenfach zu verzweigen. Ich freue mich schon
auf die dafür fälligen Gebührenbescheide. Nein, Blödsinn. Inter-
aktives Fernsehen hat, wenn überhaupt, nur da einen Sinn, wo es
schon längst existiert und nur nicht wahrgenommen wird, weil an
den Glotzkisten die Mikrophone fehlen.

Jeder, der schon mal während einer Fußballübertragung eine
Vorstadtkneipe betreten hat, kennt die Situation: Ein Spieler fällt
über ein fremdes (oder das eigene) Bein, und sofort bricht ein
vielkehliger Sturm der Entrüstung los: »Foul! Drecksau! Platzverweis!« Stellen wir uns nun folgendes vor: Lokalderby, Günther
Koch kommentiert, beim Stande von 2:0 für 1860 bekommt
Bayern den üblichen herausgeschundenen Elfmeter zugesprochen.
Gerade will der gute Günther einräumen, daß man den schon
pfeifen kann, da erhält er eine Meldung aus der Sendezentrale,
wo drei schlagartig ertaubte Redakteure in einem Inferno aus
»Schwalbe! Drecksau! Platzverweis!«-Interaktivität sitzen: 53
Prozent für »unberechtigt«. Schnurstracks wird der Kommentar
geändert: Den hätte man NICHT pfeifen dürfen!

Günther Koch würde so was nicht machen, und geändert hätte
es auch nicht viel, außer subjektiv, was aber ohnehin das Wichtigste
ist. Zum Beispiel gehört es zu meinen Lieblingsbeschäftigungen,
während der CSU-Propagandasendung »Report München« den
Ansager zu beschimpfen. Die Vorstellung, der Kerl müßte das
alles live hören, was mir da so entrutscht, würde den Genuß der
Sendung enorm steigern. Oder die entsetzlichen Stampf-Klatsch-
Ausstrahlungen mit Schlagern und sog. »Volksmusik«, die mit
ihrer Kommando-Fröhlichkeits-Lobotomie das tägliche Haupt-
abendprogramm verpesten. Bislang hocken diese schwiemel-
fettigen Dirndl-Gestalten von der Außenwelt völlig abgeschottet

in ihren Begeisterungs-Bumsbuden und grölen in aberwitzig grinsender Uniformität die National-Hymnen der kollektiven Gehirnamputation. Wenn sie gleichzeitig mitanhören müßten, wie sich Millionen in Lachkrämpfen ringeln, ihr Abendessen in die Kloschüssel würgen und lauthals die sofortige Einweisung der gesamten Dumpf-Armee in umgehend zu verschließende Anstalten fordern, würde ihnen ihr impertinentes »Macht alle mit!«-Geblödel vielleicht schneller vergehen, als unsereins das Wort »Sudetendeutsche Landsmannschaft« aussprechen kann.

Nur: es hilft natürlich wieder nichts, denn das gleichzeitige rhythmische Klatschen und entseelte Braun!-braun!-braun!-ist-die-Ha!-sel!-nuß!-Gegröle aus tausenden Wohnzimmern im Zonenrandgebiet würde uns wie immer übertönen. Wir müssen uns also wohl damit abfinden, daß nach Raumstationen und Zeitmaschinen auch das interaktive Fernsehen ein Reklamepopanz jener dickbrilligen Schmalschultern bleibt, die zuviel Perry Rhodan gelesen haben und jetzt glauben, außer Technik dürfe es überhaupt nichts auf der Welt geben, und die aber schon mit allen Schikanen, und daß wir weiterhin nur in Form von bunten Balken an »Wahlabenden« »Einfluß« nehmen können.

Es hilft noch nicht mal das, was ein Bekannter vor einiger Zeit begeistert propagierte: nichts mehr kaufen, wofür im Fernsehen Werbung gemacht wird, und sich damit dafür rächen, daß man seit Jahren keinen Film mehr anschauen kann, weil nur noch billige Ami-Scheiße aus den neunziger Jahren läuft, die auch noch alle paar Minuten von Reklame in brüllender Lautstärke (damit man den Informationen auch auf dem Klo und vor dem Kühlschrank nicht entgehen kann) unterbrochen wird. Denn das ganze Sammelsurium von minderwertigem Fertigfraß, Waschmitteln in sämtlichen denkbaren Aggregatzuständen, Glutamatgeknabber, in grausigen Tierversuchen erprobter Arschmedizin und schmierigem Kosmetik-Kleister kaufen wir sowieso nicht. Weil wir wissen: Alles nur Versuche der alten Tante Natur, die wimmelnden Menschenmassen auf ein erträgliches Maß zurückzustutzen, und so blöd sind wir dann doch nicht, ätsch.

(Februar 1999)

Moral, Größe und so weiter –
ein kurzer Abriß für Außerirdische

Wenn eines Tages die Saugnapfnasen vom Sirius auf die Idee kommen, mich auf einen ihrer Gasblasenlavaplaneten zu entführen, um Wissenswertes über unseren Gasblasenlavaplaneten zu erfahren, könnte ich ihnen einiges erzählen. Bejammern könnte ich auch einiges, wenn sich schon mal die Gelegenheit ergibt, in objektive, unbeteiligte Ohren (oder Tentakel) hineinzujammern. Aber wie Kurt Vonnegut sagt: Im richtigen Leben ist es wie in der Oper – mit Arien wird alles nur noch schlimmer. Deshalb werde ich mich auf ein paar lustige Anekdötchen von den (in planetarischen Zeiteinheiten gemessen) kürzlich erfundenen und bald wieder ausgestorbenen Zweibeinern beschränken.

Interessant finde ich zum Beispiel Professor Doktor G. Jäger, der herausgefunden hat, daß die menschliche Haut einen Geschmackssinn hat. Zum Zwecke dieser revolutionären Erkenntnis ließ er Testpersonen mit verbundenen Augen ihre Finger in Bier, Milch, verschieden salzigem Wasser und anderen Pritscheleien aneinander reiben, und siehe da: Die meisten erkannten, was sie befingerten. Leider machte Prof. Dr. Jäger diese Entdeckung im Jahre 1885, und niemand hat je wieder etwas davon gehört. Das nenne ich Verschwendung.

Recht erzählenswert ist die Geschichte von Waldemar Kraft. Dem war auf der ganzen Welt Westpreußen am wichtigsten, und deshalb übernahm er schon vor (und natürlich zu) Hitlers Zeiten eine Führungsrolle im »Volkstumkampf«, wütete in Westpreußen herum, bis ihn die Russen nicht mehr ließen, und half 1950 eine Partei namens »Bund der Heimatlosen und Entrechteten« gründen (die nach seiner Zeit in CDU und NPD aufging). Bundeskanzler Adenauer erkannte die Talente des Mannes, machte ihn zum Sonderminister und ließ ihn Pläne aushecken, wie man einen Krieg anfangen könnte, um das seit 1919 polnische Westpreußen endlich wieder deutsch zu machen: *Daß nach einem Krieg, der für die Westmächte und Deutschland siegreich verläuft, die Russen gezwungen werden, in ihre ethnographischen Grenzen zurückzugehen*, gehörte zu seinen

Lieblingsüberlegungen, die Grußformel *Europa erwache!* war in seinen Kreisen höchst beliebt. Das nenne ich Beharrlichkeit.

Reden sollte man auch von dem italienischen Journalisten und Luftfahrtminister Italo Baldo. Ein richtig toller Mann: Pathetisch beschwor er so lange Italiens Größe, bis Mussolini (dessen »Marsch auf Rom« hatte Baldo organisiert und dem Duce ein Eisenbahnabteil reserviert, damit er seine Füße nicht überstrapazierte) – bis Mussolini Italien durch einen mit Ach und Krach gewonnenen Krieg gegen mit Bambusrohren bewaffnete Nomaden in Abessinien endlich verwirklicht hatte. Sodann wurde unser Held Generalgouverneur von Nordafrika, stieg mit Reitpeitsche und in meterhohen Stiefelschäften in ein Jagdflugzeug, um seinen unbeugsamen Männern tapfer voranzufliegen, und ließ sich von der eigenen Flugabwehr abschießen, weil er vergessen hatte, seinen Flug vorher anzumelden. Das nenne ich Tragik!

Sind Sie sehr in Eile, meine hochverehrten Damen und Herren Aliens? Sonst würde ich Ihnen gerne auch noch von dem Amerikaner Roy Cohn berichten, der als stiefelleckender Kampfhund des berüchtigten Senators McCarthy bekannt wurde, dem er vermeintliche Kommunisten, Schwule und anderes Kroppzeug gleich hordenweise vor sein Tribunal trieb, um dem Pack Karriere, Gesundheit, Familie und Leben zu ruinieren, wie es sich gehört. Als er erfuhr, daß der Große CIA-Vorsitzende J. Edgar Hoover eine Schwuchtel war, wird ihn das mindestens ebenso getroffen haben wie die Erkenntnis, daß sich sein Herr und Meister McCarthy auch lieber mit minderjährigen Bubenhintern in die Kissen kuschelte. Ganz dumm allerdings, daß Kamerad Cohn selbige ebenfalls im Dutzendpack zerpimperte und dann auch noch ausgerechnet an AIDS starb. Das nenne ich Moral!

Ich würde dann gerne noch einen Soziologieprofessor aus der Republik Srpska erwähnen, jenem hübschen Land, dessen Name klingt, als spräche El Duce Milosevic den Namen seines eigenen Landes mit ganz besonders schlechter Laune (oder lockergebombtem Gebiß) aus. Dieser akademisch gebildete Herr war kürzlich im Fernsehen zu sehen: in einer Montur, die vermuten ließ, Monty Python hätten den jugoslawischen Krieg mit ihm in der Hauptrolle verfilmt. Leider habe ich seinen Namen vergessen. Das nenne ich selektives Gedächtnis.

Verschwendung, Beharrlichkeit, Tragik, Moral und selektives Gedächtnis – werfen wir diese Zutaten in einen großen Topf, rühren ein paar hundert Jahre lang um, dann haben wir große Chancen, eine richtig hübsche, typische Menschenbrut zusammenzukochen.

Natürlich, liebe Aliens, gibt es auf unserem früher recht schönen blaugrauen Gasblasenlavaplaneten auch vernünftige Tiere, aber das sind dann meistens richtige Tiere, und was soll ich Ihnen von denen schon erzählen, wo sie doch bisher niemand von uns Zweibeinern je richtig verstanden hat. Da fällt mir als erstes meine Katze ein, deren einzige annähernd menschliche Tat darin bestand, im Kampf (bzw. im tierklinischen Lazarett) eines ihrer beiden Augen zu verlieren. Seither tut sie, was Katzen eben tun: Sie liegt in der Sonne rum und rührt sich nur, um ab und zu mit halbgeschlossenem Auge in meine Richtung zu sehen und zu überprüfen, ob ihr Programm, mich zur Katze zu erziehen und solchermaßen dazu zu bringen, ebenfalls nur in der Sonne herumzuliegen, endlich nachhaltigen Erfolg zeigt. Dann wendet sie sich wieder ab, macht das Auge zu und tut ... ja was eigentlich? Wahrscheinlich denkt sie sich Kolumnen aus.

Andere Tiere sind tätiger: Von einem US-amerikanischen Affen war neulich zu erfahren, er sei versuchshalber als Börsenspekulant eingesetzt worden und habe die Konkurrenz der erfahrenen menschlichen Berufs-»Börsianer« um Längen geschlagen. Ebenso wie jenes Pferd, das dem »Sportler« Ben Johnson beim Wettlauf keine Chance ließ. Ganz zu schweigen von einem kleinen Haushund, den ein südamerikanischer Politiker als Kandidaten für die Wahl zum Staatspräsidenten nominierte, weil er seinen Job sicherlich auch nicht schlechter machen würde als der derzeitige Amtsinhaber (wir verschweigen seinen Namen, weil er inzwischen wahrscheinlich längst von einer neuen Allianz aus dem alten internationalen Kapital und einem frischen Despoten weggeputscht worden ist und als Gast einer unionsnahen Stiftung am Starnberger See residiert). Und selbst auf den momentan gültigen CSU-Wahlreklameplakaten ist die lebende Zahnbürste Alibert Wolf neben einem Dackel namens »Wasti« abgebildet und grinst so unverschämt blöd, daß man ihn am liebsten wählen möchte (den Dackel!). Ihr seht, liebe Klingonen: Viele Tiere auf diesem seltsamen seifenfarbenen Planeten sind auch nicht recht viel klüger als die Zweibeiner.

Bleiben uns also wirklich nur die Katzen als Argument, euch davon abzuhalten, unseren ganzen blauweißen Ball aus galakto-hygienischen Gründen einer anständigen Desinfektion mit Phaser-Kanonen zu unterziehen: Die halten sich raus, tun gar nichts, schleppen sich von Kuhle zu Napf und Napf zu Kuhle, verpennen 99 Prozent ihrer Lebensspanne und verbringen den Rest damit, uns verträumt anzuglotzen, weil der Napf leer ist.

Doch da haben wir die Rechnung ohne den Frühling gemacht: Diese schöne Jahreszeit nämlich kündigen die pelzigen Freunde zunächst mit nächtlichen Chorälen an, die klingen wie eine von Gotthilf Fischer dirigierte Massenveranstaltung von Stockhausen-Jüngern, Gospel-Amateuren, wahlkämpfenden CSU-Politikern, Whitney Houston, Meat Loaf und sämtlichen Feuerwehrsirenen der westlichen Hemisphäre. Sodann schwärmt der männliche Anteil der felinen Bevölkerung aus, um alle zugänglichen Wohnungen und Häuser in erreichbarer Umgebung mit ge-zielten Pißkanonaden in Kloaken zu verwandeln. Und wenn dann alles zugelärmt und verpestet ist, stürzen sich die Viecher mit haarsträubendem Geschrei (das diesmal eher an Stephen-King-Filme mit psychotischen Messermördern erinnert) auf-einander, um sich kollektiv zu entleiben, werfen sich aus Fen-stern, von Dächern und vor Autos und schleichen endlich in den Morgenstunden blutend und wimmernd nach Hause (in die erwähnten Kloaken), um von ihren entnervt und halbvergast unter den Betten kauernden »Besitzern« umgehende Einlieferung in die tierärztlichen Lazarette zu fordern, damit sie sich andern-tags mit neuer Kraft, gefüllten Bäuchen und frischgeschärften Krallen in die nächste Runde stürzen können. Die verläuft ähnlich, bis sich schließlich Anfang Mai ganze Vorstädte in Ruinen verwandelt haben: zerfetzte Tapeten, vollgekotzte Teppiche, Trümmer von Blumentöpfen, Fernsehern, Geschirr, johlende Invaliden, Sumpflandschaften aus Blut und Pisse, ein einziges zum Himmel stinkendes Verdun. Dann legt man sich für die nächsten elf Monate schlafen und sieht ab und zu mit halbem Auge ungerührt zu, wie Menschen buckeln, rackern, wienern, wischen, putzen, schrubben, streichen, stöhnen und neue Möbel ins Haus tragen.

Wie bitte? Das klingt alles verdächtig nach der bereits erwähnten Mischung aus Verschwendung, Beharrlichkeit, Tragik, Moral und selektivem Gedächtnis? Tja, liebe Freunde vom Hundsstern (hüstel), dann müssen wir wohl zugeben, daß auch Katzen nur Menschen sind, die ab und zu einfach nicht mehr »zuschauen«, »abseits stehen«, »die Augen verschließen«, »die Greuel ignorieren« oder sonst was können, sondern sich ohne Rücksicht auf Perspektiven ins Getümmel werfen und selbiges eskalieren müssen. Sorry, so sind wir Terraner nun mal. Die gründliche Extermination der Planetenoberfläche mit der Phaserkanone, liebe galaktische Kollegen, könnt ihr euch trotzdem sparen. Das erledigen wir schon selbst.

(Mai 1999)

Heavy-Metal-Wände
und fliegende Telephonzellen

Wenn man heutzutage unterwegs telephonieren will und noch nicht zu den Trotteln gehört, die mit einer elektronischen Handschelle namens »Händi« jede Kneipe in eine Telephonzentrale verwandeln, braucht man ein Stück Plastik sowie anständige Portionen Glück und Geduld. Das Stück Plastik nämlich – man möchte es nicht glauben – enthält einen ganzen Berg Zehnerl und macht die kleinen netten Münzchen somit eigentlich nur noch für den Kaugummiautomaten brauchbar, zu welchem Zwecke man sie früher auch nach jeder qualvollen Plombierung vom Zahnarzt geschenkt bekam, als Belohnung für geduldiges Ausharren unter dem Todesbohrer und als Investition in zukünftige Karieskatastrophen.

Man erwirbt also eine dieser Telephonkarten (das heißt: Man hat schon eine, denn wenn man gerade mal eine braucht, kann man bestimmt keine erwerben, weil es Sonntagnacht und in kilometerweitem Umkreis kein Geschäft ist), stellt sich vor eine Telephonzelle und wartet. Das ist zwar bisweilen recht amüsant, weil die meisten der guten alten Telephonzellen aus unerfindlichen Gründen gegen eine Art Regenschirm aus Hartplastik ausgetauscht wurden und man Zeuge von Eheauflösungen, Familienstreitigkeiten, Börseninsidergeschäften, Drogendeals und sonstigen Privatereien werden kann, während man sich die Füße in den Bauch steht. Das muß man, denn eine Telephonkarte ist selbst im günstigsten Fall für mehrere Stunden Gelaber gut, und wo früher das Durchfallen des zweiten Zehnerls Anlaß für ein eiliges »Du, ich muß aufhören!« war, läßt man sich heute auch von verblutenden Unfallopfern, in die Hose pinkelnden Kindern, aus der Haut fahrenden Hektikern, Nervenzusammenbrüchen und was sich sonst noch alles vor einer Telephonzelle abspielen mag, keineswegs am geruhsamen Weiterplappern hindern.

Aber das ist alles nicht so wichtig. Bemerkenswert hingegen, was mir neulich am Stachus passierte: Da wollte ich kurz ein wichtiges Gespräch tätigen, hatte nach kaum einem halben Tag eine freie Zelle ergattert, die Telephonkarte gezückt – schon schob sich ein etwa zwölfjähriger Bub mit gekrümmtem Rücken und handtellerdicker Fischbrille zwischen mich und den Apparat und begehrte die Karte zu sehen. Ich bin kein großer Reagierer, schon gar nicht gegenüber vorpubertären Pickelträgern mit einer offensichtlichen Kontrolleursneurose, und händigte ihm meinen Wertträger offenstehenden Mundes kommentarlos aus. »Darf ich Ihnen dafür eine neue geben?« fragte er. Wozu denn das, wollte ich gerne wissen, aber da hatte ich schon eine nagelneue, vor Einheiten nur so überquellende Karte in der Hand; der Junge rannte zu seinen Eltern, die eine Mappe aus braunem Leder trugen, in der meine Ex-Karte verschwand, worauf der Junge erneut ausschwärmte, um weiteren Plastikmüll zu ergattern. Aha, ein Sammler! durchfuhr es mich. Das sind die allerschlimmsten! Tatsächlich gibt es heute kaum etwas, was man nicht sammeln kann. Leere Zigarettenschachteln, Bierdeckel, Geldmünzen, Flugzeugklebebilder, Autogramme von Landesligaliberos und Miniaturnummernschilder aus Ländern wie Kuwait und Brobdignag mögen uns als Kinder fasziniert haben, waren aber geradezu unvergleichlich harmlos gegen das, was mittlerweile zum Zwecke des Verstaubens in Wohnungen, Schuppen, Hinterhöfe und eigens errichtete Privatmuseen gekarrt und geschaufelt wird.

Ein guter Bekannter zum Beispiel besitzt so viele CDs, LPs und andere Tonträger, daß nicht nur die Statik des von ihm bewohnten Hauses langsam aus der Fassung gerät, sondern auch seine Frau, die es seit Jahren erträgt, selbst auf dem Klo bis an die Decke reichenden Wänden konservierter Musik gegenüberzusitzen. Zumal der gute Mann, der zu allem Überfluß (!) Heavy-Metal-Anhänger ist, bei einer täglichen Konsumleistung von acht Stunden etwa 300 Jahre bräuchte, um das alles durchzuhören – wozu er sowieso keine Zeit hat, weil er die damit verbringt, auf Flohmärkten und in allen erdenklichen Arten von Läden Nachschub für den unstillbaren Sammelhunger herbeizuschaffen.

Andere stapeln jeden Quadratdezimeter ihres Lebensraums mit zerfleddertem Altpapier voll, füllen überquellende Schränke mit Banderolen antiker und moderner Katzenfutterdosen, zimmern wöchentlich neue Regalwände für Hekatomben von Videokassetten, wühlen in Aschentonnen sogenannter »Prominenter« nach gebrauchten Schneuztüchern, marschieren mit blauen Plastiksäcken ins Fußballstadion, um endlich eine komplette Serie von Südkurven-Eintrittskarten zusammenzubekommen, lassen englische Telephonzellen mittels Super-Guppy über den Ärmelkanal fliegen, kramen begierig unter einschlägigen Auer-Dult-Ladentischen nach blechernen Naziabzeichen, betonieren ganze Landstriche, um ihre Rolls-Royce- und Ferrari-Fuhrparks abzustellen, öffnen keinen Brief mehr (Marke und Stempel könnten beschädigt und damit wertlos werden!), investieren Millionen in die Restauration des Rasierpinsels von Kaiser Wilhelm, bilden Sammellager für luftdicht verpackte Fix-&-Foxi-Hefte, horten in Gips gegossene Fußabdrücke von Amsel, Drossel, Fink und Star oder sind (auch das gibt es) in einem finalen Exzeß von Sammelwahn einfach überhaupt nicht mehr in der Lage, irgend etwas wegzuwerfen, und lassen sich schließlich vor laufender RTL-Kamera von Polizei und Gerichtsvollzieher unter gellendem Geschrei aus der stinkenden Müllhalde tragen und in die geschlossene Abteilung sperren.

Was die Leute mit dem zusammengetragenen Zivilisationsabfall anfangen wollen, bleibt ein tiefes, dunkles Rätsel. Das meiste von dem Zeug darf man nicht berühren, weil es sonst hundert Jahre eher zerfällt, vieles darf man nicht mal ansehen, weil Licht entscheidende Pigmente verletzt und für frühe Verwitterung sorgt, und nicht weniges Sammelgut wird überhaupt generell geheimgehalten, weil sonst die Ordnungshüter anmarschieren und die umfangreiche Kollektion von Nazi-Devotionalien dahin verschaffen, wo sie hingehört: in den Müllverbrennungsofen.

Nein, es steckt etwas Sublimeres hinter dem Hortungszwang; etwas, was die Grenzen des eigenen Lebens aufzeigt und zugleich überwindet und transzendiert. Man könnte meinen, die Sammler meinen, früher sei alles besser gewesen. Das stimmt aber nur zum Teil: Auch heute wäre alles besser, wenn wir nicht soviel von unserer knapp bemessenen Zeit mit nutzloser Arbeit, nutzloser Fernsehunterhaltung und nutzloser Fortbewegung zwischen beiden Tätigkeiten verschwenden müßten. Dann hätten wir Zeit, die vielen kleinen Dinge zu sehen, zu berühren, zu genießen, die wir unter den herrschenden Umständen immer nur anschaffen, verpacken und lagern können, um »später irgendwann« in einer ruhigen Stunde irgendwas damit zu tun. Dann müßte man keine Postkarten von bayerischen Landschaften um die Jahrhundertwende sammeln, weil die Landschaften immer noch so aussähen und man das (mangels U-Bahn) auch täglich zu Gesicht bekäme. Dann könnte man sich in Ruhe seine Lieblingsplatte anhören und müßte nicht ständig neue heranschaffen, die angeblich mindestens ebenso wichtig sind, die man sich aber nie anhören kann, weil weil weil. Dann könnten einem auch die prominenten Autogrammmaschinen herzlich Wurst sein, die man jetzt so sehr um ihr schlaues Faulenzerleben beneidet, weil das eigene Leben mindestens ebenso schön wäre. Und so weiter.

Aber so vernünftig (und faul) ist der Mensch nun mal nicht, also wird er die Welt, die er sich so schön untertan gemacht hat, auch in Zukunft nicht erleben, sondern nur Sammlungen von Hinweisen darauf in seinen Kellern horten. Und wir wenigen, die den ganzen Schwindel durchschauen, werden auch in Zukunft ohnmächtig danebenstehen und uns die soeben erworbene Schokoladentafel aus der Hand reißen lassen: »Sie wollen das doch nicht etwa ESSEN? Das ist eine Original 1999er Serie-C16-Tafel mit intaktem Farbcode im Falz! Die wird einmal UNGEHEUER VIEL wert sein!« Nehmen wir es hin, es läßt sich nicht ändern.

Ach übrigens, dies nur am Rande: Wenn einer meiner Leser zufällig die Jahrgänge 1973 und 1974 der Zeitschrift POP besitzt, möge er sich bitte dringend bei mir melden! Bitte bitte! Ich will sie ja gar nicht besitzen, noch nicht einmal lesen, nur betrachten und sicher sein, daß es sie noch gibt! Ähem (leichtes Erröten).

(Juni 1999)

32

Birth! School! Work! Urlaub! Death!

»Arbeit! Arbeit! Arbeit!« Ich kann es nicht mehr hören, das Mantra der neunziger Jahre. Freilich, Arbeit war schon länger ein Lieblingsthema der Schwatzschreiber: Man verband es mit interessanten Wörtern wie Zwangs-, -erklasse, -ssucht, -sscheu, stellte ihm schöne Adjektive wie sinnvolle, gute, erfüllende, interessante usw. voran und hatte viele prima Diskussionsthemen, wenn sonst nichts zu tun war. Jetzt gibt es nur noch eine Abwandlung, die neben dem nackten »Arbeit!« Bestand hat: Arbeitslosigkeit (übrigens haben die Deutschen auch in den dreißiger Jahren so ausgiebig über diese beiden Begriffe geschwafelt, daß sie beinahe den Weltkrieg verpaßt hätten, in den sie von ihrem Führer hinterrücks und -hältig gestoßen wurden).

Über kaum ein Thema sind so viele Un- und Halbwahrheiten, Verdrehungen und Verrenkungen im Umlauf wie über die Arbeitslosigkeit, und das liegt beileibe nicht nur daran, daß berufsmäßige Dummschwätzer und Gasköpfe wie Herr Henkel sich bei jeder Gelegenheit bemühen, soviel von ihren Blöd- und Frechheiten wie möglich gedruckt und/oder gesendet zu kriegen. Sondern auch daran, daß so viele von uns den ganzen Krampf einfach glauben oder zumindest nachplappern. Da sollten wir ein paar Dinge doch mal klarstellen:

1. »Arbeitslose liegen uns allen auf der Tasche.« Stimmt. Und zwar liegt uns ein Arbeitsloser, der ein paar Monate lang 1.500 Mark Arbeitslosengeld bekommt, für die paar Monate mit genau 1.500 Mark auf der Tasche. Doch wissen wir alle: Jeder Entlassene steigert den Gewinn und den Aktienwert des Unternehmens, das ihn entsorgt hat. Die Milliardenbeträge, die auf diese Art entstehen, verdankt das Unternehmen also den Arbeitslosen. Ein vernünftiger Staat nimmt dem Unternehmen (d. h. den Leuten, die das Geld einschieben) einen Teil davon wieder weg. Das nennt man Steuer. Daß unser Staat das nicht tut, dafür können die Arbeitslosen nichts.

Und außerdem: Auf unseren Taschen liegen nicht nur die Arbeitslosen, sondern auch die Leute, die dem Staat Geld leihen.

Das sind meistens sehr große Beträge, und die Zinsen sind auch nicht unerheblich. Peilen wir mal über den Daumen: Ein Darlehen von zehn Millionen Mark bringt vielleicht 500.000 Mark im Jahr. Das sind ungefähr 40.000 Mark im Monat. Die müssen wir ebenso aus der belegten Tasche bezahlen wie den Klacks von 1.500 Mark an den normalen Arbeitslosen.

2. »Arbeitslose wollen nicht arbeiten.« Das mag stimmen, solange man die Aussage auf die Leute beschränkt, die lieber dem Staat zehn Millionen Mark leihen, als am Fließband zu stehen. Es mag auch sein, daß nicht jeder 54jährige Diplomingenieur mit Frau und zwei Kindern große Lust hat, eine Anfahrtszeit von vier Stunden in Kauf zu nehmen, um im Zonenrandgebiet Kaugummis vom Gehsteig zu kratzen oder in Kasperluniform »Womit kann ich Ihnen dienen?« zu sagen. Das eigentliche Problem ist jedoch, daß die nicht arbeiten wollen, die es täglich tun müssen. Deshalb sind sie neidisch auf die Bedauernswerten, die ihren beunterhemdeten Bierbauch vom Fensterbrett hängen, durch die Bierflasche in einen trüben Tag starren und nichts lieber täten als arbeiten. Die sollen dann wenigstens von Amts wegen so viel gepiesackt, überwacht und kurzgehalten werden wie nur möglich, damit sie spüren, was wir anderen auf uns nehmen, um ihr eitles Herumgegammel zu finanzieren.

3. »Arbeitslose sind nutzlos.« Klar. Ebenso nutzlos wie Kunst, Literatur und andere schöne Sachen. Daß neunzig Prozent aller Dichter keine Zeile von dem Zeug geschrieben hätten, das wir einst als Strafaufgabe auswendig lernen mußten, wenn man sie rechtzeitig in die Fabrik getrieben hätte, steht jedoch auf demselben Blatt. Gleiches gilt für Maler, Bildhauer, selbst Schauspieler: alles arbeitsscheues Gesindel, das sich partout weigert, ins Bergwerk einzufahren, auf den Müllwagen aufzuspringen, Spargel zu stechen, Staub zu fegen. Im übrigen sollte es einen Gedanken wert sein, was aus den kümmerlichen Resten von Atmosphäre, Grünzeug, Wasser und anderen Natur-Rudimenten außerhalb unserer Wohn- und Schuftmaschinen würde, wenn sich jeder im »wirtschaftlichen« Sinne nützlich machte: ein einziger irreparabler Haufen stinkender Dreck.

4. »Arbeitslose wollen nichts leisten.« Was Leistung ist, lernen wir von der FDP: Wer am meisten Geld hat, hat am meisten geleistet, posaunen Figuren wie Westerwelle und seine androide Gebetsmühle von Parteivorsitzendem in alle Welt. Deshalb muß man nicht nur »Leistungseliten gezielt fördern« (H. Kohl selig), man darf auch denen, die am meisten Geld haben, nur möglichst wenig (am besten gar nichts) von ihrem Geld wegnehmen. Sonst wollen sie nämlich nichts mehr leisten. Daß die wenigsten »normalen« Arbeitslosen über ein Millionenvermögen verfügen und daher gar nichts Nennenswertes leisten können, wissen die braungebrannten Grußauguste der Großverdiener auch. Aber sagen dürfen und wollen sie es nicht. Statt dessen freuen sie sich, wenn jedes Jahr festgestellt werden kann, daß sich das Vermögen der ungefähr 300 Milliardäre verdoppelt hat (was es in letzter Zeit tatsächlich jedes Jahr tut).

Da sich die Philosophen heutzutage vor allem Gedanken über die wirtschaftliche Verwertbarkeit ihrer, ähem, Arbeit machen, müssen wir schon ein paar Jahre zurückschauen, um einen vernünftigen Gedanken zum Thema zu finden. *Die Personen, die am aufgeregtesten sind sich mit praktischen Dingen zu beschäftigen, oder was man in der gelehrten Welt jetzt arbeiten nennt, sind die, die am wenigsten Unterhaltung in sich selbst finden. Bei ihnen ist immer der Stoß von außen nötig*, sagt uns der große Georg Christoph Lichtenberg, der für diese Feststellung auch eine passende Zusammenfassung parat hat: *Ora & non labora.*

Was heißt: Wer so wahnsinnig scharf auf Arbeit ist, daß ihm das Leben ansonsten gar nichts ist, dem fehlt es offenbar an sinnvollen Interessen und Beschäftigungen. Das ist keine Schande, aber auch nicht ganz natürlich. Und ein Grund für besonderen Stolz schon gar nicht, schließlich verdanken wir den bedauernswerten Arbeitskranken nicht nur neunzig Prozent aller heute bekannten Zivilisationskrankheiten, sondern auch fast alles, was unser Leben so unerträglich macht, daß wir uns fast Arbeitsplätze wünschen möchten, um ihm zu entgehen: Fabriken, Autos, Schlote, Ruhrgebiete, Reklame, Plastik, Atombomben, Stahlbeton, Lärm, Staub, Gas, Smog und stinkende Flüsse voller aufgequollener Fisch- und Leistungsverweigerersuizidleichen. Grund genug, Lichtenbergs Maxime zu beherzigen: »Ora« nämlich ist keine Aufforderung zum Gebet (wie uns geschäftstüchtige Mönche seit Urzeiten einreden wollen), sondern bedeutet ganz schlicht: sprich. Und obwohl wir wissen, wieviel Krampf zumal in Bayern und im Privatfernsehen sowieso schon zusammengeschwätzt wird, ist uns das doch allemal lieber als das Kreischen und Dröhnen des industriellen Kollektivselbstmords.

Fazit: Arbeiten ist dumm, schlecht, schädlich und führt am Ende auch noch zur Urlaubsreife. Diesen unerfreulichen Zustand kennen wir alle – auch die Arbeitslosen, denn Nichtstun macht seltsamerweise noch mehr urlaubsreif als Schuften, so daß es uns gar nicht wundert, daß die Jet-Set-Bande das ganze Jahr lang um den Globus braust und düst, von einer Yacht zur nächsten Gala, von dieser Vernissage zu jener Villa. »Erholen« will man sich, und weil wir alle als Kinder brav »Professor Prima zeigt euch die Welt« und das Micky-Maus-Magazin gelesen haben, wissen wir auch, wo man das am besten kann: im ganz weit entfernten Ausland (nur aussehen soll es dort wie daheim, und sprechen sollten die dortigen Ausländer am besten auch nicht ihr Hottentotten-Gequake, sondern möglichst deutsches Deutsch).

Wer käme schon auf die Idee, sich am Starnberger See die Sonne auf die melanomgesprenkelte Wampe knallen zu lassen, wenn er selbige Tätigkeit auch in Gefilde verlegen kann, die es ihm ermöglichen, schon Monate vorher den ganzen Bürotrakt mit Auskünften wie »Heia fahr i in d' Dominikanische!« zu terrorisieren? Wer stellt sich schon den Bierkasten neben den eigenen Gartenstuhl, wenn es ihm moderne Technik und globale Wirtschaft ermöglichen, auch in Neuseeland Münchner Bier zu pressen und per Weltempfänger »Heute im Stadion« zu hören? Übrigens muß man auch auf seinen Ruf achten: Wenn mich jemand fragt, wo ich meinen Jahresurlaub zu verbringen gedenke, und ich sage unbedachterweise: im wunderschönen Ligurien, so ist die Folge blankes Entsetzen. »So schlecht geht es euch?«

Also läßt man zum ersehnten Termin alles liegen und stehen, stürzt sich in die irrgewordene Konsumentenmasse, die von

Geschäft zu Geschäft rast, um die notwendigen Mengen Sonnencreme und Insektenvernichtungsmittel zu beschaffen, reiht sich in Schlangen schwitzender Herzinfarktkandidaten in überquellenden Last-Minute-Reisebüros, schiebt sich in einer dröhnenden Blechlawine zum wimmelnden Flughafen, quetscht sich in stinkende Billigflugzeuge, nimmt in jedem Luftloch am kollektiven Tomatensaftkotzen teil, schleppt den nicht in falsche Kontinente verflogenen Teil der redundanten Kofferberge zu schrottreifen Leihautos, sperrt sich in streichholzgroße Zellen in Betonsilos an infernalisch übervölkerten Stränden, an die ein Gemisch aus Scheiße, Erdöl, Fischverwesung und Salzwasser schwappt, bekommt einen Nervenzusammenbruch, weil aus der verrosteten Dusche nur ein bißchen kalter Urin kommt, legt sich auf einen Balkon mit Blick auf verfallende Ölraffinerien und Chemiefabriken, liest in zwei Wochen vierzig Bastei-Heftromane, während man sich von der am ersten Abend erlittenen Fisch- oder Wurstvergiftung erholt, quält sich endlich wieder zum Flughafen, sitzt dort zwei Tage Verspätung im eigenen Schweißsud ab, wird sechs Stunden vor Arbeitsantritt mit Bahre und Infusion vom Rollfeld getragen, stellt fest, daß das neben dem ausverkauften Parkhaus zurückgelassene Auto längst gebührenpflichtig abgeschleppt und inzwischen wahrscheinlich verschrottet ist, zahlt hundert Mark fürs Taxi nach Hause, wo man dann vor einem tiefen Krater steht, weil man doch vergessen hat, das Gas abzudrehen.

Und hat am Ende nur noch eines im Sinn: »Arbeit! Arbeit! Arbeit!« Schon ungemein sinnvoll, unsere Welt!

(Juli 1999)

Von Kiosk zu Kiosk
(und andere urdeutsche Bräuche)

Wer mit offenen Augen durchs Leben bzw. durch München fährt, hat immer was zu lachen. Gerade eben ist mir zum Beispiel beim Radeln der Slogan *Skate for your rights!* ins Auge gefallen, und schon liege ich zuckend und kichernd am Straßenrand – weil die Vorstellung, wie zehntausend entrechtete Nigerianer auf ihren Rollbrettern im Kreis um den ESSO-Konzern herumbrausen, um das Menschenrecht zu erkämpfen – diese Vorstellung ist einfach zu gut. Andererseits: wenn die Sache im Praxisversuch eine gewisse Effektivität erweist, sollte man sie im Auge behalten. Man mag gegen die freizeitsportelnden Herden sagen, was man will – angenehmer als die marodierenden Rotten gewöhnlicher, schwerbewaffneter Rechteerkämpfer sind sie allemal, zumindest solange man keinen Fuß vor die Tür setzt.

Tut man das doch, begegnet man vor allem Ausflüglern. Und denkt: Das Sein bestimmt das Bewußtsein. Mag sein. Aber Fahren verändert das Bewußtsein. Zu dieser Feststellung gelangt man unweigerlich, wenn man einen Blick auf die deutsche Ausflugskultur wirft. Zunächst eine kurze Definition: Ein Ausflug ist (der Tradition nach) das, was stattfindet, wenn es gelingt, Papi am Sonntag sowohl vom nachmittäglichen Bierfernsehen als auch vom Autowaschen abzuhalten (also etwas höchst Seltenes). Früher hatte darum ein anständiger Ausflug mindestens eine dieser beiden Komponenten zu enthalten, am besten beide: Familie Mustermann fuhr dann im Käfer an einen See, wo Papi erst mal das Altöl abließ, um sich sodann der umfassenden und möglichst chemischen Reinigung des Schnauferls zu widmen, dazu einen mitgebrachten Kasten Bier zu leeren und die umliegende Landschaft mit Bayern drei zu beschallen. Mami saß derweil auf dem Vordersitz und löste Kreuzworträtsel, während die Kinder ins Grüne und Braune ausschwärmten, giftige Pilze aßen, gebrauchte Kondome fanden und aufbliesen, sich die Zungen mit Kunstspeiseeis färbten und gelegentlich ein bißchen ertranken oder sich im Wald verirrten.

Damals gab es auch noch keine Grünen. Für Außenstehende: Die Grünen (die sich aus unerfindlichen Gründen manchmal auch »Bündnis 90« nennen, vielleicht weil man dabei sofort an »Strahler 80« denken muß) sind unter den lustigen deutschen Parteien eine ganz besonders lustige. Bei ihrem ersten Erscheinen trugen sie allesamt Matten vor der Brust (die Männer Bärte, die Frauen Stricklappen) und waren ganz entschieden gegen Umweltzerstörung, Atomkraft, Krieg und alle möglichen Unterdrückungen und Diskriminierungen. Heute sehen die Grünen aus wie die FDP, reden wie die FDP, führen sich auf wie die FDP und haben deshalb in der momentan amtierenden Kohl-Kinkel-Imitationsregierung auch die Rolle der FDP übernommen; daher fragen sich auch nur noch die beiden Dörrpilze Westerwelle und Gerhardt, wieso sie eigentlich die beiden einzigen verbliebenen Mitglieder in der Original-FDP sind, abgesehen von der Frau Schnarrenheuser-Sowieso (die ab und zu in eine WDR-Kamera hinein dem Liberalismus hinterherweinen darf), Hans-Dietrich »Meine Ohren sind so groß, weil ich durch die Nase seit dreißig Jahren nicht mehr atmen kann« Genschman und Otto Lambsdorff, der nur deswegen nicht im Gefängnis sitzt, weil er jede zweite Woche im Phrasencircus der gebleichten Heuschrecke Sabine »Ich bin blond, bitte helfen Sie mir ins Gespräch!« Christiansen auftreten muß. Aber FDP beiseite, wir waren bei den Grünen und den Ausflüglern.

Und weil es heute die Grünen gibt, ist alles, was dazumal zu einem Ausflug dazugehörte, zum Glück verboten oder wenigstens verpönt: Mit dem Auto fährt niemand mehr an einen See (sondern in die Waschanlage, deren Abfluß dann in den See mündet), sein Altöl kippt man entweder in einen Gulli oder ins stadtnahe Biotop, Bayern 3 hält niemand mehr aus, Mami ist emanzipiert und fit for fun, Kunstspeiseeis ist abgeschafft, giftige Pilze sind ausgestorben, die Kinder hocken am Computer, und der Wald ist tot.

Nur der gewöhnliche Blödmensch und seine Bedürfnisse haben sich eigentlich nicht geändert. Da man Ausflüge heutzutage am besten per Fahrrad unternimmt (während die Grünen republikweit in bombensicheren Staatskarossen über die linken Spuren der verhaßten Autobahnen brettern), verwandelt sich der alte Drahtesel immer mehr in eine Art unmotorisiertes Auto auf zwei Rädern: Möglichst schnell muß es sein, und die Sitzhaltung, die man beim Fahren einzunehmen hat, ist dermaßen auf Aerodynamik ausgerichtet, daß man beim Vorbeirasen von der durchquerten Landschaft nur noch die zu dünnen Lederlappen geplätteten Schnecken und Kröten mitbekommt.

Solcherart entfremdet, dazu noch gekleidet wie Kunstspeiseeis (wahrscheinlich ein nostalgischer Reflex), eilt man Ausflugsgaststätten entgegen, wo einem dann der Eintritt verweigert wird (»Haben Sie doch Verständnis! So, wie Sie aussehen!«), weshalb man sich erneut auf die Rennstrecke verfügt und endlich an einem jener meist in der Nähe einer S-Bahnstation gelegenen Hüttchen landet, wo es warmes Bier, Jägermeister und die »Praline« gibt, wo man seinesgleichen trifft, an die Rückwand pinkelt und mal ordentlich Erfahrungsaustausch betreiben kann.

Um diese »Kiosk«-Hüttchen sammelt sich nämlich neben jenen, die den Ausflug schon hinter sich haben, auch ein wimmelnder Pulk bestens ausgerüsteter Ausflügler schon vor Beginn der Sache und diskutiert bei Dose und Dauerbreze erstrebenswerte Ziele und günstige Strecken:

»Wenn wir hier durchstoßen, sind wir in Nullkommanix bei der Raststätte, wo es die guten Pommes gibt.«

»Schneller geht es aber übers Autobahnkreuz!«

»Stimmt, und da können wir unterwegs noch eine Wurst essen.«

Sehr häufig fällt in unseren Breiten in diesem Zusammenhang der Begriff »Schaftlach«, ohne daß mir je ein Mensch erklären konnte, wozu das nun wieder gut sein soll.

»Wo fahren Sie denn hin?« fragte mich hingegen unlängst ein offensichtlich von seiner Familie unterwegs abgehängter (oder ausgesetzter?) Ausflügler an einem solchen Kiosk, in dessen Nähe ich mich unvorsichtigerweise begeben hatte, um Zigaretten zu kaufen. Als ich wahrheitsgemäß antwortete, ich fahre nur »so rum«, glotzte er mich an wie einen gefährlichen Irrsinnigen und entfernte sich unauffällig. Seine Kumpels gönnten sich zur

Krönung ihres soeben im Einklang abgeschlossenen Disputs über die Asylantenproblematik noch einen Underberg und sahen blicklos in die langsam hinter einer namenlosen Restbaumreihe versinkende Sonne; die zerfledderten Ausflugskarten hingen ihnen aus den Hosentaschen, und alle hatten vor allem einen Kommentar auf den Lippen: »Jo mei.« Vielleicht meinten sie damit ihre von Bier und Schnaps zu prallen Melonen angeschwollenen Vorbäuche, ich habe nicht nachgefragt, da der Zustand der Ausflüglergemeinde eine verständliche Antwort nicht erwarten ließ.

Auch das nämlich hat sich nicht geändert: Der Konsum von Getränken ist nicht nur am Kiosk, sondern überhaupt eines der wichtigsten Ausflugsziele. Ich weiß sogar von einem Mann, dem es seit vielen Jahren gelingt, seiner Frau jeden Sonntagvormittag weiszumachen, er begebe sich nun zur Kampenwand. Wenn die geplagte Frau wüßte, daß es sich bei »Zur Kampenwand« um eine nicht eben gut beleumundete Giesinger Gaststätte handelt, müßte sie sich schon lange nicht mehr über den Zustand wundern, in dem sich ihr Mann jeden Sonntagabend nach Hause schleppt (sofern das nicht andere für ihn tun).

Wie konnte es zu einem solchen Wahnsinn kommen? fragt sich der verzweifelte Historiker deutscher Irrwitzigkeiten. Eingeführt hat den Ausflug das Handwerk. Wer in früheren Zeiten Geselle war und Meister werden wollte, unterlag seit dem späten 15. Jahrhundert der »Wanderpflicht« und mußte mindestens ein Jahr lang von Kiosk zu Kiosk ziehen (Arbeitsämter waren noch nicht erfunden), um sich die »Einschänke« geben zu lassen und sich mit der »Ausschänke« oder dem »Feldtrunk« wieder zu verabschieden. Aus dem späten 18. Jahrhundert vermeldet der Kulturhistoriker Johannes Scherr Verwunderliches: Auf dem Lustschloß Ettersburg bei Weimar habe *ein beständiges Kommen und Gehen von wandernden ›Genies‹ geherrscht, die oft in einem Aufzug zu Weimars Toren einzogen, der es nötig gemacht haben soll, daß des Herzogs Schatzmeister in seine Rechnungen eine stehende Rubrik einführte, die mit den an deutsche Genies ausgeteilten Hosen, Westen, Strümpfen und Schuhen ausgefüllt war.*

Mit anderen Worten: Die Goethe-Kumpels erfanden den Nacktausflug, der sich heute jedoch keiner großen Beliebtheit mehr erfreut (was sicherlich nicht daran liegt, daß die Brüder Stolberg zu jener Zeit von Züricher Bauern fast gesteinigt worden wären, *als sie sich in ihrem Natur- und Bad-Enthusiasmus bei hellem Tage nackt am Ufer der Sihl umherjagten,* denn solches wiederum tut man durchaus noch). Möglicherweise ist der Brauch des unbekleideten Ausflugs darauf zurückzuführen, daß in den damals noch nicht so lichten Wäldern die bärtigen Banden des »bayerischen Hiasl« Matthias Klostermaier und anderer Räuberhauptmänner sich tummelten und auf ausnehmenswürdige Durchreisende lauerten.

Wiederum ein halbes Jahrhundert später zogen studentische Burschenschaften unter Anleitung eines wohl nur in Deutschland denkbaren »Turnvater Jahn« durch die Lande und gerieten bei ihren Ausflügen so in Fahrt, daß sie auch gleich noch Freiheit und alle möglichen Rechte forderten – und, hoppla, das kennen wir doch irgendwoher! So schließt sich der Kreis zu den Skatern, und während wir uns ganz Deutschland als spitzwegsche Wandergesellschaft unter dem per Standarte vorausgetragenen Motto »Ausflug for your rights!« vorstellen, wälzen wir uns schon wieder kichernd am Boden und fragen uns, wann endlich im Olympiastadion das erste »Lokalderby for your rights!« stattfindet. Das sei undenkbar? Dazu sage ich nur: 1938 heiratete in Irland eine Frau aus Versehen den Taxifahrer, der sie in die Kirche gefahren hatte. Die Ehe wurde nach wenigen Minuten geschieden und die Braut ein zweites Mal verheiratet. Denkbar ist alles.

(August 1999)

Romane, Würste und blanker Neid

Mit eigenen geistigen Defiziten muß man offensiv umgehen, das wissen wir von jenem bayerischen Rechtsanwalt, den man nicht »Gauleiter« nennen darf, obwohl er sich gern so aufführt: »Bis um zehn Uhr gibt's die Sozialhilfe, da können Sie's noch abholen!«, grölte er kürzlich in ein Aubinger Bierzelt, weil ein auffallend durchraßter Mitbürger gewagt hatte, seine Brüll-Suada (zum Thema »Redet mehr miteinander«) mit ein paar Zwischenfragen zu unterbrechen. »So! und jetzt schmeißt's 'n raus!«[2] forderte er sodann, denn: Es müsse aufhören, daß sich jede Minderheit das Recht herausnehme, gegen die Mehrheit aufzutreten!

Kein Zweifel: Bayern hat mit Minderheiten nix am Hut, die sollen gefälligst dort bleiben, wo sie sind, und die Mehrheit ist eine – zumal in Bayern – höchst aussterbensgefährdete Art. Zwar war das letzte Mal (vor über achtzig Jahren) zu ihrer kurzfristigen Beseitigung ein ganzer Weltkrieg nötig, der auch noch verloren werden mußte, aber man weiß ja nie.

Immerhin: Gauweiler hält sich weitgehend an seine Grundsätze. Als er sich vor einiger Zeit als »Journalist« versuchen durfte und dabei einem nicht ganz stramm rechts gesinnten Mann gegenübersaß, sah er ein, daß seine drei Standardargumente (1.: Maul halten, wenn Strauß spricht! 2.: Arschbacken zusammen und strammgestanden! 3.: Raus mit dem G'schwerl!) eindeutig in der Minderheit waren, und hielt sich mit den üblichen Tiraden gegen die Vernichtung des deutschen Vaterlandes durch »Verlinkung« zurück. Das ist auch eine Art der Offensive, wie wir seit Napoleon wissen.

Noch mehr Offensivgeist bei der Veröffentlichung der eigenen Blödheit zu zeigen als Gauli, ist ziemlich schwer. Aber Benjamin Stuckrad-Barre gelingt es. Der ist Schriftsteller.

---

[2] Wenn man davon ausgeht, daß Gauweiler die deutsche Sprache in Grundzügen beherrscht, läßt sich aus der Verwendung von »raus« statt »hinaus« schließen, daß Gauweiler seine Rede *vor* dem Bierzelt hielt, während der Pöbler drinnen pöbelte. Dann wäre seine Forderung darauf hinausgelaufen, den Störer zu ihm herauszuwerfen, damit er ihn näher kennenlerne und sich mit seinen Argumenten auseinandersetzen könne. Was wahrscheinlich Blödsinn ist.

In Goethes Kopf fanden DDR-Forscher, die das berühmte Haupt zum Zwecke dieser Erkenntnis geöffnet hatten, »nur eine staubartige Masse«. Deshalb ist der große Johann Schriftsteller geworden: um dieses graue Zeug Generationen stöhnender Schüler und Studenten in gedruckter Form als Vermächtnis des Grauens zu hinterlassen.

Seien wir nicht ungerecht: Nicht jeder Schriftsteller ist ein Staubgefäß, auch wenn es bei einem Rundblick durch den Schwachsinnsausstoß deutscher »Publikumsverlage« so scheinen mag. *Die Schriftstellerei*, wußte Ludwig Thoma schon vor über achtzig Jahren, *hat gewisse Ähnlichkeit mit dem Selcherberufe. Sehen Sie, man greift sich die Stücke heraus, haut sie zu einem Brei, tut Pfeffer und Salz, die Würze, den Esprit hinzu und drückt sie durch die Form, welche stets dieselbe bleibt. Der Geschmack ist verschieden, je nach den Ingredienzien, aber das Ganze ist doch ein Roman, eine Novelle, eine Wurst! Nicht wahr?* Schon wahr. Und selbstverständlich schlägt das Zeitalter gewürzfreien Hackfleischverzehrs auch auf die Literatur durch, und deshalb sind die Sachen, die heutzutage in Taschenbuchkisten gepackt werden, nichts anderes als die Brätlinge, zu deren Verzehr man sich gerne mal einen Heyne-Schinken neben das Plastiktablett legt: billig, massig, schmierig, frei von Geschmack, Form und Nährstoff, abgesehen von der immer gleichen Magen- bzw. Hirnpampe, die uns auch aus Hefterln wie GQ, MAX usw. entgegenwurstet.

Benjamin Barre (das Stuckrad wollen wir uns aus Platzgründen sparen) sieht aus wie ein Deutschländer Würstchen im Schröder-Anzug. Das Äußerliche spielt doch keine Rolle, mag jemand einwenden, aber die spielt es hier schon, denn Barre selbst legt großen Wert darauf, wie einem neulich in der ZEIT-Beilage »Leben« erschienenen Reklame-Text zu entnehmen war. Da posierte er mit dem ebenso langweiligen, aber in seiner dümmlichen Blasiertheit fast schon wieder amüsanten Christian Kracht (dessen Erzähllüngerl »Faserland« wurde vor ein paar Jahren so ausgiebig beschnattert, daß es zur Möchtegern-Yuppie-Grundausstattung bald ebenso dazugehörte wie jenes schicke »Handy«-Modell, das in vollbesetzten Flugzeugen die deutsche Nationalhymne piepst, um auf die globale Wichtigkeit seines Besitzers aufmerksam zu machen; immerhin, das Buch sah recht poppig aus) in modischem Edeltuch und mißachtete die Grundregel, daß zu heiß gebadete Deutschländer Würstchen leicht ihrer Pelle entplatzen.

Benjamin Barre ist nicht lange Buchautor. Zuvor war er u. a. Kolumnist, wobei seine Texte, die er als freier TAZ-Mitarbeiter verfaßte, von einer so abenteuerlich minderen Qualität waren, daß man sich fragen mußte, ob es da nicht ein ähnlich karrierefördernes Gestrüpp von Verwandt- und Bekanntschaften gab wie bei dem Bestseller-Bubi Benjamin Lebert, dessen »Roman« vor einiger Zeit erschien und umgehend mit Hemingway verglichen wurde. Hemingway hat viel Schlechtes geschrieben, und er wird von Feuilletonisten, die ihr Studium am Photokopierer verbrachten und deshalb glauben, es genüge, ein paar Klappentexte abzulichten und mit den üblichen »Kann es nicht mehr aus der Hand legen bis zur letzten Seite«-Quatschfloskeln aufzubuttern, für Jungschreiber gern als Vergleich an den Barthaaren herbeigezerrt – erinnerlich ist mir Ingo Schulzes billiger Kolportageschinken »Simple Stories« –, aber das hat der alte Ami nun doch nicht verdient. Benjamin Barre ist meines Wissens noch nicht mit Hemingway verglichen worden, aber der hat auch ein anderes Problem, was die eigene Identität angeht: Ich weiß nicht, ob Barre Noel Gallagher je begegnet ist, jedenfalls begann er irgendwann, sich einzubilden, er sei selbst Noel Gallagher. Eine solche Psychose ist, wenn man nicht selbst Noel Gallagher ist, gar nicht gut; seit dem dritten Oasis-Album wissen wir, daß es nicht mal für Gallagher selbst immer zuträglich ist, sich für Noel Gallagher zu halten.

Ich habe Barre einmal kurz kennengelernt. Damals war er noch kein Buchautor und hielt sich auch noch nicht für Noel Gallagher, sondern promotete eine CD-Reihe, in der gerade eine CD mit Pointen von Friedrich Küppersbusch erschienen war. Küppersbusch – ein klassischer Fall von Fehleinschätzung eigener Talente: Seine Sendungen waren solange amüsant, bis er zu glauben begann, das Gute an seinen Sendungen sei er selbst – war als Autor ungefähr so interessant, wie es eine Sammlung der besten Altherrenwitze aus der Feder von Dagmar Berghoff wäre, daher wollten nicht viele Leute Küppersbusch interviewen, und daher wirkte Barres Promoter-Getue (»Huch! War das jetzt dein Handy oder meines! Das wird Berlin sein!«) noch grotesker. Die CD-Reihe wurde eingestellt, und Barre machte sich, da die TAZ-Aufträge seltener wurden, an die Abfassung eines Buches.

Benjamin Barres Buch »Soloalbum« ist ein so provozierend unfähiges Geschreibsel, daß die wenigen netten Pointen auffallen wie Erdbeeren im Mist. Man möchte schon wieder Quer-verbindungen ziehen: Ob sich da der in letzter Zeit nicht mehr so gefragte Küppersbusch ein paar Mark dazuverdient hat? Als Nachfolger mußten möglichst schnell »Livealbum« und »Remix« erscheinen; erstens weil Barre, wie er selbst sagt, Geld braucht (oder will), zweitens funktioniert das kulturelle Gedächtnis des typischen Barre-Lesers wie der Photokopierer der Rezensenten: belichtet, ausgeworfen, vergessen; bei einem Abstand von mehr als ein paar Monaten wäre der schöne Titel-Gag dahin.[3]

Da Barre nun aber einmal viele »Freunde« im »Business« hat, gibt es kaum mehr eine Zeitung und Zeitschrift in Deutschland, in der kein Reklameartikel über Barre erschienen wäre. Alles rennt, kauft und quasselt – da die konzentrierte Huldigungs-maschinerie auch dort, wo angeblich etwas »kritisch hinterfragt« werden soll, weniger kritische als religiöse Züge trägt, ist es nur folgerichtig, daß sich der ganze Betrieb allherbstlich in Frankfurt zur Messe versammelt, um noch mehr und noch lauter zu quasseln und zu huldigen.

Daß sich die Massenkultur stets auf den kleinsten gemeinsamen Nenner zurechtkastriert, ist bekannt; dieser Nenner wird dort sodann zum schillernden Podest, auf das man die üblichen Verdächtigen (und sich selbst) stellt, Preise darüberhäuft und hofft, es möchten nun auch die Kassen brav klingeln. Das Er-gebnis sind Halden ungelesener Bücher, die irgendwann gekauft wurden, aus einem Impuls heraus, den der Käufer meist auf dem Nachhauseweg schon nicht mehr nachvollziehen konnte. Wenn zufällig noch einer der Sektenbrüder den Nobelpreis zugeschanzt bekommt, ist alles perfekt und das Paradies von dieser Welt.

---

[3] Die Existenz weiterer Werke mit Titeln wie »Bootleg«, »Out-takes«, »Coverversionen«, »Box-Set« und »Maxisingle« muß für wahrscheinlich gehalten werden.

Nun kommt er doch noch, der alte Einwand: Der Sailer ist ja bloß neidisch, weil seine eigenen Bücher niemand lesen oder überhaupt drucken will. Das stimmt nicht ganz, aber ein bißchen stimmt es doch, und da sollten wir uns daran erinnern, daß Neid ein so schlechter Ratgeber bei der Einschätzung fremder Leistungen nicht ist: Neid nämlich empfinden wir vorzugsweise dann, wenn jemand ohne besonderes Zutun mit Geld, schönen Frauen, Villen in Nymphenburg, Publizität und anderen guten Dingen nur so zugemüllt wird. Wie gesagt: ohne besonderes Zutun. Niemand käme auf die Idee, auf das viele Geld neidisch zu sein, das Vladimir Nabokov mit seinen Büchern verdient hat oder das Leute wie Jochen Schimmang, Günther Ohnemus, Thomas Kapielski, Gilbert Adair, Jürgen Roth, Michael Rudolf etc. mit ihren Büchern (hoffentlich) verdienen. Wenn wir Neid empfinden, sollten wir uns folglich nicht schämen (schon deshalb nicht, weil solches für gewöhnlich vor allem von CSU-Protzen, FDP-Reformern und Großkapital-Henkeln gefordert wird), sondern die Leistungen dessen, den wir beneiden, sehr genau prüfen. Es kommt vor, daß man Leute unterschätzt. Es kommt aber weitaus häufiger vor, daß jemand aus den verschiedensten Gründen überschätzt wird. Im übrigen ist der Neid auch schnell wieder weg: Was hilft das ganze Geld, wenn man im Gegenzug für den Mist geradestehen muß, mit dem man es »verdient« hat? Da befolgen wir doch lieber mit reinem Gewissen und blütenweißer Backlist-Weste ausnahmsweise einen Rat von Herrn Gauweiler.

(Dezember 1999)

Deutsche Sprache:
vom Einzelschuß zur Feuerwalze

Dem Hitler, so hört man, sind die Zähne ja förmlich aus dem Mund gefault; seine erste Geliebte Geli Rauball soll sich nach einem Kuß des Bildchenmalers vor Ekel das Leben genommen haben. Das erinnert uns daran, daß es früher ein Brauch war, Kindern den Mund mit Seife auszuwaschen, wenn sie Sauereien hineingenommen und wieder herausgesprochen hatten, »Scheiße« zum Beispiel. Für die Scheiße, die der deutsche Großführer dreißig Jahre lang in den Mund genommen hat, gab es in ganz Europa nicht genügend Seife (und vor allem niemanden, der sie ihm hineingesteckt und kräftig geschrubbt hätte). Kein Wunder also, daß Hitlers Mund schon vor seinem Tod so ähnlich aussah wie sein restlicher Körper ein paar Stunden danach. Und wie Europa, nachdem es der gangräne Brüllaffe mit seinem kriegerischen Lebenswerk überzogen hatte.

Daß ein Krieg dem Geisteszustand seiner Führer (!) nicht sehr zuträglich ist, ahnten wir schon länger, konnten es bisher nur kaum beweisen, weil die gängigen Vorführkriegführer (Wilhelm II, Hitler, Nixon etc.) schon vor Aufnahme ihrer Bemühungen um Zerstörung und Ausrottung nicht zu den sympathischsten Zeitgenossen und größten Denkern des Jahrhunderts gezählt werden konnten.

Das gilt für unsere derzeitige Regierung strenggenommen auch, dennoch ist es schon auffallend, geradezu »frappierend«, was SPD- und Grün-Politiker so von sich geben, seit Oskar Lafontaine vor einem knappen Jahr seinen Rücktritt bekanntgab. Vom »Deserteur« war die Rede; Kamerad Müntefering verdeutschte die angebliche Beleidigung zur »Fahnenflucht«, nach der man anderem Munde zufolge nun »die Truppe zusammenhalten« müsse. Daß ein Zusammenhang mit der von deutschem Boden ausgehenden Zusammenbombardierung jugoslawischer Teilvölker besteht, zeigte sich aber am deutlichsten an den Worten des Außenministers Josef Fischer: *Wenn sich der kommandierende General im entscheidenden Augenblick, wenn es bleihaltig wird in der Schlacht, vom*

Acker macht und Ihnen hinterher erzählt, wie Sie den Krieg hätten gewinnen können, ist das doch seltsam, oder? diktierte der keineswegs durch die Gnade der frühen Geburt zum eisern bekreuzten Veteranen geadelte Ex-Pazifist der SÜDDEUTSCHEN ZEITUNG in die kaum noch erstaunten Mikrophone. Daß sich die kurzzeitig als eine Art Helden ins Gespräch gebrachten Deserteure des Zweiten Weltkriegs derzeit keine besonderen Hoffnungen auf nachträgliche Amnestie oder wenigstens Entkriminalisierung machen brauchen, ist bei einem solchen Sprachstand wohl jedem klar.

In Bayern, wo eine besonders gut bestückte Vereinigung verhornter Holzköpfe regiert, pflegt man neben der ebenfalls in Fleisch und Blut und Boden verwachsenen Kriegsmetapher noch ein zweites Rede-Genre, dessen Beliebtheit daher rührt, daß sich die CSU gerne mit dem auf anderem Gebiet ähnlich arbeitenden FC Bayern identifiziert. Das führt nicht nur dazu, daß ihr Boß Edi »Hooligan« Stoiber bei jeder denkbaren und nicht auszudenkenden Gelegenheit von einer »Steilvorlage« spricht (und seine Leberkäs-Schergen und Schranzen ihm dies mangels eigenem Wortschatz blindwütig nachbrabbeln), sondern auch dahin, daß in Bayern Politik überhaupt so betrieben wird, als ginge es in erster Linie darum, einen mühsam herausgebolzten Vorsprung über die Zeit zu bringen, um sodann mit den Sponsoren in Verhandlung zu treten, wessen Schriftzug man in der nächsten Saison auf dem Trikot zu tragen hat.

Doping, im Fußball ein heikles Thema, ist dabei natürlich kein Tabu: Ein CSU-Spieler, der auf einer freistaatlichen Landstraße mit 350 km/h gegen einen Brückenpfeiler donnert oder das minderwertige Automobil eines gegnerischen Verkehrsteilnehmers in Kompaktschrott verwandelt und dabei einen Alkoholgehalt von unter zwei Promille aufweist, gilt als verhaltensgestört. Derartige Auswüchse von Abstinenz riechen doch allzu deutlich nach Eigentor oder zumindest einer Steilvorlage für die Opposition, die daraufhin die Dauertrunkenheit der Restmannschaft um so süffisanter anprangern kann: Na also, was ein guter CSU-Mann ist, der kann seinen verkehrspolitischen Verpflichtungen auch ohne Einnahme von sieben bis fünfzehn Weißbier nachkommen!

Andererseits hat es kaum Sinn und Aussicht auf Erfolg, wenn Angehörige weniger breitärschiger Erfolgsmonopolvereine auf fußballerische Redewendungen zurückgreifen. Die, so denkt der Volksmund, wissen doch gar nicht, von was sie da reden! Oskar Lafontaine bekam dies schmerzlich zu spüren, als er nach seinem Regierungsabtritt ein »schlechtes Mannschaftsspiel« beklagte. Ja meine Herren, schauen Sie sich doch an, wo der 1. FC Saarbrücken herumkrebst! und Hannover 96! und der Bonner SC, haha! Letzterer machte vor einiger Zeit sogar dadurch von sich reden, daß er plante, die gesamte kubanische Nationalmannschaft für den deutschen Spielbetrieb zu verpflichten – da haben wir's ja! Der bayerische Fußballverstand (außen Leder, innen Luft) kapiert sofort: Wenn Bonn nur noch über links kommt, kommen wir rechts nicht mehr durch, Mist! Ein Glück, daß Bayern längst in der euro-elitären Champions-League kickt. Deren Spielbetrieb ist zwar in etwa so interessant wie die Sitzungen des Europaparlaments, aber wenigstens hat man seine Ruhe vor den Umtrieben in irr gewordenen Bezirksligen.

Ich weiß, es gibt (zumal in der Winterpause) nichts Langweiligeres und Peinlicheres als die seit Jahrzehnten mit beharrlicher Penetranz betriebenen Zwangsanalogien zwischen Fußball und Politik nach dem Motto Adenauer/Herberger, Brandt/Schön, Kohl/Vogts usw. Deshalb wollen wir es nach einem kurzen Seitenblick auf das schöne historische Doppelportrait von Franz Josef Strauß und Dettmar Cramer dabei bewenden lassen.

Man kann – Achtung, es folgt eine Binsenweisheit! – auch ungehobelten Müll daherreden, ohne sich eine Landseruniform oder das verwaiste Matthäus-Trikot umzuhängen. Das kann zum Beispiel der ausgiebig verkalkte Möchtegern-»Genießer« Walter Scheel.

Scheel? Das ist der, der vor Jahren in einem Münchner Lokal bei einem Gelage mit Milliardärsspezln ein Brathendl bestellte und darauf bestand, das Ding müsse vergoldet sein, worauf ein großer Aufschrei durch die Boulevardpresse ging, die sich sonst für keine »augenzwinkernde« Verherrlichung der Bussi-Bussi-Nichtsnutze zu schade ist. Stimmt ja auch, schließlich hätte der frühere Bundespräsident das Gold auch einer vierkinderigen Sozialhilfeempfängerin schenken können, statt es umstandslos und unverdaut nach ein paar Stunden oder Tagen wieder auszuscheißen und damit nur die Binsenweisheit zu belegen, daß man Gold im Dreck findet.

Kürzlich mal wieder (vermutlich gegen ein horrendes Honorar) vor eine TV-Kamera geladen, gab Scheel kund, daß an den »Problemen« in Deutschland vor allem das Gerede von der sozialen Gerechtigkeit schuld sei. Und dann wisse keiner der Bedenken- und Beschwerdeträger zu sagen, was soziale Gerechtigkeit eigentlich ist.

Mag sein, daß dem sozial höchst ungerecht behandelten Pfeffersack Scheel inzwischen auch die Ohren so verhornt sind, daß er Argumenten schon akustisch nicht mehr zugänglich ist; immerhin hat er noch genügend Chuzpe, um gleich darauf wieder mal jenen Blödspruch in die Kamera zu rülpsen, den wir uns in den Jahren nach Helmut Kohls Machtübernahme so lange anhören mußten, bis er von der Realität endgültig widerlegt war: Soziale Gerechtigkeit ist nach Scheel, wenn man zuläßt, daß die Überschüsse entstehen, die nötig sind, damit es allen gutgehen kann. Das müsse man doch mal sagen! Daß die anderen immer ärmer werden, wenn wenige immer reicher werden, ist so simpellogisch und seit so vielen Jahrhunderten bekannt und bewiesen, daß man über Scheels Dreistigkeit wirklich nur noch staunen kann. Soziale Gerechtigkeit heißt also, daß endlich der Neid aufhört und man den Superreichen und Megakapitalisten ihre Ruhe läßt, wenn man sie schon nicht hofiert, ihnen Girlanden windet und vergoldete Hendln serviert. Und schließlich, so Scheel, herrscht in Deutschland Chancengleichheit! Stimmt: was ist schon dabei, 500 Millionen Mark zu erben? Das kann doch jeder! So bleibt am Ende nur eine Frage offen: Wieso schaffen es die Angehörigen der Scheelschen Turbokapitalismus-Sekte FDP bei ihren ubiquitären Propaganda-Auftritten im deutschen Fernsehen immer noch, so penetrant zu grinsen, wo ihnen doch eigentlich längst die Zähne herausgefault sein müßten?

Um diese Frage zu beantworten, sollten wir uns die neoliberalen Pappkameraden der Reihe nach eingehend anschauen. So viele sind es nämlich gar nicht mehr: Im Grunde besteht die Ein-Prozent-Partei, die nur bei Bundestagswahlen auf unerklärlichen Wegen immer wieder über die Fünf-Prozent-Hürde kommt (und damit verhindert, daß Hans-Olaf Henkel einen Putsch befiehlt) nur noch aus dem letzten Yuppie Westerwelle, dem mechanisch vor sich hin plärrenden Grußaugust Gerhardt, Frau »Schnarre« (BILD), Genschman und Otto Lambsdorff, für dessen mürrisches Gemurre man die Fernsehsendung »Sabine Christiansen« erfinden hätte müssen, wenn man sie nicht ohnehin erfunden hätte, um den ausrangierten Schlagzeilenvorleseroboter gleichen Namens irgendwie unterzubringen. Und natürlich Scheel selbst, der seine oben zitierten Äußerungen selbstverständlich in derselben Fernsehsendung tätigen durfte, wo überhaupt die gesamte FDP Stammgast ist.

Klären wir das der Reihe nach: Westerwelle sieht zwar inzwischen aus wie jemand, der gerade zum sechsunddreißigsten Mal durchs Abitur gerasselt ist, ist aber trotzdem noch zu jung, um die dentalen Folgen seiner Blödquatscherei schon zu spüren. Gerhardts Zähne sind wie bei allen Androiden aus Hartplastik; die Dame lächelt nie, Genscher auch nicht, und Lambsdorff natürlich sowieso nicht. Und Scheel? Der hat sich die Beißer vermutlich vergolden lassen.

(Februar 2000)

Quaddeln, Quatsch
und Scheiße für zwischendurch

»Was stellen Sie sich unter einer ›Website für zwischendurch‹ vor?« herrschte mich neulich an einem sonnigen Vormittag auf der Leopoldstraße ein marktforsches Pärchen an. Nichts, gestand ich, und schon hatte ich mir das Entsetzen der beiden Strahlgrinser eingefangen (von denen ich nur sie wirklich sah, weil er sein Auge in eine Videokamera quetschte, mit der er hektisch vor meinem Gesicht herumfuhrwerkte): »Und was machen Sie mit ihrer Fünfminutenpause?« plapperte sie mich entgeistert an.

Als ich (schamhaft lächelnd) zugab, von »meiner Fünfminutenpause« nichts zu wissen und auch nichts wissen zu wollen, fror ihr Grinsen ein (was nicht sehr attraktiv aussieht, weshalb ich sonnenstudiogestählten Fun-Fressen dringend empfehle, immer einen Ersatzgesichtsausdruck dabeizuhaben). Offenbar löste meine unerwartete Reaktion bei ihr ein ähnliches Empfinden aus, wie wenn eine Kartoffelverkäuferin am Viktualienmarkt ganz plötzlich die Existenz der sechsten und siebten Dimension bemerkt.

Ich ließ sie stehen und schlenderte weiter, weil man solchen Leuten ohnehin nicht helfen kann und ich mir von ihrem Werbegefasel nicht den sonnigen Vormittag verderben lassen will. Aber da taumelte schon der nächste heran, diesmal allein und etwas ungelenk, weil er gleichzeitig gehen, in die Kamera starren und reden mußte (man nennt diesen profitbedingten Hang zur konfusen Polyaktivität glaube ich »Dynamik« – er wird immer nötiger, solange es dem Kapitalismus nicht gelingt, den Produktivitätszeitraum eines Tages auf dreißig Stunden zu erhöhen). »Können Sie sich …«, begann er, aber da war ich ihm schon ausgewichen, worauf sich sofort eine Blase neuer Opfer um seine Linse sammelte, weil die Menschen erfahrungsgemäß nichts interessanter finden als eine Kamera.

Und da war mir der sonnige Vormittag nun doch vergällt, weil meine Allergie sich wieder regte. Eine Allergie ist entsetzlich, vor allem wenn man nicht weiß, woher sie kommt. Der ganze Körper wird zum juckenden Brandherd, das Gesicht nimmt

Züge von koreanischem Spätbarock an, Lippen verwandeln sich in Fahrradschläuche … und kein Mensch weiß warum.

Eigentlich läßt sich relativ einfach erklären, was da passiert: Sensoren im Körper stellen fest, daß irgendwas Schlimmes eingedrungen ist, und geben den Befehl zum Ausschlag. Daraufhin sammelt sich das Blut an bestimmten Stellen, die daraufhin natürlich enorm anschwellen, furchterregend aussehen und infernalisch jucken.

Oder ist es gar kein Blut, was sich da sammelt? Vielleicht Wasser? »Schlacke«? Was auch immer, das Prinzip ist klar. Dazu kommen gewisse Begleiterscheinungen, auch psychischer Natur: zum Beispiel eine Abneigung gegen die liberalistisch-kapitalistisch gleichgeschaltete Raserei-»Gesellschaft«, die neuerdings schon Dreijährige am liebsten an Computer anschließen möchte, damit sie »fit« für die »Wirtschaft« werden, und die jedem, der irgendwas Schönes, Gutes, Nettes macht, ständig entgegenbrüllt, er müsse sich um jeden Preis auf dem »Markt« durchsetzen, wo sich doch auf dem Markt nur billiger Mist durchsetzt.

Diese Gesellschaft funktioniert genauso wie eine Allergie: In diesem Fall ist es der gesamte Bestand an Geld und wertvollem Gut, der sich quaddelähnlich an bestimmten Punkten ansammelt, die daraufhin zu fürchterlicher Häßlichkeit anschwellen, sich aufführen wie faschistische Faschingsnarren und den Rest der Welt irgendwie ziemlich jucken; schon deshalb, weil er auf seine zagen Hinweise, er könne auch ein bißchen was von dem gesamten Wertbestand brauchen, immer nur zu hören bekommt, dann möge er sich gefälligst anstrengen und etwas »leisten«. Logisch, daß ein Allergiker diesen Circus nicht ausstehen mag.

Besonders empfindlich bin ich dann aber auch für die unerträglich ekligen Stacheln, die die allumfassende Blödheit der kapitalistischen Weltmaschine in den weichen Panzer meiner Selbstachtung hineinsticht, indem sie zum Beispiel überall Tafeln aufstellt, die irgendwelche hirnlosen Parolen verkünden. Zu diesem Zweck hat man neuerdings neben den Kamerasklaven die Elektronik erfunden – das ist besonders toll. Man wartet dann mit leerem Kopf auf die U-Bahn, und eine Tafel strahlt einem unvermittelt in Riesenlettern eine »Info« wie diese ins Gesicht: »Spendenaffäre: Schäuble nimmt Kohle in Schutz«. Wenn einem da nicht der Kragen platzt, hat man keinen, und das ist bei winterlichen Temperaturen ein Fehler, zumal wenn der Hals mit unansehnlichen Ausschlägen bedeckt ist.

Allergien werden durch Ernährung ausgelöst, höre ich, und zwar speziell durch falsche Ernährung. Nun wäre es eine interessante Frage, wie man sich in Zeiten, wo neunzig Prozent der Nahrung aus Dreck, Müll und Resten bestehen, die mit Aromastoffen, Glutamat und E605 in »Fertiggerichte« verwandelt werden, überhaupt unfalsch ernähren soll; wo alles, was der Mensch eigentlich ißt, doch längst vom industriellen Profitmaximierungsgedanken ausgerottet oder zu krebserregendem Schrott heruntergezüchtet worden ist. Eine solche Frage stellt man am besten immer denen, denen es gut geht. Das heißt: denen, die Erfolg haben, denn wenn man Erfolg hat, dann geht es einem gut.

Zum Zwecke der Erkundung der Frage, was man dafür tun kann, daß es einem besser geht, gibt es neuerdings gegen die horrende, für Erfolgsmenschen jedoch lächerliche Summe von 9 DM ein dünnes Heftchen zu kaufen, in dem alles drinsteht, inklusive weitaufgerissener Strahlgesichter der Lejeune-Tschacka!-Bande – jener »Leute«, die immer so gerne die Erfolgsfäuste in die Luft schleudern, wenn sie wieder mal ein Milliärdchen »gemacht« haben, und die von der Sucht, nach »oben« zu kommen, so besessen sind, daß sie notfalls den unter ihnen Situierten die Fresse zusammentreten, weil das wieder ein paar Zentimeter bringt.

Aus unerfindlichen Gründen hat dieses Heftchen (es heißt, na klar, »Noch erfolgreicher!«) einen »Chefredakteur«, der aussieht wie ein BWL-Würstchen, dem man ein gutes Pfund reines Amphetamin eingepumpt hat (Zitat: *Ich verspüre vor allem während der Arbeit ein unglaubliches Glücksgefühl!*). Und der hat für den Fall, daß einem der »shareholder value« den Ranzen nicht füllen sollte, ein paar Ernährungstips für »Erfolgreiche« parat: *Meinen täglichen Vitaminbedarf decke ich neben Früchten mit gedämpftem Gemüse ab.* Wie man solch »gedünstetes Gemüse« herstellt, ist dankenswerterweise Thema der ganzseitigen Rubrik »Ernährung« in demselben Heftchen: Nachdem man sich also *Gemüse, z. B. grüne Bohnen, Brokkoli, Blumenkohl, Fenchel, Peperoni, Lauch, Zucchetti etc.* gekauft hat, schneidet man es *in kleine Würfel und Scheiben,* füllt Wasser in den Kochtopf, bringt es zum Kochen, legt das Gemüse rein und läßt es *etwa während fünf Minuten dämpfen.* Das war's schon weitgehend, es folgt das, was erfolgreiche Menschen unter »Genuß« und »gesunder Ernährung« verstehen: *Dann nehmen Sie das Gemüse heraus auf einen Teller, mischen etwas rohen Butter darunter und würzen mit Pfeffer, Aromat oder Pizzagewürz. Schon ist ihr Menü fertig: Eine gesunde Mahlzeit mit vielen Vitaminen, die einerseits äußerst schmackhaft ist und in gerade einmal 10 Minuten gekocht wurde – guten Appetit!*

Und gutes Kotzen in der anschließenden Fünfminutenpause, füge ich bei dem Gedanken an gekochte Peperoni mit Blumenkohl und »Aromat« hinzu. So viel zu den Legenden um überflußverzehrende Börsengelage mit Kaviar, Froschschenkel, Champagner und Nachtigallenzungenpastete. So was essen doch heute nur noch Sozialhilfeempfänger!

Und während ich all das schreibe, jault im Hintergrund jemand in höchster Verzweiflung: »Crunchips makes the life go round!« Da muß ich mich leider verabschieden (es schreibt sich schlecht mit ballonartig angeschwollenen Händen) und mich ausgiebig kratzen gehen, ehe ich diese Welt aus dem Fenster werfe.

(Mai 2000)

Nur Feiglinge schwimmen gegen den Strom oder: Toleranz im Handwaschbecken

Kürzlich zu sehen: Otto Schily verleiht im ZDF-»Sportstudio« einen Preis an Sportler. Die bronzene Skulptur, so Schily, geschaffen von einem Behinderten (die Skulptur, nicht der Minister), stelle den Trost des Siegers an den Verlierer da. Prima Idee! Das sollten wir auch in der »Wirtschaft« einführen: Ab jetzt werden die Vorstandsvorsitzenden von Siemens etc. einmal im Jahr ihren Angestellten und Untergebenen »Trost« spenden: Ihr armen Teufel, tut uns echt leid – vielleicht wird's im nächsten Leben was. Schließlich kann es in der Marktwirtschaft jeder schaffen!

Nein, worum es dabei wirklich geht (wieder Wortlaut Schily): »Wir zeichnen jemanden aus, der sich wirklich in Toleranz ausgezeichnet hat.« Ausgezeichnet wird zum Beispiel ein Schwimmer, der bemerkt hat, daß sein Nebenschwimmer regungslos im Wasser lag, weil ihm ein Brustwirbel rausgesprungen war und er sich nicht mehr rühren konnte. »Es war ihm wichtiger, daß ein Menschenleben nicht zu Schaden kam, als der sportliche Erfolg«, sagt Schily. Anders zu handeln, sage ich, ist nicht etwa intolerant, sondern extremliberalistisch und wahrscheinlich strafbar. Niemand zeichnet einen Autofahrer aus, der wegen eines blutenden Schwerverletzten am Straßenrand anhält und ihn ins Krankenhaus fährt. Dabei verzichtet der mit seinem Akt der »Toleranz« nicht nur auf »sportlichen« Erfolg, sondern sogar möglicherweise auf wirtschaftlichen, weil er ja in der Zeit, in der er da hilft, schon wieder eine Menge für das Wachstum leisten könnte. Mit anderen Worten: Auch er schwimmt, und zwar gegen den Strom.

Apropos Toleranz: Von dem Fuldaer Bischof Ernst Johannes Dyba mag man halten, was man will (man kann, abgesehen von seiner etwas seltsamen Einstellung zum weiblichen Körper, eine Menge von ihm halten; zum Beispiel hat der Mann wenig für Katholikentage übrig), er hat jedenfalls eine schicke Lieblingsbeschäftigung: Dyba tut gern landschaftsschwimmen. (Da übrigens wäre ich doch beinahe der mutmaßlichen deutschen Rechtschreibung auf den Leim gegangen und hätte behauptet,

Dyba schwimme gerne Landschaft, was nun nicht leicht vorzustellen ist. Noch problematischer: »Dyba pflegt Landschaft zu schwimmen.« Aus solchen Sätzen können die ärgsten Mißverständnisse entspringen – jeder Redakteur dieser Welt wird denken: »Tja, so ist das bei schönem Wetter! Da rutscht einem wie dem Sailer leicht einmal ein ›Baden‹, ›Schwimmen‹ oder ›Sonnenöl‹ in den Text hinein, das da gar nicht hingehört!« Schwupps, ist das Wort weg, und rechtschaffene Katholiken werden uns noch in zweihundert Jahren von dem großen Kirchenmann erzählen, der im Nebenberuf Landschaftspfleger war.)

Auch Bischof Dyba selbst sitzt einem Mißverständnis auf (wie man so sagt, obwohl man sich das auch nicht ganz leicht vorstellen kann), wenn er (Tucholsky zitierend) behauptet: *Nichts ist schwerer und nichts erfordert mehr Charakter als sich im offenen Gegensatz zu seiner Zeit zu befinden und laut zu sagen: Nein.*

Das ist nachweislich falsch. In Wirklichkeit kann man es im Alltagsleben gar nicht vermeiden, gegen den Strom zu schwimmen. Das geht schon los, wenn man sich auf eine dieser modischen bunten Zusammenkünfte begibt, wo Kultur gemacht wird, und absolut keine Lust auf eines dieser modischen bunten Blubbergetränke hat. Sagt man zum Kellner (zu dem erschwerend hinzukommt, daß er sich in solchen Fällen meist ebenfalls für Kultur oder gar einen »Kulturschaffenden« hält), ein »ganz normales« Bier wäre einem lieber, muß man sich sofort Sätze anhören wie »Aha! Wir sind wohl ein Querdenker! Hm? Hm?« und sieht sich im Handumdrehen von Menschen umgeben, die einem ein nachsichtiges Schmunzeln entgegenhalten.

So geht das weiter. Wenn man Hunger hat und essen gehen will, kann man sich zur Zeit entweder einen Teller mit diesen »Tapas« hinstellen lassen, oder man sitzt ganz allein in einem Wirtshaus, ißt einen »ganz normalen« Schweinsbraten und gilt fortan als unheilbarer Nonkonformist. Wenn man dann noch den Wirt an den Tisch zitiert und ihn fragt, ob es nicht möglich sei, die Glutamatverwendung in seiner Küche etwas einzuschränken, damit nicht jedes Stück Fleisch wie ein sechzehn Jahre altes und vier Wochen gekochtes Suppenhuhn schmeckt, ist es ganz aus.

Um mit dem Strom zu schwimmen, ist es damit aber noch lange nicht getan. Man müßte BILD abonnieren, sich für die eingewachsenen Zehennägel irgendwelcher monegassischen »Fürsten« interessieren, »Radio Charivari« hören und Phil-Collins-Platten kaufen, Günter Grass lesen und bei jeder Gelegenheit »betonen«, er sei früher besser gewesen, Hera Lind lesen, Kracht und Barre lesen, um »mitreden« zu können, SPD wählen, am Wochenende im Garten Dampfstrahler, Kreissäge, Laubsauger und Shredder einsetzen oder sich in ein »Ausflugsgebiet« begeben, um eine »Aussicht« zu genießen und ein Erfrischungsgetränk einzunehmen. Man müßte »Big Brother« anschauen, Thomas Gottschalk lässig finden, die Scorpions für Menschen, Michel Friedman für einen Politiker und Hellmuth Karasek für intellektuell halten, sich seine politische Bildung von der Glotzkachel Christiansen vermitteln lassen, dem fönfrisierten Zigarettenfilter Ulrich Meyer und seinen Geschichten von »übers Ohr gehauenen« Autofahrern, vergifteten Nachbarshunden und siamesischen Zwillingen Interesse »entgegenbringen« sowie sein Geschichtsbild nach Guido Knopp formen, jenem gesamtdeutschen ZDF-Jahrhundertmythenzusammenköchler, der aussieht wie eine kandierte Kreuzung aus besagtem Meyer und Rudi »Mein Hundili-Tuntili ist mir doch das beste in der Welt« Moshammer. Man müßte täglich »online« sein, Bratkartoffeln in der Tüte und Käse-Salami-Zeug aus der Tiefkühltruhe kaufen und womöglich verzehren, sich mit Kabarett amüsieren, Faschingsparties besuchen, »Fruchtzwerge« schlabbern, Ikea-Möbel bewohnen, in Einkaufszentren Krabbencocktails essen, überhaupt in Einkaufszentren gehen, Jürgen W. Möllemann pfiffig finden, »mobil« telephonieren, zu »Expos«, Love Parades und Katholikentagen strömen und sich wahlweise wie »Alles mega!«-Deppen, Betroffenheitsampeln oder explodierte Vogelscheuchen aufführen, auf Rollschuhen durch standardisierte Freizeitgebiete rasen, fünfzehn Küchenmaschinen besitzen, Geranien gießen, in bunten Hosen und Hemden in die Dominikanische Republik fliegen, ein aufrechter Demokrat sein, einen Führerschein machen, um den Rest des Lebens im Stau zu verbringen, amerikanische Krimis und deutsche Talkshows glotzen, Bill Clinton für seinen Beitrag zur europäischen Vereinigung dankbar sein, global denken, flexibel sein, arbeiten wollen, Aktienkurse und »Charts« verfolgen, Kolumnen »knapp und prägnant« formulieren, meterhohe Turnschuhe tragen, die »Zukunft« gestalten, und man müßte noch so dies und das, was »man« so tut und was kein Mensch auf die Dauer durchhält, ohne daß ihm eines Morgens der Kragen platzt und er Lust verspürt, mal wieder so richtig negativ zu denken und zu Johannes Mosts bewährtem Standardwerk »Revolutionäre Kriegswissenschaft« zu greifen, um ein bißchen wirksame Schießbaumwolle zusammenzurühren.

Genau: positiv denken müßte man natürlich auch noch, und zwar ganztägig und flächendeckend. Zum Beispiel beim Blick ins Bierglas: »Huch! halb leer!« erschrickt der Pessimist; »Ha! noch halb voll!« grinst der Optimist. »Ist ja noch ein neues da!« denkt man positiv. »Kommt auch immer wieder eines nach, solange die Wirtschaft brummt und das Wachstum greift!« Man lernt solches Denken bei der Lifestyle-Verblödungsmafia, deren Gazetten man selbstverständlich regelmäßig durchblättern müßte.

Wie schwer es ist, mit dem Strom zu schwimmen oder irgend jemanden dazu zu bringen, das zu tun, belegen verzweifelte Animationsversuche von BWL-Mullahs wie dem IBM-Einpeitscher Erwin Staudt, der vor einiger Zeit auf die Frage, warum das Internet wirtschaftlich noch nicht »greife«, folgendes äußerte: »Das Problem ist nicht der Zugang! Herr Sommer hat ja jetzt die Schulen angeschlossen! Wir müssen uns begeistern für die neuen Technologien! Wir müssen unsere Bedenken zurückstellen! Wir müssen uns da reinstürzen wie die Asiaten!« Wem angesichts derartiger Entmenschung nicht der Appetit vergeht, der schwimmt nicht etwa mit dem Strom, er IST der Strom.

Strom will ich nicht sein, der ist gefährlich. Das lernt man in der Schule: Wer sich da reinstürzt, d. h. z. B. in die Steckdose langt, verwandelt sich binnen Tausendstelsekundenbruchteilen in eine Mischung aus Love-Parade-Besucher und Schwarzgeräuchertem. Das möchten auch Asiaten nicht, und ich will es schon gar nicht. Weil ich Angst habe, weil ich ein Feigling bin, weil meine drei

Nerven ein Leben im Konsens nicht ertragen würden. So einfach ist das, und deshalb wird mich auch hoffentlich nie jemand in ein ZDF-»Sportstudio« einladen, um mir einen Preis für vorbildliches Verhalten zu überreichen oder gar zu behaupten, ich sei in irgendeiner Art, Weise, Form oder Minute tolerant auch nur gewesen. Da geh ich lieber Landschaft schwimmen.

(Juli 2000)

Störfall Genuß

Michel Friedman, einer der führenden deutschen Produzenten überkandidelten Hochstich-Schwachsinns, vermeldete neulich, er schalte sein »Handy« immer dann aus, wenn er *sinnliche Genüsse erlebe*. Nun stelle ich mir vor: Friedman sitzt in einem Restbestand von Landschaft, weil sein Chauffeur durch einen Stau gezwungen ist, den Benz von 250 auf Null herabzudrosseln, betreibt das übliche Fraktionsintrigen- und Pressemitteilungsgeplapper, sieht aus dem Fenster auf einen Baum und unterbricht seinen Schwall mit einem entschiedenen: »Oha! Muß aufhören, erlebe gerade einen sinnlichen Genuß!«

Friedman erzählt viel, wenn der Tag lang ist. Das meiste davon ist bei näherer Betrachtung lustiger als Otto Waalkes' Lebenswerk, aber hier hake ich ein. Denn der Mann im Ölanzug meint mit sinnlichen Genüssen *Restaurant, Kino, Konzert, Theater* und ist somit typischer Vertreter der Mainstreamsinnlichkeit einer dynamischen Elite. Immerhin wissen wir nun, daß er noch nie ein Buch gelesen hat (zumindest nicht ohne dabei zu telephonieren); weiterhin erfahren wir, daß er auch noch nie einen Spaziergang gemacht hat, denn immer wenn er unterwegs ist, geht es *um Dialog* (und außerdem hält er Hamburg für *die schönste, ästhetischste Stadt Deutschlands*). Moment! fährt der andynamisierte Leser dazwischen, man kann doch wohl auch mit einem Telephon spazierengehen und lesen! Man kann heutzutage alles neben einem Telephon! Sogar Hamburg schön finden! Und überhaupt ist der Herr Friedman ein Snob, denn wer sich in die Unerreichbarkeit flüchtet, nur weil er ein Dutzend Austern mit Champagner verdrücken möchte, der entzieht unserer Wirtschaft dringend benötigte Fortschrittsenergie!

Friedman (*Wagner ist kein Schwerpunkt*) ist kein Schwerpunkt. Wir finden das Phänomen allenthalben: Der betrunkene Sozialhilfeempfänger sitzt mit seinen Kumpels am Eisbach, alle ans Netz angeschlossen, damit man dem ungeduldigen Schwarzarbeitgeber in Grünwald mitteilen kann, man könne leider erst morgen zum Swimming-pool-Säubern kommen, weil sich die Salonentrümpelung beim Grafen Hackensack unerwartet in die Länge ziehe. Der Jung-Manager mit Dreihundert-Stunden-Woche muß jeden Abend geplättete Hunde und Radfahrer von seinem Porsche kratzen lassen, weil er ja geradezu in den Ruin rennen würde, wenn er in der Haarnadelkurve seine Direktverbindung zu den Börsenkursen trennte, um sich auf den Verkehr zu konzentrieren. Telephoniert wird überall, immer und von jedem. Bis das Hirn schmilzt wie eine Polkappe. Telephonieren ist Arbeit. Eine ordentliche Wirtschaft und ein zünftiger Aufschwung ist ohne Telephon gar nicht mehr denkbar! Leider sind alle Versuche, den ökonomischen Terminal Mensch auch im Schlaf telephonisch mit Information zu füllen bzw. eine solche von ihm abzuzapfen, bislang ergebnislos geblieben.

In diesem Punkt übrigens zeigt Friedman sein soziales Herz. Während wir anderen von unserem Beitrag zur Ankurbelung der kapitalistischen Weltzerstörungsmaschine erschöpft auf die Matratze plumpsen, verbringt er immer dann schlaflose Nächte, *wenn Teile Deutschlands wieder rassistisch, nationalistisch, antisemitisch und gewalttätig sind*. Da wundern uns auch seine hängenden Lider nicht mehr, und wir werden unwillkürlich versöhnlich: Wer seit mindestens fünfzehn Jahren kein Auge mehr zugetan hat, dem gönnen wir gelegentlichen telephonfreien sinnlichen Genuß.

Andererseits: so etwas Tolles ist ein Genuß nun auch wieder nicht. Ursprünglich hieß »genießen« bloß: zu sich nehmen und bei sich behalten (was etwa mit dem Gallenröhrling nicht geht, der daher auch bis heute »ungenießbar« genannt wird). Im 18. Jahrhundert setzte ein Bedeutungswandel ein, um den proletarischen Verzehr von Rumfordsuppe und ähnlicher Nährpampe vom spitzlippigen, sinnlichen Konsum sibirischer Nachtigallenzungen an Rosenschaum zu unterscheiden. Dank der Schreib-»Reform« sind solche Bedeutungsverschiebungen inzwischen verboten, und dank einer ganzen Industrie tun wir heute auch mit Tiefkühldreck, Tütenschlacke und Gummikotze wieder das, was man laut Packungsaufdruck damit tun muß: genießen. Fast ein guter Grund, sich ein Mobiltelephon anzuschaffen.

(5. Oktober 2000, SÜDDEUTSCHE ZEITUNG)

Dicker Lärm und rote Schweine

In München gibt es zwei Grundregeln. Erstens: In einen Schweinsbraten (zu dem der moderne Mensch »Schweinebraten« sagt, obwohl im Normalfall höchstens ein Tier beteiligt ist) gehört so viel Natriumglutamat, daß er schmeckt wie ein zweiundvierzig Jahre altes Suppenhuhn, das sein Leben lang nur Salpeter gegessen hat. Zweitens: Wenn sich morgens herausstellt, daß es sonnig und warm zu werden droht (was heutzutage glücklicherweise nur noch im Herbst geschieht), muß die Stadt beschallt werden.

Für ersteres läßt sich notfalls eine Erklärung finden: Zwar sieht, wer zuviel Glutamat zu sich nimmt, irgendwann aus wie Guido Westerwelle nach sechs Stunden Hochdruck-Sauna. Wenn er nicht fünf Maß Bier hinterhertrinkt – dann verwandelt er sich zielstrebig in Franz Josef Strauß, und das ist Gotteslästerung und also nur durchzuführen, wenn man wenigstens eine entfernte Vervetterung mitbringt. Jedoch mit ordentlichen Mengen des Giftsalzes – das es seltsamerweise in den Gewürzregalen mancher Super-, Mega- und sonstiger Märkte zu kaufen gibt, obwohl ernsthafte Chemiker seit Jahren empfehlen, es auf dieselbe Liste zu schreiben wie E 605 – läßt sich selbst ein mumifizierter Haufen Flachsen-Leder, der eigentlich in die Schuhfabrik oder den Sondermüll gehört, noch in etwas verwandeln, was äußerlich einem Küchenprodukt ähnelt; zumindest wird das ehemalige Fleisch hübsch rötlich und zerfällt bei der geringsten Berührung. Herrlich zart! ruft dann der Gast.

Das zweite Phänomen reicht tiefer, und seine Auswirkungen reichen in alle Lebensbereiche hinein. Zum Beispiel fällt einem, der sich zu einer beliebigen Zeit auf oder (vorsichtiger) an die Leopoldstraße begibt, sofort ein, was er in der Schule (oder auf dem Pausenhof) gelernt hat: Wenn alle Chinesen gleichzeitig in die Luft springen, ist es mit der Erde und ihrer Umlaufbahn vorbei. Allerdings, so will einem scheinen, haben die Chinesen beschlossen, vor dem großen Sprung nach oben erst mal den Heiligen Römischen Gleichschritt Deutscher Nation einzustudieren. Er gelingt ihnen, das läßt sich über die Kontinente hinweg hören, schon recht gut. Was für ein Erstaunen, wenn man dann dank einem plötzlich heruntergekurbelten Fenster oder Dach feststellt, daß das infernalische Wumpern nicht etwa fernen Gefilden entstammt, sondern einem Automobil, und daß dessen Insassen noch weitgehend am Leben sind! Sie fühlen sich sogar tierisch wohl!

Es gibt ernsthafte Theorien, nach denen der Homo industrialus vor allem deshalb lärmt, Amok läuft und Hooligan wird, weil ihm alles zuviel ist. So ist der Mensch: Kaum ist ihm alles zuviel, macht er mit Gewalt noch mehr.

Stop – Rückspultaste – genau: tierisch. Was hier geschieht, entstammt einer archaischen Verhaltensweise, die wir auch von Elefanten kennen: Wenn denen Gefahr droht, warnen sie entfernte Kollegen durch gezieltes Stampfen. Setzte man einen Elefanten auf einen Motorroller und gäbe ihm den Auftrag, zum Beispiel die Leopoldstraße zu befahren, käme er aus dem Stampfen gar nicht mehr heraus und würde unweigerlich kentern. Um Gottes Willen, hier sind alle verrückt geworden! würde er denken und unter Umständen sofort eine Art Union Move zusammenrufen, um selbst noch seinen entferntesten Artgenossen dringend abzuraten, in Hellabrunn und seiner weiteren Umgebung um Asyl nachzusuchen.

Bedenkt man nun noch, daß nicht wenige der Rumms-Auto-Insassen aufgrund exzessiven Konsums von Schwein, Glutamat und Süßgetränken äußerlich Elefanten sehr ähnlich sehen, hat man wieder mal was verstanden.

(19. Oktober 2000, SÜDDEUTSCHE ZEITUNG)

Vom rollenden zum rechten Terror

Es ist sehr begrüßenswert, daß wir ein Auto als Bundeskanzler haben, das dafür sorgt, daß das Benzin weiterhin massiv subventioniert wird und nicht kostet, was es kostet (fünf Mark sagen die einen, acht Mark die anderen). Sonst könnten sich auf Deutschlands Straßen bald beängstigende Szenen abspielen. Freilich: auf Deutschlands Straßen spielen sich bereits jetzt beängstigende Szenen ab, aber jene wären von ganz neuer Natur.

Man stelle sich vor: Massen verelendeter Autofahrer ziehen durch die Städte und über Land, in einem Zustand, der jeder Beschreibung spottet, weil sie sich den Grundbedarf an ihrem Hauptlebensmittel (raffiniertes Erdöl) buchstäblich vom Mund absparen müssen und daher auf Semmeln, Bier, ja sogar Computerspiele und Pur-CDs verzichten! ihre Kinder nicht mehr füttern (von denen es immer mehr gibt, seit nicht mehr tausende, sondern nur noch hunderte auf den Straßen totgefahren werden)! Ein großer Teil der Mobilen hat längst die Wohnung aufgegeben und ist ins Fahrzeug gezogen – die sanitären Bedingungen sind unhaltbar, aber Häuser gibt es zwischen den brachliegenden Autobahnen sowieso nicht mehr viele. Jeden Montag versammeln sich in Leipzig zehntausende der verwahrlosten Gestalten und brüllen im Chor: »Wir sind der Tank!« Marodierende Banden überfallen stillgelegte Tankstellen; an den Grenzen und auf Flughäfen kommt es immer wieder zu Todesfällen, weil verschluckte Kondome mit Schmuggelsprit in den Mägen der Kuriere platzen. Aus Bayern wird eine regelrechte Epidemie von Entzugsdelirien gemeldet, weil CSU-Abgeordnete neuerdings mit dem Fahrrad von Stammtisch zu Stammtisch fahren müssen und dazu ab zwei Promille balancetechnisch nicht mehr in der Lage sind.

Reihenweise gehen Privatsender pleite, seit Autowerbung wegen seelischer Grausamkeit verboten ist. Und den Bundeskanzler, der laut BILD an der ganzen Misere schuld ist, hat seit Monaten keiner gesehen – angeblich ist ihm auf Wahlkampftour durch Mecklenburg-Vorpommern das Benzin ausgegangen; es gibt aber auch eine andere, ziemlich brutale Theorie. Nicht umsonst hatte der Generalbundesanwalt gewarnt, die Drohungen der Treibstoff Armee Fraktion nicht auf die leichte Schulter zu nehmen! Nun droht eine Entwicklung wie im südlichen Nachbarland, wo Jörg Haider nach Auflösung der FPÖ und Gründung der Freie-Fahrt-Partei als Reichspetrolator daran geht, die ehemalige Republik von Fremdtankern und Öl-Asylanten zu säubern.

Danken wir Gott, der Vorsehung und uns selbst: Dies alles bleibt uns erpart, weil wir so klug waren, ein Auto zum Kanzler zu wählen! So können wir uns weiterhin über amüsante Fernsehdiskussionen freuen, in denen ADAC-Möpse die Tatsachenfeststellung, das Autofahren sei 1960 viermal so teuer gewesen wie heute, kühn und unwidersprochen kontern dürfen: Na und! Immer noch viel zu teuer! Stimmt sowieso nicht! So haben wir weiterhin einen Grund zum Arbeiten und Steuerzahlen, um die 600 Milliarden Mark, die die vom Autofahren verursachten Schäden jedes Jahr kosten, zu begleichen.

Und so brauchen wir uns weiterhin keine allzu großen Sorgen um unser Rentensystem zu machen, weil weiterhin 20.000 Menschen pro Jahr an Autoabgasen sterben – die 290.000 Kinder, die im selben Zeitraum aufgrund derselben Ursache an Bronchitis erkranken, und die 500.000 Asthmatiker, die kriegen wir schon wieder gesund, fahren wir sie halt irgendwohin zum Atmen, auf einen Berg oder so.

Das Autofahren ist eine Suchtkrankheit, die viele Merkmale aufweist, die auch für andere Suchtkrankheiten typisch sind, etwa die völlige Verweigerung einer vernünftigen Einschätzung der eigenen Lage. Auf eine auch nur angedrohte und teilweise Reduzierung der täglichen Dosis reagiert der Abhängige mit wüster Randale – er hat Angst vor den Qualen des Entzugs. Anders jedoch als etwa Heroin ist das Auto nicht nur eine individuelle, sondern auch eine großkollektive Sucht. Die wichtigste Voraussetzung für eine Heilung, das Eingeständnis der Abhängigkeit, ist damit vorläufig noch utopisch. Zwar lesen wir in jeder Zeitungsnotiz über jemanden, der tot neben einer Spritze aufgefunden wird: »Schon der xy. Drogentote in diesem

Jahr.« Eine ähnliche numerische Kenntlichmachung unterbleibt beim Auto jedoch aus guten Gründen, denn wie läse sich das, wenn eine Meldung über ein totgefahrenes Kind mit dem Satz endete: »Dies ist bereits der 2.176. Autotote in diesem Jahr«? Der organisierte Massenmord per Kühlergrill, so könnte man formulieren, stößt auf weitgehende Toleranz.

Apropos: München sage *Ja zur Toleranz*, war unlängst zu lesen, und daß München damit den rechten Terror beenden wolle. Hm. Ist es denn in Wahrheit nicht gerade die Toleranz gegenüber dem Nazi-Getue, die uns den ganzen Karneval erst eingebrockt hat? möchte ich fragen.

Aber nein: Toleranz wird natürlich gefordert gegenüber zum Beispiel dem Staatsbürger mit leicht angebräunter Hautfarbe, dessen Großvater versehentlich Marokkaner war. Was hat der getan, daß ich tolerant sein soll? frage ich beiläufig, betrachte eine Katze, die zufällig vorbeikommt und sehr undeutsch aussieht, und lasse mich in den winterlichen Atmosphärentraum zurücksinken.

Aber die Realität ist ein lauter Bursche, und schon randaliert sie wieder los mit ihren Zumutungen: Eine Flensburger Staatsanwältin, die im Namen des deutschen Volkes die Bestrafung zweier Skinheads durchsetzen soll (weil diese einen Obdachlosen totgetreten haben), stellt fest, dieser Mord (oder meinetwegen Totschlag) sei *überhaupt nicht als rechtsextremistische Tat einzuordnen*. Im Gegenteil! Die beiden Kahlen haben, laut Staatsanwältin, ihr Opfer vor dem Totdreschen zunächst *ganz lange toleriert*.

Heißa, das ist doch ein Riesenerfolg! Wenn wir den verblödeten Nazi-Deppen nun noch beibringen, ihre Opfer noch gaaanz viel länger zu tolerieren – im Fall von Obdachlosen und anderem Sozialmüll vielleicht sogar bis zum Zeitpunkt der Selbstentsorgung via sozialverträgliches Frühableben –, dann ist alles wieder prima und Deutschland erstrahlt als Hort des totalen Friedens im Glorienschein allumfassenden Gegenseitighinnehmens. Der »Standort« ist »gesichert«.

Nur ich muß leider eine Ausnahme machen (und mich kurz bücken, um meinen geplatzten Kragen wieder aufzusammeln).

Ich empfehle ungern und selten etwas, aber wenn, dann meistens Intoleranz. Warum sollen wir es uns gefallen lassen, wenn die ekelhaften Nazis durch die Stadt paradieren und »Hier marschiert der nationale Widerstand« brüllen? Wieso dulden wir Politiker, die in die Welt hineinposaunen, Ausländer seien unnützes Geschmeiß, und die uns im nächsten Moment bei einer Lichterkette gegen Nazis vor der Kamera die Hand geben wollen? Zu welchem Zweck sollen wir uns den ganzen Tag mit Musik berieseln und behämmern lassen, die klingt wie ein SS-Trupp und aussieht wie ein SS-Trupp, wenn uns dann in den TAGESTHEMEN erzählt wird, die Musizierenden lehnten das Dritte Reich aus tiefstem Herzen ab? Warum müssen wir es hinnehmen, von enthirnten Knochenköpfen umgebracht zu werden, bloß weil diese so brav sind, nicht *bewußt zu planen, loszugehen, um Obdachlose zusammenzuschlagen* (wie die Flensburger Staatsanwaltschaft meint)? Warum sollen wir uns das alles bieten lassen?

Und warum müssen wir überhaupt den ganzen Circus von nationalen und neoliberalistischen Tolligkeiten hinnehmen, der uns irgendwann alle entweder zu Wirtschaftsfaschisten oder zu richtigen Nazis werden läßt? Warum werfen wir den ganzen Sauhaufen nicht einfach hinaus?

Weil wir dann genauso schlimm sind wie die – das ist die crux mit der Toleranz: Sie schadet immer den Falschen.

(Januar 2001)

Fitneß pur: Das große Amerika-aus-dem-Fenster-Schmeißing!

So! und jetzt werfe ich den Computer aus dem Fenster! Da niemand in der Lage ist, mir zu erklären, wozu es nötig sein soll, jeden Monat ein teures neues Programm zu installieren, das noch schlechter funktioniert als das alte, bei dem dafür aber ständig grinsende Männchen über den Bildschirm hüpfen und mit Fragezeichen um sich werfen, werde ich zunächst den ganzen Quatsch von »Adobe Go Live« über »Netzwerkumgebung« bis »Gehe zu Schrank« und wie die kleinen Briefmarkenbildchen alle heißen nicht etwa »löschen«, sondern mit dem Hammer aus dem Bildschirm herausschlagen, dann den Rest aufs Fensterbrett stellen, mir eine standfeste Leiter besorgen und den ganzen Müll mit einem Fußtritt wie Horst Hrubesch zu seinen besten Zeiten hinausbefördern in das, was man angeblich »Welt« nennt (oder meinetwegen »Hof«). Ha! Ha! Ha! Fucking hell!

Aber im Ernst: Wenn man sich vorstellt, daß ungefähr hundert Milliarden Menschen momentan damit beschäftigt sind, in ihren Büroschachteln Tobsuchtsanfälle zu bekommen, weil auf ihrem Schirm eine Meldung wie »Internal error 53« oder »%nbxkynntßr Fßhlßr dß0 Anforderung ß000000061« oder »Dieser Vorgang wird wegen eines unzulässigen Vorgangs abgebrochen« erscheint und nicht mehr weggeht, dann möchte man gar nicht wissen, wie die Welt aussähe, wenn all diese Leute in der Zeit, die sie mit nutzlosem Eintippen verbringen, etwas Sinnvolles oder noch besser gar nichts täten. Das kann sich leider kaum jemand leisten, denn man braucht Geld, um Schachteln mit Nahrung zu kaufen und in Schachteln wohnen zu dürfen, und Geld bekommt man nur, wenn man in Büros sitzt und eintippt. Außer man hat schon Geld, weil man es geschenkt bekommen hat; dann ist man fein raus und kann tun, was man will. Solche Leute gibt es nicht viele. Um zu erfahren, was sie tun, muß man Heftchen aufschlagen, die andere in Büros eintippen.

So liest man in etwas namens AMICA dies: *Das Schlimmste, wenn eine Liebe zu Ende geht, ist der Verlust, das Suffering.* Soll Ben Becker gesagt haben. Das ist so supergeil, daß ich wünschte, ich hätte es ausnahmsweise selbst gelesen! Der Beweis, daß der Rinderwahnsinn den Menschen noch viel schlimmer befällt als das Rind, ist damit zwar nicht zu erbringen, da jeder weiß, daß man größere Dummheit als die der ganzen Boris-Ben-Bekker-Wepper-Beckenbauer-undsoweiter-Bagage nur in irrationalen Zahlen ausdrücken könnte. Aber für die Liste der Sportarten, die ich unter Mithilfe meines Lieblingsmenschen sporadisch führe (von denen wir selbst aber nur Dauer-Faulenzing betreiben), ist es ein wesentlicher Beitrag: Suffering! Sagt der Promi-Arsch zur Promi-Ärschin: »Du, Darling, mir wird das alles ein bisserl zu viel Verheirating in letzter Zeit! Ich glaub, wir machen mal Outdoor-Trenning und hängen ein paar Folgen öffentliches Suffering dran! Ich ruf schon mal den Franz Josef Wagner an wegen dem Schlagzeiling!« Hihihi! und hi! und nochmal hi: *Ich bin Künstler*, meint der Ben noch dazusagen zu müssen. Zum Glück habe ich seit einiger Zeit keinen Fernseher und damit auch keine Gelegenheit mehr, die »Künstler«-Familie Becker beim Extreme-Darstellering durch alle verfügbaren TV-Produktions-Zusammenstopselungen, Verzeihung: -lingen zu beobachten, das höchstens mit begleitendem Total-Suffing erträglich wäre. Für Männer wie diesen hat man das Wort »ficken« erfunden, damit sie es in skandalgeile Kameras blöken können.

Schlimm genug, das ganze Ge-inge, aber zu allem Überfluß kommt der Trödel auch noch aus Amerika, natürlich: aus dem Land, wo man alle zwei Wochen ein neues Sportgerät für tausend Dollar erfindet, von Negersklaven zusammenbauen läßt und sofort nach Deutschland exportiert, zum »Fett-Burning« für verknödelte Promi-Witwen und so was, und alle drei Wochen eine neue psychologische Technik, um den Mitmenschen zu einem Krümel Vogelscheiße zu machen und selbst als strahlender »Winner« durch die Welt zu marschieren, daß der Hitler dagegen ein Spaziergänger war. Niemand weiß, woher das kommt, aber jeder weiß, wo es hinführt: direkt in die FDP.

Aber über die wird sowieso zuviel geredet, darum bleiben wir noch ein bißchen in Amerika. Amerika ist ein lustiges Land. Die geistig behinderten, jugendlichen, armen, nichtweißen und/oder schlicht unschuldigen Leute, die man dort Tag für Tag vergast, mit Gift vollspritzt oder auf den elektrischen Stuhl schnallt, mögen anderer Meinung sein, aber immerhin haben die USA die Demokratie erfunden! Die funktioniert so: Alle paar Jahre treten zwei superreiche Pappkameraden vor die Fernsehkameras, rufen die »Nation« zur »Einheit« und zur »Geschlossenheit« auf (wie das hierzulande die Kartonbirnen Westerwelle und Stoiber gerne mit ihrer Partei machen, wenn ihnen überhaupt gar nichts mehr einfällt, also ständig) und werben mit Luftballons und Cheerleaders um Wählerstimmen. Die Wähler, so sie nicht Neger oder Bettler sind, müssen dann mit einem Stäbchen ein Loch in einen Pappendeckel machen; der kommt in eine Maschine, und die stellt schließlich fest, daß die Stimmen ungültig sind. Dann fangen die beiden Kandidaten zu streiten an: Darf man sich die Wahlzettel noch mal ansehen? (Auf keinen Fall! Das verfälscht das Ergebnis!) Soll man noch mal neu wählen lassen? (Niemals! Die Wähler – oder die Maschinen – könnten sich anders entscheiden!) Sind da nicht ein paar zehntausend Wahlzettel nachträglich manipuliert worden? (Na und! Ein Wähler kann sich auch mal irren!) Und am Ende befiehlt ein Richter, daß derjenige der beiden Männer Präsident ist, der den bekannteren Namen trägt (nämlich den seines Vorvorgängers George »Graf Koks« Bush mit einem »W.« für »Wiederholung« in der Mitte) und weniger Ahnung von irgendwas hat (man darf der Welt nicht zuviel zumuten! Wer läßt sich schon gerne von einem intelligenten Mann bombardieren?). Der andere hat tausend Millionen Dollar für Luftballons und Cheerleaders umsonst ausgegeben (Immerhin: so kam das Geld wenigstens ausnahmsweise Menschen zugute und nicht nur Banken). Das alles zusammen nennt man übrigens »Voting«.

(Februar 2001)

Morgen ist gestern: von Postbeamten, Post-Nazis und Post-Terroristen

Das mit der Beschleunigung ist an sich recht vernünftig. Alles ist so schlimm, da will man schnell hindurch. Moderne Popmusik? Schneller bitte! Moderne Arbeit? Unerträglich, weg damit! Auch U-Bahnhöfe sind ungastliche Orte, weshalb es sehr verständlich ist, daß die Fahrer umgehend abhauen, wenn die Umsteiger aus der Trambahn die Treppe heruntergerumpelt kommen.

Es nützt aber alles gar nichts. Abgesehen davon, daß von Musik, Arbeit und U-Bahnhof sowieso immer gleich ein neues Exemplar daherkommt: Die Leere der Techno-Tracks ist zwar schnell, aber die Tracks dauern immer länger. Gearbeitet wird auch immer schneller, aber vor allem in den unbezahlten Überstunden. Und obwohl die Weltgeschichte so beschleunigt wird, daß das Dritte Reich nach Ansicht vieler schon nach ein paar Monaten aufgearbeitet war, kommt sie über andere Dinge doch nicht hinweg. So heißt zum Beispiel jener dicke Mann, von dem keiner mehr weiß, wann er das letzte Mal die Wahrheit gesagt hat, öffentlich immer noch ab und zu »der Kanzler«, obwohl der von ihm heimgeholte Teil Deutschlands auch dann »ehemalig« genannt wird, wenn es um Geschehnisse in den fünfziger Jahren geht.

Wir drehen uns im Kreis, und wenn man sich immer schneller im Kreis dreht – das weiß jeder vom Schulhof – wird einem schwindlig, das heißt, man wird das, was man »damisch« nennt, und schaut ganz verzerrt. Wie der deutsche Außenminister Forrest Gump, der von Küste zu Küste rennt in dem vergeblichen Versuch, irgendwohin zu kommen, wo er nicht ist, weil dort, wo er ist, immer nur Joschka Fischer ist, den er verständlicherweise nicht erträgt. Wo führt das hin? Auf den Mars wahrscheinlich.

Nein, letztlich führen alle Wege ins Postamt, das aber jetzt nicht mehr so heißt (sondern irgendwas mit »Mäc«) und wo ein besonders schwindelerregendes Großexperiment von gleichzeitiger Beschleunigung und Kreisdrehung läuft. Jeder über zehn kennt die Post von früher: Man schrieb der Tante Anni einen

Brief, beklebte ihn mit einer hübsch bedruckten Papier-Mark und warf ihn ein. Am nächsten Tag freute sich die Tante Anni und schrieb zurück. Wollte man der Tante was Besonderes schicken, packte man es in ein Päckchen, begab sich mit dem Päckchen in das Amt, wo man es an einem grauen Schalter einem grauen Beamten in die Hand gab. Der veranlaßte das Weitere. Das war irgendwie nett und völlig uneffektiv. Heute kostet der Brief an Tante Anni das 2,2- bis ungefähr 7,3fache – wieviel genau, erfährt man nicht mehr an einem der vielen Schalter, die sind nämlich abgebaut und durch ein paar Blechkisten ersetzt worden, wo junge Dienstleister stehen und mit explosionsartiger Freundlichkeit »Wie kann ich ihnen dienen!« sagen. Das sagen sie aber nur dann, wenn man Zeit hat, sich durch eine Menschenschlange hindurchzuwürgen, die noch vor dem Eingang beginnt. Wissen tun die in wenigen Wochen »angelernten« Dienstleister nicht viel – dafür gibt es geheime Tabellen und Schablonen, die sie hervorziehen, um einem mitzuteilen, der Brief koste wegen dieses oder jenes Millimeters soundsoviel, aber um sicherzustellen, daß er bei der Tante Anni in den Briefkasten geworfen werde, müsse man ihn per Einschreiben schicken, das aber kein Einschreiben mehr ist, sondern ein »Einwurfeinschreiben«, und noch mal mehr kostet. Das gewöhnliche Einschreiben hingegen ist jetzt ein »Übergabeeinschreiben« und kostet … genau. Wenn der Brief dann trotzdem nicht ankommt oder aussieht wie nach einer Shredder-Behandlung, hat man eben Pech gehabt.

Das macht aber nichts. Dafür erhält man von der Post, die keine Post mehr ist, sondern eine »World Net Mail Express Logistics Finance«, alle paar Tage ein zeitungsgroßes Faltheft, das etwa so viel kostet wie zehn Millionen Briefe und aus dem einem zwischen Bildern lächelnder Jung-Wirtschaftshysteriker entgegentrompetet wird, den *entscheidenden Faktor für erfolgreiches eBusiness* sehe man *in der Integration von Informations-, Waren- und Finanzströmen.* Dazu wolle man eine *ideale Brücke zwischen Anbieter und Nutzer schaffen.*

Das klingt toll und erzeugt bestimmt viele unbezahlte Über-stunden. Nur Tante Anni versteht es nicht. Für die ist diese

Brücke eine Seufzerbrücke, auf der sie mit damischem Blick im Kreis rennt. Und sich wünschte, sie wäre auf dem Mars, wenn sie wüßte, daß es einen solchen gibt. Wenn sich jemand aus Verzweiflung entschlösse, eines dieser buntscheckigen McPaper-Pseudo-Post-Häuschen in die Luft zu sprengen, könnte sie jedenfalls bestimmt keine rechte Trauer empfinden.

Und apropos Außenminister: Man mag von den Aktionen der Baader-Meinhof-Gruppe in den frühen siebziger Jahren halten, was man will. Man mag sie meinetwegen Terrorismus nennen, auch wenn ich der Meinung bin, daß diese Bezeichnung eher auf das zutrifft, was eine entfesselte Verbindung von Polizei, »Staatsschutz«, Regierung und wahnsinnig gewordener Springerpresse veranstaltete, um die RAF und ihr angerevoluzzertes Umfeld auszumerzen. Man mag mit Joschka Fischer der Meinung sein, daß das Ganze um 1976 zu heftig wurde, um noch Sinn zu ergeben, daß es außerdem strukturell zielstrebig in die Sackgasse rannte, in der der Gegner schon saß. Und daß man Menschen nicht erschießt, egal aus welchen Gründen, dieser Meinung sollte man sowieso sein. Man mag im äußersten Falle darin einen Privatkrieg übergeschnappter Ultramoralisten gegen den organisierten »Antikommunismus« sehen und sich fragen, wieso heute Leute wie Ulrike Meinhofs Tochter und der zum Nazi verkommene RAF-Gründer Horst Mahler einen noch absurderen Privatkrieg gegen angebliche kommunistische Verschwörungen in Form der deutschen Bundesregierung führen. Über all das mag man streiten.

Aber wenn sich jetzt die verwahrlosten Post-Nazis, Liberalfaschisten und sonstigen Herrenmenschen, die damals lauthals »Brandt an die Wand!« forderten und gegen die die ganze Veranstaltung gedacht war, horden- und fraktionsweise aus den Grüften erheben und wie eine Bande BSE-kranker Orang Utans über Fischer herfallen, weil er mal einen Polizisten verhauen hat, dann muß einem der Kragen dermaßen platzen, daß der Knall hoffentlich noch in den Berliner Dumpfparolensilos von CDU/CSU und FDP zu hören ist. Wortlaut: *Buße tun* soll Fischer nach dem Willen der ansonsten vollständig meinungslosen Ost-Schrunze Merkel; er lasse *ein klares*

Bekenntnis zum Gewaltmonopol vermissen, rügt Mofastreber Merz, der sich vor einiger Zeit nicht entblödete, sich selbst eine wilde Jugend als Kiosk-Rocker zusammenzulügen. Und ganz besonders wenig gefiel den Miefmöpsen, daß bei Fischer nach den Morden an Buback, Ponto und Schleyer *keine rechte Trauer aufkommen* mochte. Bei mir auch nicht: Der zarte Hinweis des 14jährigen Sailer, bei Schleyer habe es sich u. a. um einen ranghohen Nazi gehandelt, war im Herbst 1977 noch einen Direktoratsverweis wert. Der immerhin weitaus weniger weh tat als anderen Polizeikugeln, Knüppel, Giftgas und Wasserwerfer.

Mag sein, daß die reaktionäre Kamarilla meint, sie könne solche Zeiten wiederherstellen. Dabei wird sie sich aber hoffentlich die faulen Zähne ausbeißen, und dies dank Leuten wie Fischer (den man ansonsten auch halten kann, für was man mag – zum Beispiel für einen Machtmenschen, dessen Gier nach Bedeutung und Hunger nach sich selbst so groß sind, daß sein Gesicht langsam aber sicher in seiner Nase und diese in sich selbst verschwindet) diesmal ohne Schießereien, Bomben, Isolationsfolter und Hochsicherheitsgefängnisse.

(März 2001)

Ächz! Dresch! Nix kapier!
Deutsch ganz schwer sei!

Deutschland deine Luder – mit dieser Aufforderung bewirbt sich Deutschlands dümmste Druckschrift[4] im Rennen um den Franz-Josef-Wagner-Pokal für den dümmsten Satz in deutscher Sprache. Ehe ich mir Gedanken machen kann, wie man seine »Luder« »deutschlanden« könnte, ob ich überhaupt »Luder« besitze und wozu der ganze Vorgang gut sein soll, ruft mein Lieblingsmensch aus tiefst getroffener Redakteursseele dazwischen: »Fünf Trennungen hintereinander! Da rollen sich ja meine Fußnägel auf!« Gemeint ist nicht Bobs, Babs oder sonstiges nutzloses Millionärsgeschwerl, sondern nur – ein Text. In einer Zeitung. Mit so was sollte man sich gelegentlich beschäftigen, nicht nur über kryptische Titelseitenbefehle rätseln!

Zum Beispiel forderte kürzlich im revolutionären Kampfblatt SZ der bekannte Visionär und Klassenkämpfer Heiner Geißler (der schon 1982 erkannte: *Die volle Verantwortung für die unheilvolle Entwicklung trägt die FDP!*) die umgehende Abschaffung des Kapitalismus. Im selben Blatt, selber Tag: *Experten lehnen Fahrverbote für Rechtsradikale ab*! Auch dies ist vernünftig – wie soll das bucklige Glatzenpack zu Fuß dahin kommen, wo es hingehört (weit weg)? Andererseits ist in der vielfarbigen Meinungs-Palette auch Platz für restlos enthirnte Ewiggestrige. So wird ein Herr namens Porter zitiert, *die Zweifel der Bevölkerung am kapitalistischen System* seien *noch immer nicht ausgeräumt*. Nicht einmal die von Heiner Geißler! wollen wir dazwischengrölen, aber der Porter schwallt schon weiter: *Man versucht, das freie Wirtschaften zu behindern, um den Menschen nicht weh zu tun. Dabei ist es genau umgekehrt: Was gut ist für die Wirtschaft, ist auch gut für die Gesellschaft.* Genau! Was gut ist für den Insektenvernichtungsmittelhersteller, ist auch gut für Käfer, Schreck und Milbe! Und dieses ganze Kroppzeug, das da überall auf der Erde herumhungert und -jammert, das ist schließlich kein Mensch!

---

[4] Sie hieß (oder heißt immer noch) MAX – möglicherweise eine Abkürzung für »Maximaler Unfug«.

Der ist vielmehr Schwede: *In Schweden sind die jungen Leute mittlerweile heiß darauf, Unternehmer zu werden und viel Geld zu verdienen. Es ist unglaublich, wie schnell sich die Mentalität dort geändert hat.* Herr Porter, der übrigens von der Harvard-Universität stammt, lobt immerhin an Europa im Gegensatz zu den USA den *Ausbildungsstand* (besonders in den *Naturwissenschaften*) und die *hohen Umweltstandards*. *Um so mehr*, läßt ihn die SÜDDEUTSCHE genüßlich sich selbst bloßstellen, *stelle sich die Frage, warum Europa bei der Wettbewerbsfähigkeit noch immer hinterherhinke.* Weil es mit einem ordentlichen Wettbewerb keine »Umwelt« mehr gibt vielleicht? Ach was, ab ins Altpapier mit dem Kerl! (Harvard! Man stelle sich das vor!)

Andere geben sich nicht weniger Mühe: Sabine Asgodom, Teilnehmerin einer »Podiumsdiskussion« mit dem grandiosen Thema »Arme Emma?«, sieht *das Jahrzehnt der Weiblichkeit bereits in vollem Gange. Erfolg ist sexy!* lautet ihre Begründung für dieses Im-Gange-Sehen. Zufällig erfahre ich tags darauf: So heißt auch Asgodoms »Buch«, rechtzeitig zur »Podiumsdiskussion« im Kabel-Verlag erschienen (der so heißt, weil sein Programm ebensogut spätnachmittags im gleichnamigen Fernsehen laufen könnte).

Und für alle, denen dies noch nicht genügt, stellt ein *Freizeitforscher* (das ist wahrscheinlich jemand, der nur in seiner Freizeit forsch in der Gegend herum existiert) namens Opaschewski (!) fest, die 18- bis 29jährigen wollten heutzutage *Arbeit nicht nur als Fron, sondern auch als Fun erleben.* Das war früher bestimmt ganz anders; da marschierten Heere unzufriedener Arbeiter und Arbeitswilliger durch die Straßen und forderten lauthals: »Wir wollen Arbeit nur als Fron erleben! Laßt uns mit eurem Fun in Ruhe! Beutet uns gefälligst anständig aus!«

Die deutsche Sprache ist eine schwierige Sache mit gemeinen Tücken. Aber eine Wirtschaft läuft auch ohne Feinheiten wie den Konjunktiv, da läuft sie sogar besser. Folglich ist es nur logisch, daß sich die Menschen, die sich um das Wichtigste kümmern – die Zukunftsfähigkeit –, aus der deutschen Sprache ebenso zurückziehen wie aus anderen Bereichen ohne Relevanz. *Wir können alles – außer Hochdeutsch!* trumpft Baden-Württemberg auf, jenes Ländle, dessen zweiter Halbname vor der vorletzten Rechtschreibreform treffender »Wirt am Berg« hieß und noch passender »Ochs am Berg« heißen sollte. Nicht daß die Bayern da viel besser wären. Aber die haben sich immerhin einen leidlich Hochdeutschen zum Ministerpräsidenten wählen lassen, der mit grämigem Gesicht und sämigem Gespresch »zur Sache kommt«, wenn die Ba-Wüs (doch, das darf man jetzt!) noch ihren Süßwein hinunterschlucken. Aber sie holen auf: Nun fordert die Regierung des antihochdeutschen Doppelstäätles, Ausländer müßten Deutschkurse absolvieren, wenn sie weiterhin ungestört Spätzle essen wollen.

Da haben sie was zu tun. Ich zum Beispiel gehöre einer Generation an, die ihre Schulhofkommunikation vornehmlich mit Vokabeln wie »ächz!«, »dresch!«, »Peng!«, »Rumms!«, »nix kapier!« und »Klickeradoms!« bestritt. Lehrern und Eltern standen die Haare zu Berge: Das kommt vom vielen Comics-Lesen! gebetsmühlten sie und verfaßten regalweise soziopsychologische Literatur, die heute niemand mehr versteht. Und empfahlen uns statt DONALD DUCK, ZACK und MAD wärmstens sogenannte pädagogisch wertvolle Fernsehsendungen.

Har har! Diebisch freu! Heute nämlich ist es so, daß gleich überhaupt ein Drittel aller Kinder unter Sprachstörungen leidet respektive gar nicht sprechen kann, obwohl Comics nur noch von Jugendlichen um die fünfzig gelesen werden. Der Nachwuchs hingegen tut, was Psychologen immer noch wärmstens empfehlen: Er bildet seine Medienkompetenz, indem er ganztags vor der Glotze hängt, die »Pokemons« anstarrt und danach bei dem Versuch, eine Kommunikation zusammenzubringen (die früher in Sätzen wie »Hey! wow! und wie der Donald dann von dem Dings runterfällt, Wahnsinn!« stattfand) in wirre Zuckungen, unidentifizierbare Gebärden und zusammenhangloses Stammeln verfällt. Bundeskanzler Schröder fordert rückhaltlos, solche Kinder müßten umgehend ans Netz angeschlossen werden. Jawoll! kann man da nur beipflichten – und zwar so fest, daß sie keinen Schaden anrichten können, indem sie später Entscheidungsträger werden! Oder Freizeitforscher. Oder Harvard-Absolventen. Oder Deutschlehrer.

(April 2001)

79

Meiner Trotz und Dank

Beobachten konnte man den merkwürdigen Vorgang schon seit einiger Zeit: Dem Deutschen verrutschen beim Sprechen und Schreiben zwischen Hirn und Zunge/Feder die Fälle. Nachdem sich der lange Zeit eher erratische Dank- und Trotzgenitiv flächen- und seitendeckend durchgesetzt hat (was dem schönen alten Wort »trotzdem« in naher Zukunft einige Schwierigkeiten bereiten dürfte: Der häßliche Bruder »trotzdessen« naht auf den flinken Füßen der Logik) und uns Ausdrücke wie »trotz des schlechten Wetters« und (bitte laut lesen:) »dank Öl-Booms«, hihi, beschert hat, ist der Siegeszug des zweiten Falles nicht mehr aufzuhalten. Alles wird in Zukunft verbesitzt (was vielleicht auch ein Zeichen für den mentalen Zustand der spätkapitalistischen Gesellschaft sein mag, siehe weiter unten, aber darauf will ich nicht beharren) – statt mit meiner Freundin ins Kino zu gehen, tue ich das fürderhin »mit ihrer«, und zwar »ohne meines Geldes«, weshalb wir uns »keiner Karte« kaufen können und wieder »nach Hauses« gehen müssen.

Was ist das eigentlich für ein Kerl, dieser Genitiv? Und warum schleicht er sich in letzter Zeit in praktisch jede deutschsprachliche Äußerung, die aus mehr als zwei Wörtern besteht? Zwingt uns gar zu Formulierungen wie der folgenden, die uns leicht variiert in einem anschwellenden Plapper-Chor aus immer mehr TV-Dokumentationen entgegenschallt: »Hier liegt das Oxibinoxi-Tal, einer der schönsten Naturlandschaften des Landes.«? Eine ARD-Sendung führt uns per Kamera in die Sowieso-Straße, »einer der Zentralen« von irgendwas; ein Schallplattenrezensent teilt uns mit, was ihm ein Freund *nach gemeinsamen Genusses* der Schallplatte mitgeteilt hat. Das ZDF verbessert seine Programmvorschau mit den Wörtern: »entgegen früherer Ankündigungen«, um danach einen Kommissar ins Rennen zu schicken, der sich fragt, ob der Verdächtige »überhaupt auf freien Fußes ist«. »Gemäß dieser Regeln« erscheint als leicht blasierte Version des proletarischen »meines Wissens nach«. In der »Zeitschrift« MAX schreibt Christoph Amendt: *Als Modern*

Talking im Herbst 1987 nach Rußland reist, dem Land (…) – und wir horchen auf: ein Konservativer? Doch entledigt er sich mit dem folgenden Satz *Dieter Bohlen tönt, er hätte (…)* des Verdachts der Sprachbeherrschung schneller, als wir ihn ihm überhaupt anhängen könnten. Die TAZ (*entgegen aller Erwartungen*) recherchiert *gegenüber des Sportstadions*, und ein RTL-Sprecher brachte es kürzlich gar fertig, die Wendung »gegenüber des Restaurants« mit der Zeitangabe »seit diesen Jahres« zu verknüpfen.

Gar keine Entdeckung mehr, sondern allgemeiner Usus ist die genitivierte Zeitangabe »im Jahre sowieso vor Christi«. Ebenso wie diverse Varianten hiervon: *Die Rolling Stones gehören zu einer der erfolgreichsten Rock-Gruppen.*[5] Zu welcher? fragt man verzweifelt. Und müßte sich fragen: zu wem? – guter alter Dativ, was tut man deiner an! »Einer der Treffer, den wir häufig sehen werden« fällt einem Fußballreporter auf, und Wolfgang Overath, rückblickend auf die WM 1974, stellt unter forschem Totalverzicht auf eine Präposition oder ähnliches fest: »Die Holländer waren einer der besten Mannschaften.« Einen einsamen Höhepunkt setzt der Reporter des WM-Spiels England – Brasilien am 21. Juni 2002, indem er behauptet, die Brasilianer machten »trotz Unterzahls auf dem Platz« eine gute Figur. Die SZ[6] (*entgegen aller Beteuerungen, aber ohne der ständigen Angst*) meldet, die finnische Staatspräsidentin sei *aus Protest gegen die Kirchensteuer und der Ablehnung weiblicher Priester* aus der Kirche ausgetreten, Hans Eichel habe *außer seines Ministeramtes* noch etwas anderes mit Rudolf Scharping gemeinsam, Waldbrände in Australien seien die *Folge von eigener Sünden*, und die PDS-Politikerin Brigitte Wolf habe sich *neben ihres Studiums bereits* in Widerstandsbewegungen engagiert. Der Bayerische Rundfunk berichtet in HEUTE IM STADION vom »Spiel des Ersten gegen des Vierten«, der von der Spielvereinigung Unterhaching ent-

---

[5] Den Vogel abgeschossen hat in dieser Hinsicht im September 2002 eine »Pro-7-Reportage«, in der ein Sprecher über ein Milchprodukt forsch behauptete: »Er zählt zu einem der edelsten Käsesorten.«

[6] Eine lustige Marginalie: Ausgerechnet der SZ-Mitarbeiter Michael Skasa, so entnehme ich einer Meldung in der SZ, die in den letzten Jahren zu einem richtiggehenden Labor falscher Genitive und schwachsinniger Anwendungen der Reformsprache (*nichts desto Trotz*) geworden ist, ausgerechnet ein Mitarbeiter dieser SZ also hat eine Aktion »Rettet dem Dativ« ins Leben gerufen.

lassene Trainer Köstner geht »mit erhobenen Hauptes«. Selbst die ZEIT, die ansonsten gerne sprachgewaltige Verteidigungsreden für die Rechtschreib-»Reform« zimmert, leistet sich Ausfälle wie diesen: *Nur Marshall McLuhan war einer der wenigen Zeitdiagnostiker, der den Kritikern der visuellen Medien entgegentrat.* Hier ist gleich mehrerlei verrutscht: Wenn nur McLuhan entgegentritt, wer sollen dann die anderen wenigen sein, die im Nebensatz wieder auf die Einzahl reduziert werden? »Trotz des Essens«, »außer des einen Beispiels«, »samt seiner Mitarbeiter«, »gemäß des Plans«, »vor Spielbeginns« … ein Ende des Wahnsinns ist nicht abzusehen.[7]

Manchmal ist bloße Angeberei im Spiel: Um sich von der modernen Halfpipe-Schludersprache abzusetzen – die sich in Rudimentär-Eloquenzien erschöpft und auf die Frage »Wessen Schlüssel ist das?« antwortet: »Das ist der vom mir!« –, greift man auf scheinbar archaische Formen der Konjugation und Wortversatzung zurück, ersetzt »aber« durch »allein« (»mir fehlt der Glaube«) und denkt nicht mehr nur an sich, sondern läßt sich herab, seiner zu gedenken. Ein weiterer Verdächtiger ist die epidemische Neigung zu wirren und verfehlten Blödel-Anglizismen, die uns neben »Handy«, »Content« und »Profit Center« und gemäß der »Making sense«-Regel (»Sinn machen«) via »in spite of« auch »trotz dessen« beschert haben könnte.

Vielleicht aber spiegelt sich hier auch die bundesrepublikanische Sozialwirklichkeit der Gegenwart – warum sollte die Sprache als einzige (neudeutsch: »einzigste«) von deren Auswirkungen verschont bleiben? Die zunehmende Entsolidarisierung der Gesellschaft führt zur Kündigung des sprachlichen Generationenvertrags. Wer schon nichts besitzt, will sich durch wahllosen Einsatz des Besitz-Falls wenigstens (neudeutsch: »zum mindestens«) grammatisch vom stammelnden Wohlstandsmüll absetzen. Ein Gesetz dagegen gibt es nicht. Wird es auch so schnell

---

[7] Die Schwemme blödfalscher Genitive macht selbst vor der Dichtung nicht halt. Vom alten Goethe wollen wir nicht sprechen, da dessen zuweilen aussetzende Sprachmächtigkeit belegt und bekannt ist. Hingegen hätte man von Robert Gernhardt eine Wendung wie *samt selbsternannter Retter* (richtig wäre natürlich: »samt selbsternannten Rettern«) eigentlich nicht erwartet (Lichte Gedichte, S. 111).

nicht geben: Die Arbeitsgruppen Reformstau, Blockade und Verkrustung sind einstweilen noch mit der Abschaffung von Wörtern wie »notleidend«, »alleinstehend«, »fleischfressend«, »besorgniserregend« und der Überwachung des strikten Verbotes ähnlicher Neubildungen voll ausgelastet.

Und wenn es ein solches Gesetz gäbe, wär' es auch egal. Der 2001-Verlag zum Beispiel lobt einen Roman seines Autors Duff Brenna mit der Ankündigung, darin werde *geprügelt, gevögelt, gestorben und gesetzesgebrochen*. Nun denn, laßt uns aller verfügbaren Gesetze brechen und nicht mehr an der Leser denken!

(Mai 2001; danach stellenweise aktualisiert und im September 2001 als Grundlage für einen »Brief an die Leser« in der TITANIC herangezogen)

Das letzte Wort:
»Ich bin stolz, ein Deutscher zu sein«

Oder: »Dummheit und Stolz wachsen aus demselben Holz.« Der älteste und dümmste Oberschul-Streber unserer Zeit hat sich kürzlich mal wieder zu Wort gemeldet: *Man muß in Deutschland sagen dürfen, ich bin stolz auf unser Land, ohne in die rechtsextreme Ecke geschoben zu werden!* tönt Guido Westerwelle und meint damit nicht nur den CDU-Rüpel Meyer, der angeblich ungeheuer stolz auf Deutschland ist, wenn er nicht gerade damit zu tun, trottelige Beschimpfungen gegen die Regierung zu ersinnen oder wegen solcher aus jener lauthals Satisfaktion zu wollen. Nein, Westerwelle *fordert* gleich noch eine *Debatte über das Nationalverständnis und die deutsche Identität*, denn Jugendliche, die sich mit Deutschland infizieren, Verzeihung: *identifizieren* wollten, dürfe *man nicht den Rechtsextremisten überlassen.*

Wir sparen uns die Feststellung, daß Begriffe wie »Nationalverständnis« purer Schwachsinn sind; wir fragen auch nicht nach, wieso es nur in Deutschland erlaubt sein soll, deutschstolze Parolen zu skandieren, wo sich doch beim Grölen auf den Straßen von Jerusalem, Istanbul oder Paris viel mehr vom berühmten deutschen Mut beweisen ließe. Wir möchten noch nicht mal wissen, wozu es dienen soll, die »rechtsextreme Ecke« auf gesamtdeutsche Flächendeckung zu erweitern (das wissen wir schon: fünf Prozent will er haben, der Depp). Daß Josef Joffe sich mit der üblichen Arschbombe von ZEIT-»Leitartikel« an den jodelnden Faschingszug dranhängen mußte, war uns sowieso klar; keine Silbe wert. Wir zitieren auch nicht gerne Johannes »Bräs« Rau, der meint, stolz sei man auf das, *was man selber zu Wege gebracht hat.* Denn Deutschland besteht vor allem aus betonierten und asphaltierten Wegen, die dort, wo sie nicht eine Hölle von Blecharmeen sind, von Hunden zugeschissen werden, und auf Stinkgift, Autolärm, totgefahrenes Menschenmaterial und Hundescheiße sind wahrscheinlich nicht mal die Nazis stolz. Aber auf was dann? Vielleicht auf gar nichts, denn »stolz« könnte laut Kluges Etymologischem Wörterbuch von der »Stelze«

kommen – *im Sinn von ›hochtrabend‹*; und »hochtrabend« kann man nicht »auf« etwas sein. Sondern nur unter etwas, was man dann abzuwerfen trachtet. Kommt daher die Neigung der Deutschen, sich auch noch dem blödesten Speckkopf jubelnd zu Füßen zu werfen und notfalls bis nach Stalingrad zu marschieren? Kommt daher die freudige Bereitschaft deutschnationalstolzer Verbindungsstudenten, kollektiv in die Hose zu seichen, wenn es das Ritual verlangt? Möglich.

Und schon verstehen wir das Gekräh von Westerwelle und all den anderen Verfechtern von National- und sonstigem Stolz besser: Die sind so stolz, daß sie alles, was mit Deutschland zu tun hat, so schnell wie möglich abwerfen möchten. Sprache, Kultur, Bildung, Geschichte – in den Graben mit dem Gewäsch! Was sollen wir damit! Stammtisch- und Wahlkampfreden können wir auch in Dumpfbrabbel absondern, und das ganze Kulturzeug steht der Umwandlung in eine auf Totalproduktivität gedrillte Wirtschaftsmaschine bloß im Weg! Wir brauchen keine »Köpfe«, sondern gut polierte Billardkugeln, die »Anstöße« und, wo nötig, auch mal Kopfstöße geben! Deshalb dürfen wir die kahlköpfigen Stolz-Sturmtruppen auch nicht den Ewiggestrigen überlassen, die ständig deutsche Reiche in den Grenzen von 1937, 1241, 732 oder sonstwann fordern! Wir müssen die Zukunft gewinnen, eine Vergangenheit hatten wir schon!

Aber die Geschichte ist damit natürlich nicht zu Ende: Herrn Raus vorsichtige Einlassungen findet das Westerwellchen, das natürlich auch auf sonst gar nichts stolz sein könnte, *geradezu verklemmt.* Der bekanntermaßen nicht linksextreme Herr Schäuble war lange nicht in den Zeitungen und salbadert daher, Herr Trittin treibe mit seinen Meinungen noch mehr Rechtsextreme in die Arme der Rechtsextremen als die Rechtsextremen selbst (oder so ähnlich), und der gute alte Springer-Konzern läßt sein BILD verzweifelt dazwischenschreien, wie stolz wir denn nun überhaupt noch sein dürfen oder was!

Da legen wir am besten mal eine Gedenkminute ein und fragen nach, wer den ganzen Schmarrn mit dem Stolzsein auf Deutschland eigentlich erfunden hat. Der Hitler war das nämlich wahrscheinlich gar nicht, danach wollte erst mal sowieso keiner mehr recht stolz sein auf die Leichenberge, und auch in den halcyonischen Tagen vor dem dicken Spendensammler war man auf alles mögliche stolz – aber auf »Deutschland« an sich? Das gab es ja gar nicht, weil sich die CDU unter Adenauer standhaft geweigert hatte, das ostdeutsche Kommunistenpack heim ins Reich zu holen. Aber dann ging's los: Am 17. Juni 1981 unterzeichneten elf unterbeschäftigte Professoren ein »Heidelberger Manifest«, in dem sie *mit größter Sorge* die *Unterwanderung des deutschen Volkes durch Zuzug von vielen Millionen Ausländern und ihren Familien, die Überfremdung unserer Sprache, unserer Kultur und unseres Volkstums* beklagten.

Da horchten die Politiker auf: Wenn das nicht ein kluger Professor, sondern gleich elf davon meinen, dann darf, ja dann muß ich das jetzt auch wieder meinen! Aus dem Stoiber polterte die hinlänglich bekannte »Durchrassung« heraus, der Berliner Landschulrat Herbert Bath (SPD) beprangerte eine *schleichende Landnahme durch eine fremde Bevölkerung,* die Schmidt/Genscher-Koalition beschloß in ihren letzten Atemzügen, die »Heimkehr« deutscher Türken in die Türkei durch finanzielle Anreize zu fördern, und der neu ins Amt gewuchtete Knochenschädel-Innenminister Friedrich »Gewaltfreier Widerstand ist Gewalt« Zimmermann befürchtete gar einen Bürgerkrieg, wenn die Zahl der Ausländer »bei uns« nicht begrenzt und langfristig »vermindert« werde. Die FDP ihrerseits, einst eine Hochburg alter und neuer Nazis, trompetete eine wiedergefundene »Nationalliberalität« in die Landschaft und ließ Aussteiger wie Manfred Brunner und Heiner Kappel, denen das Rechtsum nicht schnell genug ging, neue Keimzellen »Freier Bürger« gründen. Und die bis dahin zahlenmäßig begrenzten und hauptsächlich mit Biervernichtung beschäftigten Skinheads hatten, solcherart offiziell beflügelt, ihren Heureka-Moment: 1982 »sangen« die Böhsen Onkelz ihren Dauerbrenner »Türken raus«, 1985 wurden in Hamburg die ersten beiden türkischen Einwanderer von Naziskinheads totgeschlagen; den anschwellenden Mord- und Prügelrummel begleiteten »konservative« Wahlkämpfer mit immer neuen »Asylantenflut«-Pöbeleien. Die Zahl national motivierter Gewalttaten stieg von 91 (1984) über 306 (1990) und 1.719 (1992) auf knapp 16.000 (2000).

Auch in Österreich wirkte die neue Regierung aus »Konservativen« und Nationalliberalen beschwingend: Um 50 Prozent stieg dort die Zahl »rechtsextremer Straftaten« im ersten Halbjahr seit dem Machtwechsel. Der Gewalt könne nur Einhalt geboten werden, wenn man die Opfer gleich rauswerfe, bevor sie jemand umbringen kann, lautete die Gebetsmühlen-Parole von Skinheads und CDU. Diese Logik leuchtet ein: Wären Juden, Zigeuner und Homosexuelle rechtzeitig aus Deutschland abgeschoben worden, könnte der Führer heute noch seine Autobahnen bauen, und niemandem wäre was passiert.

Die Erfahrung lehre, stellte TAZ-Inlandschef Eberhard Seidel unlängst fest, *daß die radikale rechte Szene Motivationsanreize und Legitimationsmuster aus der politischen Mitte braucht.* Diese Mitte ist neuerdings geschlossen »stolz auf Deutschland«. Das heißt laut BILD und CDU: auf Fußball-WM, Asylrecht, Weiße Rose, dunkles Brot, Mauerfall, Wirtschaftswunder, den 1. Mai, »Friedliche Revolution«, Einigkeit und Recht und Freiheit. Wir fragen auch diesmal nicht: Warum sind die Kerle dann nicht stolz auf Holland (besserer Fußball), Italien (besserer Widerstand), Kuba (bessere Revolution), Japan (besseres Wirtschaftswunder), Frankreich (Baguette), China (größere Mauer), das dritte Reich (Einführung des 1. Mai als Feiertag), die ganze Welt (so schön rund), und warum wollen sie das Asylrecht unbedingt restlos abschaffen? Sondern wir stellen fest: An der umgehend inszenierten Plakat- und Unterschriften-Kampagne der CDU gegen Deutschland-Beleidigung und für das Recht auf Stolz beteiligen sich auch NPD und »Republikaner«; vgl. »Legitimationsmuster aus der politischen Mitte«! Und daran ist natürlich nur dieser Trittin schuld.

(geschrieben am 22. März 2001, Erstveröffentlichung in »Einladung zur Enthirnung. Belästigungen 61-100«)

Durchstarten: Abgebogen wird nur nach vorn!

Große Veränderungen schleichen meistens so daher. Und plötzlich merkt man an seltsamen Details, daß irgendwas irgendwie anders geworden ist. Wer schon mal eines der Erzeugnisse von Münchens Bäckerei-Multis drei Tage lang liegen hat lassen, der kennt das. Auf einmal ist da ein kleines blaugrünes Pelzchen: Wo kommt das denn nun her?! Zwei Tage später ist der ganze Gegenstand ein blaugrüner Pelz, und man fragt sich angestrengt: Was war denn das vorher?

In letzter Zeit ist mir aufgefallen, daß es unter Autofahrern extrem modisch geworden ist, den Blinker durch Nichtverwendung zu schonen. Der (unbewußte) Gedankengang ist klar: Was geht es euch Drecksäue an, ob ich abbiege oder die Spur wechsle oder wohin? Paßt gefälligst selber auf! Wer mit solchem Kollektivverhalten nicht zurechtkommt, ist Brot, Verzeihung: ist rettungslos altmodisch und absolut nicht zukunftsfähig. Selbige Zukunft liegt irgendwo da vorne, und da müssen wir alle mit Karacho hin, koste es, was es wolle.

»Zukunftsfähigkeit« ist ein ebenso modisches Schwachsinnswort wie »Reform«, »Verkrustung« oder »Modernisierung«. Früher sagte man »Fortschritt«, heute nicht mehr, weil nicht mehr geschritten, sondern »durchgestartet« und gebrettert wird. »Fortbretterung« klingt doof, »Fortrasen« erregt bei leicht skeptischen Menschen eventuell Unbehagen, und deshalb sagt man eben »Zukunftsfähigkeit«. Das hat weder mit der Zukunft noch mit irgendwelchen Fähigkeiten was zu tun. Worum es geht, ist seit vielen Jahrzehnten das gleiche:

Seit es modisch geworden ist, die besessene Sucht nach Anraffung, Beschleunigung und Produziererei, die einen gewissen Teil der Menschheit schon immer gerne befällt, nicht mehr durch gesellschaftliche Regeln und Mittel einzudämmen, sondern ihr freien Lauf zu lassen, das »Durchstarten« gar noch als Ideal zu feiern, brechen all jene Dämme zusammen, die einst aus dem frühmittelalterlichen Abschlachtungscircus eine Art Zivilisation gemacht haben. Der Abstand zwischen den Menschen, zunächst eine Messerklinge, wurde auf Höflichkeitsmaß erhöht; es galt als verpönt, sich wie ein Berserker auf die Welt zu stürzen und sie kaputtzuhauen (oder meinetwegen zu »modernisieren«). Man gestand dem Menschen, so er zu jenen gehörte, denen überhaupt etwas zugestanden wurde, ein gewisses Maß an Würde, Unversehrtheit, Ruhe und Selbstbestimmung zu.

Das erwies sich als Fehler: Die industrielle Produktion, der Ausstoß und Konsum von Konsumgütern und Müll läßt sich nur pausenlos erhöhen, wenn der Mensch drangsaliert wird. In den Arbeitsprozeß mußte ein bis ins Detail zu steuerndes System hinein, die Konsumgier mit allen Mitteln angeregt und gesteigert werden; es mußte dauernd mehr gearbeitet, erzeugt, verkauft, verbraucht und weggeworfen werden.

Eine Zeitlang ging das weitgehend unbemerkt vor sich. Zwar hoben Soziologen und Polit-Besserwisser den Zeigefinger und warnten, die Umwandlung der Wirtschaftswelt in eine Wildwestgesellschaft ziehe auch auf der Freizeitseite gewisse Folgen nach sich, aber solange diese niemandem unangenehm auffielen, war das fast jedem egal. *Während die Gesellschaft von heute das soziale Verhalten der einzelnen einer neuen, bisher ungeahnten Disziplin und Kontrolle, einer neuen Konformität zu unterwerfen trachtet, gibt sie auf der anderen Seite jene Triebe frei, die ihr nicht unmittelbar gefährlich werden; sie enthemmt die Privatmoral*, schrieb der Soziologe Werner Hofmann 1966. Heute essen alle Menschen denselben giftigen Dreck, produzieren in derselben Zeit zwanzigmal so viel wie damals, hetzen auf überfüllten Autobahnen auf dieselben Freizeitziele zu, lesen und glotzen denselben Wortmüll über immer die gleichen »Promis«, »Trends« und Serienkiller; andererseits haben sich nicht nur Straßen, sondern auch Fußballstadien, Kneipen, Konzertsäle, ganze Innenstädte und halb Mallorca in Arenen verwandelt, wo man in Rekordversuchen sich besäuft, fickt, prügelt, grölt, pinkelt, scheißt und kotzt. Wenn das Freizeitvergnügen über die eng bemessene Freizeit hinausgeht oder gefährlich zu werden droht, rückt eine Polizei an, die schlimmer aussieht als in den schlimmsten Science-Fiction-Fascho-Horror-Phantasien der sechziger Jahre.

Den Führern, die an dem ganzen Affencircus mehr Geld verdienen, als ihre Konten fassen, geht der Vorgang der Unterwerfung und Enthemmung noch nicht schnell genug; die Widerstandsnester, wo Menschen langsam und bedächtig (oder gar nicht) arbeiten und sich in Ruhe ohne kommerzielle Anbindung vergnügen, müssen restlos ausgerottet werden. Deshalb pöbeln die Polit-Schergen dieser Führer seit Jahren und in letzter Zeit immer hysterischer auf Arbeitslose, Sozialempfänger, Bettler und Faule ein. Die müssen – wie immer um jeden (gesellschaftlichen) Preis – zum Schuften, Produzieren und Konsumieren gezwungen werden! Daß die von der Industrie eingesetzten Polit-repräsentationsmarionetten nicht längst Arbeitsdienst und -lager fordern, liegt nur an der schlechten Konnotation dieser Begriffe bei der ausländischen Industrie wg. Historie. Bessere Wörter für die gleiche Sache werden sich schon finden lassen. Ein Nebeneffekt des gesamtgesellschaftlichen Durchstartens ist, daß dort, wo früher Journalismus, Sport, Kunst, Musik, Literatur und anderes stattfanden, heute nur noch Werbung stattfindet: Was nützt es den Konsumanregern, wenn sie Plakatwände, Fernsehpausen und Zeitungs-Zwischenseiten beherrschen und füllen? Das nimmt doch keiner mehr wahr! Alles muß Reklame (neudeutsch: »Kommunikation«, »Lifestyle«, »Enter-« bzw. »Infotainment«) werden! Oder, um ein einziges Mal Boris Becker zu zitieren: *Ich möchte mittelfristig eigene Events konzipieren und realisieren, bei denen die Kombination von Sport, Entertainment, Lifestyle und Wirtschaft zu einem Ganzen wird.*

Interessant wird es, wenn sich eines Tages abzeichnet, daß eine Steigerung von Produktionsgewalt und Konsumterror nur noch um den Preis eines permanenten, ultrabrutalen Bürgerkriegs zu haben ist. Aber dann ist natürlich längst alles egal, denn die paar Deppen, die die fehlenden Blinker bemerkt haben, sind dann längst überholt und die ganze Karre höchst effektiv an einen Brückenpfeiler geknallt. Da mag sie dann in Ruhe verkrusten.

(August 2001)

Vergeblicher Versuch,
schmuddel-klebriges Gepampe zu erklären

Wenn man ein Kind ist, dann ist etwas Neues meistens etwas Schönes. Da freut man sich wie ein Schneekönig, wenn statt Zitronen-Drops und langweiligem Karamel-Zeugs plötzlich giftgrüne Gummimonster, energisch zischende Spreng-Lutscher und andere Neo-Süßigkeiten auf den »Markt« kommen, die wahlweise die Zunge permanent schwarzgelb färben oder sich auf dem Singpuppen-Plattenspieler abspielen lassen. Neu ist gut, wie die Reklamearmee mit ihrem allerdings gar nicht mehr so neuen Dauer-Schlachtruf »Jetzt! Neu!« seit Jahrzehnten nicht müde wird zu betonen.

Auch ein neues Zuhause ist manchmal etwas sehr Schönes. Raus aus dem alten Gebälk, auf dem der Staub jahrelangen Herunterwohnens lastet wie ein zehn Kilo schweres Plumeau auf dem schwitzenden Albträumer in heißen Sommernächten. Man tritt ein, ruft ein herzliches »Grüß Gott!« in die frische Umgebung und freut sich auf nette Nachbarn.

Wenn man älter wird, ist das alles nicht mehr ganz so leicht. Für überkandidelte Zucker-Farbstoff-Sensationen hat man weniger übrig, das vertraute Gemäuer tauscht man nicht mehr so gerne gegen feuchtkalkig riechende Frisch-Zellen in flugs aus dem Boden auf ehemalige Spazier-Areale draufgestampfte Betonschachteln, die vom nahen Waldrand aus betrachtet wie überdimensionale Hubba-Bubba-Würfel aussehen und außer einem zentralen Mehrzweck-Outlet wenig zu bieten haben. Der Bodenstand ist eine Krücke für die Psyche, die in pathologischen Randbereichen zum Schlagstock ausarten mag, im Normalfall aber recht harmlos und dienlich ist. Kein Wunder, daß man jenseits des Kinderalters auch nicht mehr so gerne zu grellbunten Papiererzeugnissen greift, die neuerdings meistens heißen wie Shampoos oder Vitaminpräparate, aussehen wie Arsch und Friedrich und mit sensationell neuen »Contents« durch die Gegend bimmeln, von denen sich bei näherem Hinsehen herausstellt, daß denselben Schmarrn schon Wälder von anderen

Blättern an den desinteressierten Mann nageln wollen oder vergeblich wollten. Trotzdem muß man (nicht nur, um zu dieser eher banalen Erkenntnis zu gelangen) manchmal eben doch einen Blick hineinwerfen; schließlich braucht das Hirn neue Reize, weil es sonst irgendwann von innen so aussieht wie Max Strauß von außen.

Neulich erfuhr ich dank einem solchen »Medium«: die (meistens) Männer, die sich beruflich darum kümmern, daß in Hallen und anderen Groß- und Kleinräumen nachts Getränke ausgeschenkt werden und Musik läuft, seien neuerdings *Paten der Nacht.* Da ist man doch gleich einverstanden, denn der Pate gibt dem Kind den Namen, denkt man. Ausdrücke wie *Party's nach Feierabend* (sprich: »party es!«), *Tequila Rock Block* und alle möglichen Abformen von »Lounges« und »Allnighters« sind erst durch das Wirken der »Paten« tausendfach per Aushang im Stadtbild aufgetaucht; und da die Nacht somit nunmehr viele Namen hat, darf sie sich auch ein paar Paten leisten. Außerdem haben die Herren Paten schließlich im Verein mit ihren Propaganda-Lakaien bei den schwammerlartig aus dem Großstadtboden quellenden und ebenso schwammerlartig wieder dahinfaulenden »Nightlife«- und »Lifestyle«-Heftchen überhaupt erst dafür gesorgt, daß aus dem prosaischen Dröhnungsbesäufnis ein kreativer Akt geworden ist, der Klatsch- und »Trend«-Getippe generiert, mit dessen Lektüre wiederum die Teilnehmer des Circus' sich angeblich am liebsten ihre Tage vertreiben, vor allem wenn sie selbst drin vorkommen oder wenigstens »in«, »up to date« oder »live dabei« sein wollen.

Aber dann kommt (wie es manchmal geschieht) der zweite Gedanke: Ein »Pate«, ist das nicht auch der Archetyp des ursprünglich sizilianischen Clan- und Bandenführers, der seinem Kind eventuell sogar selbst den Namen »Mafia« gegeben hat? Damit wäre dem netten und wohl meist harmlosen Getränke- und Beschallungsunternehmer ein sinister-düster-kriminelles Wollen und Wirken unterstellt, was doch ein bißchen stark wäre, denkt man und greift ratlos zum Wörterbuch, das mitteilt: *Pâte sur pâte* sei eine Art der Verzierung, *bei der der blasierte Grund durch die dünnen Stellen eines flachen Reliefs durchschimmert.* Oder nein: nicht »bla-«, sondern »glasiert«, was nun allerdings noch mehr verwirrt. Ein »pâte« ist aber auch eine Pastete, also ein ziemlich schmuddelklebriges Gepampe mit Leber- und Fischverdacht, was an den Boden der erwähnten Lokalitäten nach erfolgreichem Night-Fun-Durchlauf denken läßt. Damit hat der Pate nichts zu tun, dafür ist auch nicht Mario Puzo zuständig, sondern das pauperisierte Putzpersonal.

Alles Wühlen, Studieren und Blättern, so zeigt sich, ist wieder mal vergeblich, wie so viele Bemühungen, das zu verstehen, was an Botschaften und Verhaltensbefehlen durch das wimmelnde Leben schallt. Halten wir's mit dem wunderbaren Josef Bierbichler, der in seinem wunderbaren Buch »Verfluchtes Fleisch« erklärt, wieso bei ihm ein Klodeckel auf dem Fernseher liegt: *Einen besseren Platz kann es für den Stuhl des nackten Arsches nicht geben, als den, wo unter ihm die Scheiße rauscht.*

Apo-, äh, -propos: Interessant ist der Gedanke, wohin es führt, wenn der verzweifelte Drang zur plakativen »Themen«-Findung und Etikettbehängung weitere Blüten treibt: Da Zeitungen bekanntlich meist auf dem Klo gelesen werden, könnte einer wie ich künftig als »Pate der Entleerung« firmieren. Ob ich das will, weiß ich noch nicht genau.

(Oktober 2001)

Ich will so schreiben, wie ich bin

Neulich entnahm ich der Zeitung folgende Meldung: *Sicherheits-massnahmen in Bayern verstärkt* – da ich aufgrund spätherbstlicher Nachsommerung gerade einen Krug in Händen hielt und mich solchermaßen an der »Massnahme« beteiligte, fühlte ich mich im derzeit wallenden Weltenbrandgetrummel doch recht sicher.

Dann aber fiel mir ins leicht angenebelte Hirn, daß selbiges Blatt unlängst behauptet hat: *Trotzdem will er sicher gehen.* Gemeint war Werner Lorant, aber nicht gemeint war die berufliche Zukunft des Löwen-Trainers.[8] Zurückzuführen ist der beidenfalls ge-meldete Unfug auf die reformierte deutsche Sprache, die es Grundschülern möglich machen soll, im Diktat bessere Noten zu erreichen, die uns aber durch den horrenden Abfluß einstmals gängiger Wörter ins sprachliche Nirvana täglich vor Rätsel stellt.

In der ZEIT war nicht nur von Gerhard Schröder zu lesen, er habe sich *dahin gehend* geäußert (offenbar ein Schlender-Interview, denn über ein Ziel, zu dem er hingegangen wäre, war nichts zu erfahren); sondern auch von einem *braun gebrannten* Menschen die Rede, und natürlich sind wir nicht blöd und wissen per Transfer zumindest ungefähr, was gemeint ist; aber schon aus Trotz stellen wir fest: Man kann jemanden böswillig brennen, arg und überraschend brennen, ihn mit einem glühenden Brandeisen brennen, aber damit man jemanden braun brennen kann, muß man entweder selbst sehr braungebrannt oder ein Nazi sein, und beides ist trotzdem irgendwie Schwachsinn.

Die Regel, denn eine solche steckt in Deutschland hinter jedem Schmarrn, lautet, so hat man mir dargelegt, in etwa ungefähr ziemlich so: Was man steigern kann, wird meistens getrennt, es sei denn, es ist ein Sonderfall, oder auch nicht oder andersrum. Das heißt: Schröder könnte theoretisch noch mehr dahin gehen, Lorant noch sicherer gehen, und da man sich bei ausreichender Sonnenstrahlung in einen Neger verwandelt, kann man sich oder andere auch »bräuner brennen«. Das mag alles sein; mag auch

---

[8] Inzwischen ist er – soviel ist sicher – gegangen.

sein, daß es mit der Verwandlung vieler »ß« in »ss« für kurzzeitig Zugereiste nicht mehr ganz so plausibel ist, im Biergarten forsch eine »Maas« zu bestellen.

Aber von »ss« und Maas und Memel ganz abgesehen: Interessant ist an der Geschichte, daß schon einmal eine deutsche Regierung eine radikale Rechtschreibreform plante, 1940, und auch damals ging es vor allem darum, die Schreibsprache der Sprech-Sprache anzugleichen. Auf den ersten Gedanken eine prima Idee: Wozu sollen unsere Kinder respektive ABC-(!)-Schützen etwas schreiben, was man (angeblich!)[9] gar nicht sprechen kann? ein »ß« in »Kuß«, »daß« und »Fluß« zum Beispiel? Also: weg damit, ebenso wie mit dem griechelnden »ph« – aus dem Photo wird ein Foto, der Delphin zum Delfin, und in der Mathematik, einer ohnehin adeligen Wissenschaft, wird es von Grafen bald nur so wimmeln.

Zum Glück konnten die Nazis ihre blöden Pläne wenigstens dieses eine Mal nicht in die Tat umsetzen, denn der nächste Schritt wäre ein logischer gewesen: Wozu sollen unsere Kinder etwas malen und zeichnen, was man gar nicht sieht? Statt Wachsmalkreide und Buntstift drückt man den Kleinen eine Kamera in die Hand – da ist der Baum, da ist die Mama, alles ohne unrealistische Phantasiegebilde, effektiv wiedergegeben und für den uninformierten Betrachter bei ausreichender Handsicherheit gleich zu erkennen.

Ebenso sinnvoll ist das »Stammprinzip«, dem zufolge man Geld nun »aufwändet«, weil es dem in der Wand befindlichen Automaten entspringt, und aus dem Quentchen ein »Quäntchen« wird, weil es von »quintus« kommt. Auf fixen Sohlen eilen Wörter wie »Quantessenz«, »Hässen« und »angäblich« herbei – immerhin, die Sache verspricht, lustig zu werden.

---

[9] Vor Jahren erklärte mir in einem linguistischen Hauptseminar der ansonsten sehr beschlagene Professor Schlobinski, es habe grundsätzlich auch keinen Sinn, am Ende eines Wortes zwischen »t« und »d« zu unterscheiden, da beide exakt gleich – als »t« – gesprochen würden. Mein Einwand, es gebe in der süddeutscheren Sprache durchaus einen Unterschied zwischen »Abend« und »Advent«, zwischen »Lügenbold« und »Polt«, wurde nicht akzeptiert. Weiterhin ungeklärt sind zwei andere von mir zur Diskussion gestellte Fälle: In einigen Dialekten (oder modernen Abformen) wird der »Käse« beharrlich als »Kesä« bezeichnet, und das grundständig deutsche »Amt« kann man überhaupt nicht aussprechen, ohne sich die Zunge zu brechen – es müßte »Amnt« heißen.

Ich hab's genau gehört! Da hinten hat einer gemurrt: Was ist denn das für ein Hinterwäldler! Betonkopf! Verweigert sich den Notwendigkeiten einer modernen Schriftsprache, die in der und durch die großartige Rechtschreibreform geregelt sind! Will unsere armen Schulkinder verderben, die nun hilflos durch die Gegend stolpern und überhaupt nicht mehr wissen, wie man was schreibt! Ist wahrscheinlich einfach zu blöd für die neuen, viel leichteren Regeln!

So so. Dann machen wir doch mal einen Versuch. Welches der folgenden Wörter ist nach den Regeln der Reformverschriftung ein Fehler? : halblaut, halb leer, hocherfreut, hoch empfindlich, hoch geehrt, hochgelehrt, wohlanständig, wohl überlegt, wohlgesetzt, wohlverstanden, wohl behütet, wohl schmeckend, wohlriechend, kennen lernen, zurückweichen ...

Richtig geraten? Genau: keines davon. Auch der Satz »Er bat ihn zu prügeln« ist »richtig«, obwohl kein Mensch erfährt, wer da wen prügeln soll. Erlaubt wäre es auch, weiterhin »aufwendig« und »selbständig« zu schreiben. Und unsere armen Schulkinder, die den Unfug lernen sollen, haben es mit dem Lesen nach wie vor genauso leicht wie wir damals, als wir Goethe, Schiller, Lessing oder wahlweise Scherr, Jean Paul und Lichtenberg gelesen haben. Die haben sich nämlich auch nicht um die Rechtschreibung geschert, die wir in der Schule lernen mußten, weil es die zu ihrer Zeit nicht gab. Und weil, liebe Reformler, das Schreiben nun mal zum Lesen da ist und nicht zum Diktatfehlermachen oder -vermeiden, schreibe und bleibe ich so, wie ich bin – zumindest so lange, bis zwecks Erleichterung des Klavierspielenlernens per Gesetz die schwarzen Tasten abgeschafft werden.

(Oktober 2001; die angeführten Beispiele sind dank ständigen Mutationen der neuen Regelwerke möglicherweise inzwischen überholt)

All Heil? Oh Ween!
oder: Warum Alice Cooper unbedingt
ein deutscher Kürbis werden muß

Man sagt das heute nicht mehr, aber früher sagte man es, und von Karl Valentin gibt es sogar eine Neujahrsansprache, die so heißt, was man heute nur noch mit leichtem Erschauern lesen kann: »All Heil!« Daß man das nicht mehr sagt, liegt daran, daß das Wort »Heil« durch massenhaft mißbräuchliche Anwendung derart mit negativer Konnotation vollgesogen ist – man mag gar nicht daran denken, was sich ein zufälliger ausländischer Ohrenzeuge denken könnte: So so, erst Deutschland, dann die ganze Welt, und nun das Universum gleich überhaupt total, oder wie?

Die negative Konnotation von Wörtern (andere Beispiele wären einst so hochedle Bezeichnungen wie »Weib« und »Dirne«, die man nicht einmal mehr den Damen von der Hansastraße nachsagen mag, weil sich das nicht gehört) strahlt auf ihr ähnlich lautendes Umfeld epidemisch aus wie ein Großraumbüroschnupfen, und darum gibt es auch niemanden mehr, der »Allerheiligen« sagt. Sondern jetzt heißt das »Halloween«.

Oder andersrum: An den Bezahlterminals in Supermärkten kann man seit einigen Wochen kleine, bunt verpackte Bildchen von primitiv hingekrakeldesignten Kürbis-Monstergesichtern erwerben. Die kann man irgendwo draufkleben und damit einen Festtag begehen, der erst in jüngster Zeit Eingang in unsere Leitkultur gefunden hat: eben »Halloween« – Anlaß ist nicht die Wiedereröffnung des österreichischen Marktes für resteuropäische Konsumprodukte (nachdem festgestellt worden wäre, daß die dortige kleinere Regierungspartei doch eigentlich nur die »neue Mitte« repräsentiert). Nein, Halloween kommt aus Amerika.

Das Ritual, das man an diesem Tag aufführt, ist eine groteske Umkehrung des nicht nur in den USA üblichen Alltagsrituals: Werden sonst Kinder von Erwachsenen unter reklameterroristischer Androhung schlimmster Sozial- und Fun-Nachteile mit allen Mitteln gezwungen, Süßzeug und Plastikmüll zu kaufen, so zwingen an Halloween die Kinder die Erwachsenen unter Androhung schlimmer nachbarschaftsterroristischer Nachteile, Süßzeug herauszurücken. Das hat schon was, zumindest was wohlig Altachtundsechzigerig-Antiautoritäres. Wenn dann auch noch die »Spiel- und Begegnungsstätte am Hart« in Nachfolge klassischer Kinderläden eine *Halloweenwerkstatt* zum Thema *Basteln rund ums Gruselfest* ins Leben ruft, ist das noch schöner.

Deshalb stehen nun auch überall im Münchner Nah-Umland Berge orangebauchiger Flaschenfrüchte bereit, die die Bauern per Schild als »Halloween-Kürbisse« bezeichnen. Mag sein, daß kein Mensch weiß, wozu man zu Halloween einen Kürbis braucht (das hämische Bäh-Grinsen ließe sich notfalls auch in einen Laib Brot hineinschnitzen). Mag außerdem sein, daß kein Mensch weiß, was Halloween eigentlich überhaupt soll.

Aber das ist kein Schade, schließlich wurden unter dem Einfluß amerikanischer Kultur-Eckwerte (Produzieren! Arbeiten! Kaufen! Konsumieren! Wegwerfen!) hierzulande längst die meisten Feiertage abgeschafft, die sich einer ökonomischen Verwertung widersetzen. Was für ein Produkt bitteschön soll man den Leuten an Christi Himmelfahrt, Mariae Empfängnis, Peter und Paul, Fronleichnam oder dem Geburtsfest des Prinzregenten verkaufen? So wurden aus den etlichen Feier- und Frei-Tagen, deren Erscheinen man in Bayern um 1900 entgegenfieberte, ein paar wenige, und an denen wird auch gearbeitet – mit Feiertagszuschlag, der dann »weggesteuert« oder gleich gestrichen wird. Und gefeiert wird mit Plastikgruselzeug aus dem Drogerie-Discount.

Ich fordere: mehr Konsequenz! Zum Beispiel Weihnachten: längst ausgelutscht, ökonomisch überfischt, trendmäßig durch, als Familien-Amok-Termin ein alter Hut und dem deutschen Wald sowieso nicht zuträglich. Da ließe sich viel mehr draus machen, wenn einer auf den Dreh käme, daß am 25. Dezember der große US-Rockschaffende Alice Cooper sein Wiegenfest begeht! Stracks ersteht ein neues Sortiment von inwendig beleuchtetem Plastikgerümpel: Galgen, Schlange, Köpf-Puppe und natürlich Barbie-Cooper selbst – und schon hat die Jugend aller Generationen wieder was zu kaufen und ist's zufrieden.

(28. Oktober 2001, Münchner Seiten/FRANKFURTER ALLGEMEINE SONNTAGSZEITUNG)

Warum man manchmal
Klaus Kinski sein möchte

Computer sind Landschaften der Wirrnis und Fragwürdigkeit. Zum Beispiel steht auf meinem Bildschirm seit Jahren unter einem etwas kläglichen Symbol: »Gehe zu Schrank«, und wirklich passiert es mir nicht selten, daß ich mich vor meinem Kleiderschrank finde, vollbekleidet und ohne Ahnung, was ich nun hier will oder wollte.

Aber vielleicht ist das auch nur Anzeichen einer Schreibsperre. Die nämlich ist in der Tat eine Beschränkung, und da verwundert es nicht, daß sie besonders gerne in Räumen auftritt, die mit Schränken ausgestattet sind. Negativbeweis: Gerade habe ich den ziemlich schönen, ziegeldicken Kinski-Band »Ich bin so wie ich bin« durchgeblättert, und obwohl darin neben Film-Interieurs und manchem anderen auch viele Privatphotos zu bestaunen sind, findet sich doch im ganzen Buch nicht ein Schrank – tatsächlich ist mir nicht bekannt, daß das *Genie des Zusammenbruchs* (Kapitelüberschrift) jemals mit einer einzigen Sperre oder Grenze in irgendeiner Hinsicht sich belegt hätte. In Sachen Schreibsperre ging der kongeniale Rezitator von Villon und Rimbaud noch weiter: Glaubt man Fachleuten und Rezensenten, dann haben sich die seltsamen Gedichte, die Kinskis Jugendfreund und Co-Kneipenzertrümmerer Thomas Harlan neuerdings wiedergefunden haben will und herausgegeben jedenfalls hat, buchstäblich von selbst geschrieben.

Daran muß ich jetzt denken, wo ich wieder einmal leeren Blicks auf die Botschaft »Gehe zu Schrank« starre und mich mit beiden Händen daran hindere, selbiges sofort zu tun. Und mir wünsche, ich möge dem subliminalen Befehl doch nachgeben wollen, um nach der Rückkehr auf dem Bildschirm einen fertigen Text vorzufinden, der die Analysierer, Interpretatoren und Kritische-Gesamtausgabe-Herausgeber dereinst vor dasselbe Problem stellen würde.

Aber wie so vieles, was bei Kinski ging und geht, geht auch dies im wahren Leben nicht. Statt dessen sitzt man da, starrt, und wenn endlich der zarte Flügelschlag einer Metapher oder der warme Hauch eines Gedankens inmitten der meditativen Leere in fühlbare Nähe gerät, passiert das, was immer passiert: Der Postbote hat ein mannshohes Paket für den Nachbarn, den man nicht kennt und nie gesehen hat; der Hausmeister verknüpft die deklamatorische Klage über den Kinderwagen im Treppenhaus (den man nicht kennt und nie gesehen hat) mit einer wehenden Vormittags-Weinfahne und Details aus seiner Biographie (die man auswendig kennt); ein Unbekannter quäkt in den Telephonhörer, ob man nicht Georg Hummelbock sei und warum; der Kühlschrank verkündet das Erreichen seines unter stundenlangem Crescendo-Summen angestrebten Entspannungspunktes mit einem (unter diesen Umständen ohrenbetäubenden) Klackbrummfurzen; ein geplagter Balkonbesitzer bellt die Reste der gestrigen Roth-Händle-Überdosis in den Hof; die Katze hat den Mangel an bereitstehendem Futternachschub bemerkt und verfällt in wildes Jodeln, unmittelbar und gleichgesinnt ergänzt durch einen Autobesitzer, der sich am Quengeln seiner leeren Batterie nicht satthören kann; der Schlosser im Hof muß ganz dringend zehn schwere Eisenportale zu Staub zerfräsen. Gegen Mittag erwachen dann die Fun-Raver gegenüber, bringen sich mit intensiver Umz-Umz-Behandlung in Jogging-Stimmung und übertönen den eigenen und fremden Maschinenlärm mit durcheinandergekrähten Anekdoten von der nachts zuvor absolvierten Nightlife-Party (denen man ungewollt lauschen muß, unter verzweifeltem Kopfschütteln über das totale Fehlen von Pointen und grammatisch-syntaktischem Zusammenhang); tausende geplagte Radiobesitzer erschauern unter plärrenden Stimmungsbefehlen und reißen die Fenster auf, um wenigstens einen Teil des Krachs wieder loszuwerden, worauf die Kanonade der »Hits von heute« durch ganz Schwabing schallt und zum Amoklauf aufruft; weit draußen und droben stöhnt der Himmel und beginnt zum Zwecke der Notwehr schwere Wolken zusammenzuziehen, um den Irrsinn mit Gewittergüssen zu dämpfen. Und irgendwo in dem Inferno steht der Schrank und flüstert eindringlich: Gehe zu mir!

An solchen Tagen möchte man manchmal Klaus Kinski sein: erst in sich hinein und dann ganz weit aus sich herausgehen und zum »Rächer«, ja »Satan der Rache«, zur »Bestie«, zu »Aguirre, der Zorn Gottes«, zur »Schwarzen Mamba«, wahlweise »Cobra Verde« werden, in einen »Roten Rausch« verfallen und hinausbrüllen, was Kinski 1971 als »Jesus Christus Erlöser« in die Berliner Deutschlandhalle hineinbrüllte: »Dumme Sau! Scheißgesindel!«

Aber das würde ja alles noch viel schlimmer machen, respektive noch ein Stück lauter, und deshalb endet der Tag, wie er begonnen hat: mit leerem Blick in die Landschaften der Wirrnis und Fragwürdigkeit, die sich auf und hinter dem Bildschirm erstrecken. Mit leerem Blick auf den Schrank, vor dem man plötzlich steht, ohne zu wissen, wie man da hingekommen ist. Und mit einem Text, der sich irgendwie selbst geschrieben hat.

(November 2001)

Ungeordnete vorwinterliche Fluchtgedanken

Irgendwann (das hat er so an sich, sonst würde er einem gar nicht auffallen) ist jeder Spaß vorbei, auch der diesjährige Herbstsommer, denn einen Sommerwinter hat zwar Herbert Rosendorfer schon vor Jahren erfunden, allein die Natur mag ihm noch nicht recht folgen: »Mehr Treibgas!« fordert sie vorab, und das zieht sich noch ein bißchen.

Also geht jetzt wieder das Stöhnen und Schreien los, noch ehe sich die erste Eisblume am Fenster zeigt, was sie in den meisten Fällen sowieso nicht mehr kann, weil an den vakuumisolierten Doppelpreßglasverblendungen der Wohnboxöffnungen ein von der zirkulationsintensiven Bodenheizung in Gang gesetzter Schweiß-Staub-&-Bakterien-Monsun entlangstreicht, in dem garantiert nur noch eines blüht: eben das Stöhnen und Schreien. »Ich muß hier weg! Hier sterbe ich!« brüllen die Inhaber der Wohnflächen, schütteln voll Sehnsucht nach dem endlosen Sonnenbrüten, das sie monatelang täglich, durch die Jalousieritzen der Großraumbüros auf ihre Bildschirme gespiegelt, verfolgen durften, ihre McBurn-Studio-Melanome und greifen sofort zum Hörer, um das große Buchen zu beginnen. In der aus unbekannten Gründen so genannten »staaden« Zeit vorweihnachtlicher Leere in den »Auftragsbüchern« geht dann das Jetten los. Wie auf irdisches Format herabgetrimmte Schwarze Löcher saugen die Betonburgen der vereinheitlichten Pauschalbestrahlung Heerscharen frustrierter Verbraucher auf und in alles, was außer ausreichend Ozonloch auch noch eine begehbare Grenze zwischen Festland und Wasser zu bieten hat – und sei es nur das liegestuhlfreundliche rechteckige Becken, in dem sich neben Fußpilz und allen möglichen Kokken vor allem Menschen von diesem und jenem Ende der Altersskala versammeln, weil sie es für ein exotisches Urinal halten.

Jetzt – d.h.: 2001 – wird es schwierig. Orte der erwähnten Art gibt es zwar mittlerweile zu Tausenden überall dort, wo einst ein fröhlich ethnisches, gerne »unberührt« genanntes Tribe-Treiben herrschte, aber hinkommen tut man von hier eben nur mit dem Flugzeug; und ein solches besteigt man neuerdings nicht mehr so gerne. Der beliebte Büro-Schlachtruf »Heia fahr i in d' Dominikanische!« wird nur noch als Kantinenbrüller eingesetzt, alles irgendwie islamisch Verbrämte erregt Schauer, die früher höchstens dem abendlichen Hotelbuffet galten, und je weiter etwas weg ist, desto größer wird die Angst, in der Economy Class einem zu begegnen, der nicht nur ein transkontinentales Nickerchen hält, sondern sich als veritabler Schläfer erweist.

Also: daheimbleiben? Ausgeschlossen! Das wäre nicht nur der Todesstoß für die ohnehin stöhnende Sonnenhungrigen-Verfrachtungsindustrie, sondern auch Garant für ein sprunghaftes Ansteigen der weihnachtlichen Suizid- und Amok-Raten. Doch, ach, wohin nun? und wie? Man könnte allerdings mit dem Zug fahren, denn aus der Bundesbahn ist jetzt bekanntermaßen eine hochmoderne Verschickungs-World-Net-Geschichte geworden, dank Privatisierung. Alte, oder sagen wir: normale Züge hatten etwas »Demokratisches«. Man spürte an ihrer lässigen/schludrigen Benutzbarkeit: die gehören denen, die damit fahren. In den neuen Zügen stehen alle ratlos fremdelnd vor »Benützeroberflächen« herum, sitzen hinter nicht zu öffnendem Panzerglas in »Klima«, und das »Demokratischste«, zugleich Abgründigste, ist das trockene »Schlotz!«, mit dem substantielle Ausscheidungen in einem Rohrknick verschwinden, der nicht mehr nach draußen führt – das ist schon sehr flugzeughaft, da fühlt man sich urlaubig angeheimelt.

Aber die Roll-Jets fahren nun mal kaum weiter als in die Türkei (hoher Islam-Faktor!), Spanien (Eta!) oder andersrum nach Holland, und da wollte man ja schon mit dem Flieger nie wirklich hin, weil es zwar viel Strand, aber keine Dröhnsonne gibt. Zudem erinnert man sich mit Schrecken, daß in den Ankunfts- und Abfahrtshallen an jedem Flug eine »Verdrecktheit« gemessen wurde, mit Techtech und so, und allzweiminütig als »Atenzi Ausflügift« verkündet. Unwillkürlich begann die Suche nach wenigstens inwendig reinigendem Naß, »licht sprankelnd« oder richtig »bruisend« (was man als

englischgelehrter Oberschüler vorsorglich mied), und am Ende
hieß es dann: »Wir ämpfeln Ihnen jedoch, während des Fluges
angeschaltet zu bleiben!« – ehe man gebeten wurde, »boufnehouf
zu platzen«. Und da ist der Spaß nun wirklich ganz vorbei.

Also tut der Münchner in Urlaubszeiten wie diesen am besten
das, was er sowieso am liebsten tut: Er setzt sich in sein Auto,
fährt auf den Mittleren Ring und staut sich im Kreis. Da ist er
nicht nur nicht-daheim, sondern auch terrorsicher und recht
gemütlich zwischen Wunderbäumen in den eigenen vier Blechen
aufgehoben; und vielleicht wird's so ja doch bald was mit dem
Sommerwinter.

(11. November 2001, Münchner Seiten/FAS)

Geschenk und Qual

Ein Gespenst geht um: das Gespenst des Konsumismus. Ich weiß, der Kalauer ist so alt, daß er von selber steht, zudem war erst kürzlich ein ganzer Bogen dieser Zeitung dem hehren Anspruch gewidmet, sich dem Phänomen wenn schon nicht analytisch, dann wenigstens irgendwie zu nähern; aber es hilft nichts – gelesen, abgeklärt genickt, und schon zieht wieder alles los, das virtuelle Geld im Beutel, und geht anschaffen. Was übrigens die eigenen Lebensumstände kaum tangiert, abgesehen von den lästigen Buckel-Besuchen bei der Schuldenberatung, die im neuen Jahr unweigerlich anstehen, wenn sich das Plastik-kartenluftgeld in echtes verwandelt hat, das nicht mehr da ist. Denn heimgekarrt werden nicht etwa Luxusgüter zum feier-abendlichen Verzehr, Neutronen-Küchenmaschinen mit futu-ristischen Service-Features zur fortschreitenden Erleichterung der Lage in der eigenen Küchenzeile, Duftnotenträger zur Ver-besserung der eigenen Aufrißquote oder sonstige dringende Dinglichkeiten, sondern ausschließlich Ramsch, den man in den Behausungen der näheren und ferneren Verwandt- und Bekannt-schaft abzustellen trachtet, um sich solchermaßen einer Prestige-Pflicht zu entledigen, die in einem Zeitalter, das unter dem Motto »Sein durch Haben« steht, unerläßlich ist. Wie stünde man denn da, wenn der Heilige Abend herandämmert, alle ihre Wäsche-körbe durch die Vorstädte tragen und man selber der einzige Depp ist, der den Null-Spruch »Heuer schenken wir uns nichts oder höchstens eine Kleinigkeit« wörtlich genommen hat?
Also muß, egal was, jedenfalls her: Mama hat schon vier Bademäntel? Da kann ein fünfter nicht schaden! Ob Opa den Alpen-Aquarell-Abreißkalender noch überlebt? Egal, man erbt ihn ja zurück! Das Sortiment von Harry-Potter-Paraphernalien, nach dem die Kinder unausgesetzt krähen, ist ohnehin nach allen Seiten offen, und für Tanten, Onkels, Cousinen, Kumpels und die Leute aus dem Fitneßstudio müssen Bestsellerhalden und das übliche Angebot von originellen Kerzen und Postern und aktuellen Trend-Düften herhalten. Die Angestellten, denen man

gerade mit einem Griff ans infarktgefährdete Herz zum sechsten Mal im fünften Jahr die Gehaltserhöhung ausgeredet hat, lädt man zu gesamtbetrieblichen Besäufnissen, um Steuern zu sparen; Geschäftsfreunde bekommen eine Kiste Billigwein mit Teueretikett oder (wenn es nur Kunden sind) eine Einladung zu einem Gläschen Sekt mit fünfzehn Prozent Preisnachlaß (auf den Sekt) beim nächsten Großeinkauf; und umgekehrt läßt sich natürlich auch die Belegschaft nicht lumpen und kredenzt dem Boß einen zwölften Golfschläger, während »Promis« unter Kamerabeleuchtung Suppe verteilen oder schlagzeilenträchtige Multimillionenbeträge in angebliche Stiftungen wuchten, von denen man bis zum Unterschlagungsprozeß nie mehr was hört. Und niemand wundert sich, daß inmitten des raffenden Trubels Männer in roten Mänteln herumstehen und »Ho! Ho! Ho!« brüllen. Man würde sich ja gerne selbst auslachen, wenn man Zeit hätte, aber nach Ende der unbezahlten Überstunden bleiben höchstens noch Minuten für den Panikkauf vor Mitternacht.

Wie auf jeden Rausch folgt dann der Kater. Bedrüppelt hockt man vor dem geschenkten Staubfänger, zieht ein Gesicht wie Sabrina Setlur, erinnert sich womöglich an die Marxsche Weisheit, eine Ware sei *ein sehr vertracktes Ding voll metaphysischer Spitzfindigkeit und theologischer Mucken* ..., und wünscht sich, es würde einfach überhaupt nichts mehr hergestellt, weil man es dann auch nicht kaufen, heimtragen, schenken, geschenkt bekommen, umtauschen und wegwerfen müßte. Aber es hilft halt nichts: Die Arbeitsplätze sind nun mal »geschaffen« (oder erhalten), und spätestens im Mai, wenn die verbliebenen Osterhasen in Nikoläuse umgegossen werden, ist die Zerknirschung vergessen wie der Neujahrskater an Heiligdreikönig, und alles geht von vorne los.

(23. Dezember 2001, Münchner Seiten/FAS)

Rumms – und weg!

Die Aufmerksamkeit anderer Menschen ist die unwiderstehlichste aller Drogen, schreibt Georg Franck in seinem Grundlagenwerk zur »Ökonomie der Aufmerksamkeit«. Wie recht er hat, zeigt die Begeisterung für das ultimative Aufmerksamkeitsmittel: das Herbeiführen von Sprengungen. Die haben allerdings auch noch andere Zwecke. Wenn dem Menschen etwas gar zu brettlbreit im Weg steht, tonnenschwer auf der Seele lastet oder anderswie den glücklichen Lebensfortgang beeinträchtigt, pflegt er, ganz wie die meisten anderen Tiere, alles daranzusetzen, es wegzumachen. Einstmals waren dafür gewaltige Anstrengungen nötig; Jahrhunderte zogen ins Land, bis Mauern geschleift, Gräben gegraben, Türme eingeebnet waren. Dann erfanden schlaue Leute ein Pulver, mit dem alles sehr schnell geht – rumms und weg, eine Art Abstraktion der Beseitigungsarbeit. Weil sich aber im Gegenzug die Probleme auch immer mehr abstrahierten und nicht mehr als Mauern, sondern zum Beispiel als Selbstverwirklichungsdefizite in die Welt traten, sprengte man schließlich einfach so in der Gegend herum, am liebsten zum Jahresbeginn, um dem Heer abstrakter Mißfügungen gleich zu Beginn die Lust zu vergällen, noch mal zwölf Monate lang ihr Unwesen zu treiben.

So wurde etwa neulich der ganze Münchner Norden nächtlicher Zeuge der Versuche des FC Bayern, zum Abschluß der Vorrunde den Fluch des Mißerfolgs wegzubomben. Weniger Breiten-, dafür enorme Weitenwirkung entfaltete ein Dachdeckergehilfe, der am Frankfurter Ring an seinem Paradeböller bastelte und dabei ein achtzig Meter entferntes Neuauto mit einem dreißig Zentimeter langen Metallrohr in Teilschrott verwandelte – versehentlich, wie er dem Landeskriminalamt mitteilte. Zu den Sorgen, die sich der Mann von der Seele zu sprengen gedachte, kommt nun noch eine Anzeige wegen »Herbeiführens einer Sprengstoffexplosion« hinzu.

Natürlich, es gibt da andere Theorien: eine vom weihnachtlichen Schenk-Amok ausgelöste Überreaktion des Verausgabungsrituals zum Beispiel. Außerdem weiß man, daß Onkel Oskar nach sechstägiger Weihnachtsgans-Intensivdiät höchstens noch mit

Explosivstoffen aus dem Sessel zu kriegen ist. Die Varianten von Verzweiflungstatbeständen erschöpfen sich in dem unbewußten Wunsch, den an den Vorderrippen hängenden und zerrenden Feiertagsranzen wegzubomben. Dazu paßt die traditionell reinigende Kraft des Feuers, die nicht nur im Ofenrohr vergessene Weihnachtsplätzchen zu sterilen, extrem haltbaren Gegenständen macht, sondern unserem mythologischen Hausbuch zufolge auch *die Opfergabe aller Schlacken entledigt.* Hier dräut indes Vergeblichkeit: Während draußen noch eifrig gezündelt und gebollert wird und ganze Vorstädte in Rauch und Asche versinken, liegen drinnen schon die Vorschriften zur Frühjahrsentschlackungskur bereit. Der Mythos ist nicht immer ein idealer Ratgeber für den Alltag, schon gar nicht in diätetischen Fragen, und schon überhaupt nicht, wenn man eine Abstraktion mit Gewalt herumzudrehen versucht.

Wie arg es nämlich werden mag, wenn man alte Bräuche falsch überliefert, zeigt sich nicht zuletzt an den allneujährlich abgebrannten Häusern – wo doch eigentlich mit dem traditionellen »Abbrennen« der Geldbeutel von Hutmachergesellen gemeint war, die sich dem »Blauen Montag« entzogen hatten und deshalb ihren Zunftgenossen das »Abfüllen« bezahlen mußten. Letzteres wird übrigens bis heute im alten Sinne verstanden und in den letzten Stunden des Jahres sowieso gehörig be- und übertrieben.

Nicht vergessen sollte man, daß zur Feuerwerkerei neben Funken, Rauch und Knall laut Brockhaus auch die Erzeugung von *Heuleffekten* gehört. Wenn wir bedenken, daß der anno domini 314 wegen seines vorbildlichen Lebenswandels zum Papst ernannte Silvester vor allem deshalb ein Heiliger ist, weil er Kaiser Konstantin mittels Taufe vom bösartigen Aussatz befreite und ihm ein Bad in frischem Kinderblut ersparte; wenn wir dagegen das viele Kinderblut aufrechnen, das bei Experimenten mit selbstgebastelten Granaten vergossen wird, dann könnten wir es vernünftig finden, die Zündhölzer stecken zu lassen und an die Mahnung zu denken, die uns Silvester vor seinem Ableben mit auf den Weg gab: Liebet einander, seid fleißig, und behütet die Herde vor Wölfen. Die nämlich sind ebenfalls für »Heuleffekte« bekannt.

(30. Dezember 2001, Münchner Seiten/FAS)

Zum Donnerwepper!

Wer Fritz Wepper erfunden hat, ist mir nicht bekannt – zweifels-
ohne ein verdienter Mann (oder eine Frau? Uschi Glas am Ende?
Wir wollen sie nicht überschätzen) und ein vorausblickender dazu: Er ahnte, daß mit der Erweiterung des deutschen Serienfernsehens auf zwei und später viel mehr Kanäle und keinerlei
drohender Erweiterung des Niveaus eine Menge Platz zum
Herumstehen sein würde. Und wupp! – war der Wepper da und
stand ausgiebig und -dauernd herum in so ziemlich allem, was an
Serien von deren mythischem Urfürsten Herbert Reinecker im
Hunderterpack zusammengenagelt und abgekurbelt wurde.

Erinnern wird sich der Normalmensch (der das Zeug ja auch
bloß halbbewußt wegglotzt) noch an die schlechteste (und daher
erfolgreichste) Krimiserie der Welt, deren hängeäugiger Haupt-
figur (mit dem ulkigsten deutschen Nachnamen der Welt, der auf
englisch »Galgen« bedeutet) man Wepper beigestellt hatte, der,
weil er gar so blaß und weiß wirkte, solcherart auch noch dem
ansonsten gleichwertigen Charles Muhammed Huber bei der
ansonsten gleichwertigen Konkurrenz zu einer Beistell-Rolle ver-
half und sich damit um den Multikultifaktor des deutschen
Serienfernsehens verdient machte. Eingebracht hat es ihm vor
allem Häme: »Hol schon mal den Wagen, Harry, hahaha!«
grölte der typische »Das kann ich auch«-Dauerfernseher, für den
Wepper eine Doppelnull und der Prototyp des Siebziger-Jahre-
Altschwabing-Nichtsnutzes war, der vor allem deshalb im Fernsehen lief, d. h. herumstand, weil er mit diesem oder jenem
Produzenten und Regisseur das Partyhändchen getauscht hatte.

Ich meine: ungerecht! Purer Neid! Wer von uns armen Insassen
des neuzeitlichen Leistungsventilators würde nicht am liebsten
eine oder zwei Stunden täglich einfach nur so herumstehen? Und
dafür auch noch Geld bekommen? Und schließlich: Wenn einer
das nicht nur hinbekommt, sondern auch noch eine richtige
Superkarriere in Hollywood ausschlägt, weil er nun mal versprochen hat, im deutschen Serienfernsehen herumzustehen –
dann ist der doch kein Depp, sondern ein Held! ein Vorbild!

Nämlich ist Herr Wepper in Wirklichkeit tatsächlich ein richtiger Schauspieler, zumindest mal gewesen, und hat immerhin in »Cabaret« mitgespielt. Das kann kein schlechter Film sein, denn mein Papa hat ihn sich damals im Kino mehrmals angesehen – zwar nicht wegen Wepper, sondern wegen Liza Minelli, aber immerhin.

Also möchte ich Fritz Wepper gerne für einen richtig tollen Kerl halten, aber das ginge nur, wenn er sich nicht selber auch für einen richtig tollen Kerl halten und das auch noch ab und an ganz gerne verkünden würde. Dann nämlich geht es mir so wie als einer von mehreren Zeugen besonders abscheulich peinlicher Fernsehsendungen: Ich schäme mich für das Zeug, was da versendet wird, als hätte ich es selbst produziert. Anläßlich des Starts »seiner« neuen Serie läßt Wepper ein »Interview« in der Welt herumschicken, mit dem Titel *Geläutert. Einsichtig. 60 Jahre und ein bißchen weise. Fritz Wepper. Aus und vorbei mit Seitensprüngen.* Zu sehen ist Wepper diesmal als Pfarrer, und während der Chor der Eindimensionalgehässigen losblökt: »Hol schon mal den Tabernakel, Harry, hahaha!«, lesen wir, Wepper sei *kein notorischer Fremdgänger*, spiele nur noch schau, um seine sieben Pferde (darunter ein *Pfohlen*) zu ernähren, wolle *wahrgenommen, anerkannt, im besten Falle gewürdigt* werden, denke *über das Hier und Jetzt* nach; wir erfahren, »Cabaret« (hier: *Kabarett*) sei, ebenso wie »Die Brücke«, *mein Film* gewesen, seine Tochter sei *wepperisch (eigen, nicht häßlich und dumm)*, bei ihm brauche es keinen Vertrag, sondern bloß einen *Hand- oder Augenschlag*, er *marschiere nicht als Prinz Eisenherz durch die Welt*, weil das *nicht mehr zeitgemäß* wäre, und endlich: *Meine Liebe wurde nicht immer in dem Maße, in dem es seelisch gerechtfertigt wäre, beantwortet.* Wir sind hier nicht gemeint, dennoch – ach ja, si tacuisses, non quatschuisses.

Der Titel der neuen Serie lautet, übrigens: »Um Himmels Willen«. Wer hat sich denn dabei gedacht? und was?

(geschrieben am 7. Januar 2002 für die Münchner Seiten der FAS, dort aus Platzgründen nicht erschienen; Erstdruck in »Einladung zur Enthirnung. Belästigungen 61-100«)

Hilfe, ich habe
einen Hammermörder geheiratet!

Stiftungen sind dazu da, Geld einzusammeln und das gesammelte Geld jemandem zu geben, der sowieso schon genug hat; der CDU zum Beispiel oder irgendwem, der so oft im Fernsehen war, daß ihn alte Frauen auf der Straße für Guido Westerwelle halten (während Guido Westerwelle meistens für eine Parkuhr gehalten wird, aber das gehört nicht hierher). Neulich wimmelten mal wieder alle möglichen Wichtigmänner nach Wien, um sich anläßlich des »Men's World Day« (der wörtlich übersetzt nicht, wie die SZ meinte, ein *Weltmännertag*, sondern − noch ekelhafter − ein »Tag der Welt der Männer« ist) einen »Award« abzuholen.

In diesem Fall ging es um Männer, die *die Welt verändert* haben sollen, aber abgesehen davon, daß das in einem gewissen Maß jeder tut (indem er zum Beispiel beim Spazierengehen in einen schimmeligen Apfelbutzen tritt und damit verhindert, daß sich dieser spezielle Schimmelpilz in einem evolutionären Sprung zu einem hochintelligenten Sapiens-Bovist mit tausend Tentakeln entwickelt, aber das gehört jetzt auch nicht hierher), − abgesehen davon wurde natürlich stillschweigend ein »zum besseren« hinzugedacht − und da waren die angetretenen Schreckgestalten und Bosse von irgendwas wie immer alle fehl am Platz, von Turner bis Genscher, von Jauch bis Branson, selbst Michail Gorbatschow − aber der hätte sowieso keinen »Award« kriegen können, weil die Stiftung, die das Zeug verteilte, seinen Namen trägt, und schließlich kann ein Urinal nicht in sich selbst hineinpinkeln. Oder doch? Na gut, dann nehmen wir als Vergleich die Flasche, die sich nicht selbst austrinken kann.

Die Männer, die die Welt wirklich spürbar verändern, trifft man ganz woanders. Zum Beispiel an einem sogenannten »Brückentag« (was nicht heißt, daß man an diesem Tag auf eine Brücke steigen und hinabspringen sollte, wiewohl dies angesichts der im folgenden beschriebenen Schrecklichkeiten vielleicht die beste Lösung wäre), also zwischen Feier- und Samstag, und zwar überall, wo Bretter, Schrauben, Draht, Zangen, Gips, Lack und tonnenweise Plastikmüll verkauft werden: in einem Heimwerkermarkt. Das hat folgenden Grund: Am Feiertag hockt der Mann zu Hause, langweilt sich zwischen Bierflasche und Fernseher zu Tode und hat gleichzeitig ein schlechtes Gewissen, weil die Frau in der Waschküche unter seinen Socken stöhnt. Also streift er durch die Wohnung, findet einen Nagel in der Wand, zieht ihn heraus, fieselt an dem entstandenen Riß in der Tapete rum, hat plötzlich die ganze Tapetenbahn in der Hand, sieht erstaunt zu, wie sich nun auch der Putz löst, die Sicherung rausfliegt und aus dem Nagelloch ein dünnes Rinnsal Wasser spritzt. Jetzt denkt er: Ach was, da können wir genauso gut gleich Teppich, Heizkörper und Badewanne erneuern und die alten Fenster durch Plastik-Alu-Kombinationen ersetzen. Und wenn die Frau endlich aus dem Keller kommt, hat er bereits den OBI-Prospekt in der Hosentasche und kann den »Brückentag« kaum noch erwarten.

Die alte Weisheit, daß man das, was man nicht kann, am besten bleibenläßt, hat sich bis in die Münchner Vorstädte leider noch hicht herumgesprochen, und so werden die blechernen Riesenschachteln, die allerorten in unbewohnbaren Stadtrandgebieten zwischen Autobahn und Mittlerem Ring hingeschachtelt worden sind und koreanisches Wegwerfwerkzeug, aus Giftmüll hergestellte Füllmassen, stinkende Lackgebinde, spreißelige Billigholzbretter und was man sonst noch so alles zum ordnungsgemäßen Heimwerken braucht, in die Welt streuen, an solchen Tagen zum Schauplatz von markerschütternden Szenen. Tausende Autos würgen sich in wildem Chaos durch vollgestopfte »Parkbuchten«, mit heruntergekurbelten Fenstern, aus denen tomatenrote Heimwerkerköpfe Zeter und Mordio schreien, dazwischen schiebt man Gitterwägen mit grotesken Mischungen aus Blechleisten, Leimholz, Yuccapalmen, Klebeband und Nagelsortimenten herum; und wenn man nicht so geschickt ist, bei diesem Anblick sofort wieder abzuhauen, dann kommt man erst sechs Stunden später mit einer grotesken Mischung aus Sonderangeboten und Klappmöbeln mit fehlenden Zubehörteilen wieder nach Hause. Da murkst man dann ein Wochenende lang herum, tobt schließlich brüllend durch einen Haufen zersägten

Müll und ruft am Montagvormittag den oder die Handwerker, der oder die dann zwei Monate später kopfschüttelnd in der Wohnung steht oder stehen und sagt oder sagen: »Wer hat Ihnen denn das angetan? Den würde ich verklagen!«

Ob sich durch diesen ganzen Wahnsinn die Welt zum besseren wendet, bleibt äußerst zweifelhaft. Aber der Mann, der nach den Worten des großen Ambrose Bierce *Mitglied des unbeachteten oder vernachlässigten Geschlechts* ist, braucht eben irgendwas, um manchmal doch beachtet zu werden. Angesichts dieser unverrückbaren Tatsache wäre es vielleicht am vernünftigsten, Brückentage zu verbieten und dafür einen echten »Weltmännertag« einzuführen, an dem Frauen verpflichtet sind, mindestens zehn Stunden lang unter Aufbietung aller Kräfte zu beachten und zu nicht-vernachlässigen, und zwar nicht nur die prominenten Gala-Gurken, sondern uns alle, die sonst zwanghaft zur Zange greifen müssen. Die Damen, die sich nicht daran halten, bekommen die Heimwerker ins Haus geschickt oder, im Falle einer böswilligen Wiederholung, gleich Guido Westerwelle.

(Januar 2002)

Vom Unter- und Übernehmen
und anderen Blödheiten

Wer nichts ist, will im Regelfall was werden. Weil das nicht so leicht ist, sucht man sich einfach einen Beruf, lernt ihn, übt ihn aus und verbringt eben so das Leben. Außer man will etwas werden, ohne was zu lernen, dann wird man am besten »Spieler«. So einen hat jeder schon mal gesehen: wächserne Haut, flackernde Befehlsaugen, wabbelnder Schmerbauch, protzige Karre, Mikrowellengerät am Ohr, eventuell ein brathendlgebräuntes Fitneßskelett auf dem Beifahrersitz. Den Blick, mit dem sie die Welt anschauen, kann man auch leicht deuten: Was kostet das? Wie macht man es schnell kaputt? Wo wirft man die Reste hin?

Solche Menschen interessieren sich nur für Geld und Sex. Geld – das ist der Gegenwert der Arbeit der anderen; und Sex – das ist Geld ohne Körperkontakt (außer in Ländern, wo die Börse noch nicht »online« funktioniert), das pulsiert und wabert und immer mehr wird (»Erektion«) und irgendwann plötzlich weg ist (»Crash«). Wenn solche Menschen nicht genug Geld und Sex kriegen, werden sie superböse. Dann hauen sie erst recht alles zusammen und wollen die anderen samt und sonders in Arbeitslager und -dienste stecken, damit sie gefälligst für Geldnachschub sorgen. Damit kann man dann auch wieder Sex machen.

In letzter Zeit haben es die seltsamen Wesen nicht mehr so leicht, denn es gibt zu viele davon. Deshalb nennen sie sich nicht mehr so gerne »Spieler« und haben angefangen, sich gegenseitig aufzufressen, weil sie sonst schon alles aufgefressen haben. Oder sie erfinden neue »Branchen« und damit gleich wieder ganz neue Berufe. Wer einen Beruf ausüben will, muß ihn, wie eingangs erwähnt, im Normalfall vorher lernen. Zum Beispiel wird es keinem gefallen, wenn er ein paar Schuhe kauft, aus dem Geschäft rausläuft und an der ersten Ampel in einem undefinierbaren und jedenfalls nutzlosen Haufen Altleder steht. Ebenso hier: schreiben darf eigentlich jeder alles, aber einen Nutzen hat es nur, wenn ein Gedanke oder wenigstens irgendeine Art von Sprache darin vorkommt. Alles andere ist Humbug.

Den »Spieler«-Beruf hingegen darf jeder ausüben, ohne auch nur gelernt zu haben, wie man sich den Hintern putzt. Zum Beispiel sitzt ein Mann, der wg. Unlust auf irgendein(en?) »Praktikas« sein BWL-Studium erfolgreich hingeschmissen hat, beim Ganztagsfrühstück auf Kosten von Papis Angestellten vor dem Café und schaut sich mal so um. Da laufen Leute vorbei. »Ja wie!« denkt er. »Die haben ja alle Geld über! Das müssen wir ihnen aus den Rippen leiern!« Und schon läuft die restringierte Hirnmaschine an: Was könnten diese Leute noch brauchen? Oder nicht brauchen, sondern wollen? Oder nicht wollen, sondern jedenfalls kaufen, wenn man sie ordentlich mit Reklame zudröhnt!

Der nullkommaeinsdimensionale Gedankengang landet in den letzten Jahren eigentlich immer bei: »Medien«. Die braucht jeder! Machen kann man sie auch ganz einfach: bißchen fremdes Geld in die Luft schmeißen und schauen, ob vielleicht mehr davon wieder runterfällt. Genauer gesagt: einen fotzgeilen Titel erfinden, paar »Contents« zusammenmüllen, fertig ist der Lack.

Schon ist man »Spieler«. Es schadet nichts, wenn man in dieser Funktion ein bißchen rechnen kann, muß aber nicht sein. Es schadet nichts, wenn man von dem Metier, das man sich anmaßt, ein bißchen Ahnung hat, andererseits: Was soll der Schmarrn! Zeitverschwendung! Wichtig ist in jedem Fall, daß man sich als »Spieler« fühlt und sieht (wenn auch neuerdings nicht mehr so nennt, sondern auf seriös getrimmt mit Reform-Anmahn-Fresse durch die Krisengegend dömmelt) – und daß man einen superduften Plan hat, wie man die anderen »Spieler« auf dem »Markt« ordentlich fertigmachen kann. Oder was heißt Plan: Am besten macht man alles genauso wie die anderen, bloß ein bißchen billiger. Das geht ganz leicht: einfach keine Rechnungen zahlen, und wenn man »Mitarbeiter« braucht, dann auf jeden Fall die billigsten oder am besten solche, denen man gar nichts zahlen muß (siehe oben: »Praktikas«). Geht hier schließlich um die Sache, Leute! Zeigt mal bißchen Idealismus, hrömpf!, und bestellt mir zwei Pizzas!

Die Möglichkeit, daß nicht mehr so viel Geld runterfällt wie man raufgeworfen hat – oder gar keins –, die nannte man früher (als das manchmal noch zum großen Teil eigenes Geld war) »unternehmerisches Risiko«. Das war doof: Wer sich besonders blöd anstellte, stand womöglich am Ende ohne irgendwas da und mußte vielleicht sogar einen Offenbarungseid ablegen und sich verpflichten, in der nächsten Zeit nicht mehr als »Spieler« durch die Welt zu propellen, sondern die Finger vom »Business« zu lassen. Heute ist das anders: Das Risiko tragen die Angestellten (die sich danach auf dem Arbeitsamt schurigeln lassen und Parolen von Sozialhängematten anhören dürfen, ehe sie aufs Sozialamt weitergeschickt werden, um sich zum Arbeitsdienst zu melden) und die Gläubiger (die ihren eigenen Laden auch gleich zumachen können). Der »Spieler« hingegen faltet seine »Marke« zusammen, streift sich den Staub vom Sakko, denkt sich einen neuen Firmennamen aus, holt sich neues fremdes Geld und wirft es in die Luft. Das ist ein so einfaches und narrensicheres System, daß man es am liebsten selbst machen würde. Wenn man sich dabei, das heißt: bei dem bloßen Gedanken, nur nicht so elend schämen müßte! Ein Jammer.

(April 2004)

Enthaltsam vereint

Seit den eingehenden Einlassungen des Soziologen, Ernährungswissenschaftlers und Wurstfabrikanten Ulrich Hoeneß zu den Auswirkungen des Konsums von Meereskleingetier (»Scampi« oder »Scampis«, wahlweise auch »Crevetten«, »Krabben«, »Langusten« oder »Stinkzeug« genannt und in jedem Fall sehr eng mit der Kellerassel verwandt) auf die Leistungsverweigerungsbereitschaft zugereister Leibesübungsgroßverdiener sind die Diskussionen zum Thema Maßlosigkeit wieder aufgeflammt. Schon länger fragt man sich, warum hiesige Menschen sich hinreißen lassen, Schnecken, Würmer, Kopffüßer und deren Gelege zu verschlingen, die zwar in anderen Kulturkreisen als Nahrungsmittel gelten mögen, dies jedoch vor allem aufgrund des dortigen Mangels an Kartoffel, Nudel und Semmel.

Es trifft sich gut, daß eine derartige Diskussion gerade jetzt, zur Fastenzeit, in Gang gerät, wo wir gerade mal wieder »den Gürtel enger schnallen« und uns aller nur denkbaren malm- und schluckfähigen Genüsse enthalten sollen, um Körper und Geist für den Empfang von Segen und Osterei bereit zu machen. Ich möchte daher, wo wir schon mal dabei sind, für eine Ausweitung plädieren: Es erreicht uns die Nachricht, daß der Passauer Wissenschaftler Heinrich Oberreuter, der demnächst in München einen Lehrstuhl für Politik und PDS-Entlarvung antreten soll, nicht nur Leiter eines Dresdener Instituts für Totalitarismusforschung und PDS-Entlarvung, sondern nebenbei auch noch Direktor der Tutzinger Akademie für politische Bildung und PDS-Entlarvung ist. Da wird es nur so brummen auf den Autobahnen zwischen München, Dresden und dem Starnberger See, denken wir und wünschen uns insgeheim, wir wären auch in der Lage, derart viel Leistung zu bringen, wie der Mann in seiner (mutmaßlich) 350-Stunden-Woche bringt. Selbst ein Herr Hoeneß jedoch, hauptberuflich für lediglich einen einzigen Verein mit (bezeugter!) Torwartschuhentkrustung, Versand von Millionenschecks an spätjugendliche Abzocker und anderen Dingen beschäftigt, erbleicht vor Neid, wenn er erfährt, daß der

CSU-Kandidat für das Amt des Zweiten Bürgermeisters von München, Hans »Fortschritt« Podiuk, den Mehrfachinstitutler Oberreuter tief in den schwarzen Schatten stellt, indem er nicht weniger als 34 Vereinen angehört und damit fast siebenmal so vielen wie der Konkurrent Weinfurtner von den bekanntermaßen vereinsmeierischen Reps, dem gleichwohl bereits unterlief, was bei derartiger Vielämterei irgendwann unausweichlich ist: Bei einem Vortrag sei er *plötzlich zu einem anderen Ergebnis gelangt als beabsichtigt.*

Werden wir uns wundern, wenn Podiuk, durch einen schlaumeierischen Zufall tatsächlich ins angestrebte Bürgermeisteramt befördert, sich in seinem bevorzugten Truderinger Musikverein wähnt und diverse Nationalhymnen in den Münchner Stadtrat hineinschmettert, um dann abends im Stopselklub zur Verwirrung der Kameraden flammende Reden für eine sofortige Untertunnelung der Kegelbahn und die umgehende Ausweisung von Mehmet (»Mehmet«!) Scholl zu halten?

Zwar beschränkt sich das gemeinwohlige Wirken der meisten Vereine darauf, blumige Reden ins Podium zu schwallen, die Verteilung und Kanalisierung von Förder- und sonstigen Geldern auszutarocken und nebenbei in dampfigen Hinterzimmern hopfige Getränke abzukübeln. Dennoch wäre es der politischen und einigen anderen Kulturen sicher zuträglich, wenn auch hier eine gewisse Mäßigung Einzug hielte. Wir schlagen vor: pro Mann zehn Ämter, fünf Institute, eine Partei, ein Verein – und wenn es nur der dringend zu gründende Verein gegen das Vereinswesen insgesamt wäre.

(10. März 2002, Münchner Seiten/FAS)

Ich werde nie, nie, nie, nie eine Vision haben

Mich leitet kein Größenwahn, hat Leo Kirch vor kurzem gesagt, *sondern die Idee, maximales Eigentum zu erwerben, um Maximales zu bewegen.* Wir wollen davon absehen, daß Adolf Hitlers Rechtfertigung für sein Wirken (mit einer leichten Modifizierung des Wortes »Eigentum«) exakt dieselbe gewesen wäre. Interessanter ist die Tatsache, daß hier ein pathologisch Größenwahnsinniger, der gerade tausenden Menschen das Leben ruiniert und seine angebliche Verantwortung für die Folgen mit der lapidaren Aussage *Dann frißt mich Murdoch eben, die Knochen wird er mir schon lassen* in den Wind geschossen hat, – daß ein derartig gemeingefährlicher Größenwahnsinniger behauptet, er sei nicht größenwahnsinnig, sondern bloß größenwahnsinnig. Daß der Rest der Welt das hinnimmt und ihn weiterhin für einen anständigen Burschen hält, ist Grund genug, sich die Haare einzeln auszurupfen.

Ich möchte die Geschichte eines anderen Mannes erzählen, der Jürgen Höller heißt, ebenfalls gemeingefährlich und pathologisch größenwahnsinnig ist, dem es aber nicht genügt, seinen Größenwahn in die Welt zu trompeten, sondern der möchte, daß alle anderen genauso größenwahnsinnig werden wie er, und damit auch noch Geld verdient. Und während »bewegen« bei Kirch heißt, daß am Ende alle regungslos vor der Glotze hängen und Müll anschauen, ähnelt der Bewegungsdrang dieses Mannes eher dem des eingangs erwähnten Führers – Ziel ist die totale Mobilisierung.

Seine Denkweise geht folgendermaßen: Zunächst hat er eine Vision. Das heißt nicht, daß er Gespenster sieht und nach Eglfing gehört (obwohl: zumindest letzteres eigentlich doch). Seine Vision lautet: Ich werde Erfolg haben! Der Plan: Damit sich endlich etwas bewegt, müssen die Menschen motiviert und fanatisiert werden, und der Mann, der sie dazu bringen wird, Dinge zu tun, die sie im Zustand der Vernunft nie täten, bin ich! Dann richtet er sein gesamtes Handeln nach der Vision aus; und weil es nun mal so ist, daß das Sein das Bewußtsein bestimmt, folgt sein Denken fortan exakt seinem Handeln, also der Vision, und irgendwann gibt es außer diesem Teufelskreis der Verblödung gar nichts mehr.

Der Mann motiviert nun also, ganztags. Er hopst zwischen Nebelkanonen auf Bühnen herum, plärrt wirtschaftsfaschistische Parolen und Brunftgeräusche in Sportpaläste voller erfolgswilliger Menschen, denen es vollkommen egal ist, ob sie über glühende Kohlen, über Leichen oder über beides gehen müssen, wenn sie IHN nur endlich erreichen: den absoluten, totalen ERFOLG. Dazu bekommen sie von dem Mann ein paar laue Platitüden der Sorte »Glaube nur an dich selbst!«, »Sag ja zum Erfolg!« und »Es liegt an dir selbst, was du aus deinem Leben machst!«, die sie nach dem Verklingen der dröhnenden Tumpf-Tumpf-Motivationsmarschmusik am Ausgang für ein paar hundert Mark auch noch als Buch und CD erwerben können. Das ganze Spektakel heißt »Powerday« und kostet selbstverständlich horrenden Eintritt, schließlich will der Mann als gutes Beispiel vorangehen und zeigen, wie man aus Scheiße Geld macht. Mit, na klar, Erfolg: Umsatz und Gewinn steigen jedes Jahr um 30 Prozent, er wird zum »Unternehmer des Jahres« ernannt.

Dann passiert etwas ganz Schlimmes: Der Mann, dessen treffliches Motto lautet *Die größte Eiche war zu Beginn nur eine kleine Eichel!*, dieser Mann ist plötzlich selber wieder eine kleine Eichel, noch dazu eine mit verengter Vorhaut, hinter der sich ein ziemlich stinkiges Zeug angestaut hat. Ruckzuck ist seine Firma pleite. Das macht aber gar nichts, denn wie man heutzutage weiß, ist pleitegehen nichts Böses, sondern ganz alltäglich und ein »Reinigungsprozeß«, wie ihn Eicheln eben manchmal nötig haben.

So geht der Lauf der Dinge: Man nimmt fremdes Geld, wirft es aus dem Fenster, rennt eine Zeitlang hochmotiviert durch die Gegend, und wenn das ganze Geld draußen ist, wirft man seine Mitarbeiter und die kaputte Firma hinterher und gründet einfach eine neue. Mit den alten »Visionen«: Ich schaffe es! Ich bewege etwas! Ich werde Erfolg haben! Ich gebe nie, nie, nie, nie, ich gebe niemals auf!

Denn nach wie vor ist der Mann überzeugt, daß erfolglose Menschen unsozial sind – und nicht etwa diejenigen, die erfolgreich versuchen, den anderen ihr Geld abzuschwindeln, damit sie es selber in Porscheläden und Schweizer Banken tragen können. Also macht der Höller weiter. Schließlich ist das für ihn nichts Neues: Schon von seinen ersten vier Firmen sind drei pleitegegangen. Dazulernen ist etwas für Erfolglose, denken tun bloß Bedenkenträger; und Aussicht, daß irgendwer den Verblödungsterror einfach verbietet und den Mann doch noch ins Irrenhaus sperrt, besteht nicht.

Du muß Verantwortung für dein Leben übernehmen! lautet eine seiner Hauptparolen. Gemeint ist unternehmerische Verantwortung, wie wir sie von Leo Kirch und vielen ähnlichen Kerlen kennen. Die kostet nichts, das Risiko tragen die Angestellten, und zahlen tut am Ende das Sozialamt. Bloß schade, daß man die hypermotivierte »Ich AG« nach der Pleite nicht einfach aus dem Fenster werfen und eine neue gründen kann.

(April 2002)

Von Point zu Point: Der rollende Wahn

An freien Tagen im Frühling ruft die Verwandtschaft – da steigt man, so will es die Tradition, frohgemut in einen Zug und fährt hin. Romantische Erinnerungen an zischende Loks, wichtige Schaffner in blitzenden Uniformen, elegante Waggons, aus deren Fenstern Tücher wehen und Tränen fließen, während am frühsonnigen Ende des Bahnsteigs aus Richtung Hackerbrücke die Ferne verheißungsvoll gleißt, – all diese Bilder verpuffen aber schon beim Eintritt in den Münchner Hauptbahnhof, der laut einer Umfrage (ausgerechnet des ADAC!) neuerdings »top«, aber dafür kein richtiger Bahnhof mehr ist, sondern eine Ansammlung von »points« und Blech-Glas-Kästen mit Namen wie »Trend Aktuell« und »Snack Line«, in denen man pampige Tiefkühl-Mehl-Öl-Gemische erhitzt und buntes Klump verscheuert.

Da muß man durch, erwirbt unterwegs noch schnell ein »Wochenend-Ticket«, das nicht gerade billig ist, zwei Tage später aber trotzdem noch mal 35 Prozent teurer wird. Dann kommt immerhin ein echter Bahnsteig, auf dem man auch umgehend erfährt – wenn man im Besitz von Supergoof-Ohren ist, die den Lärm ausblenden und das Nuschelwispern der Durchsage hörbar machen –, der für 11 Uhr 48 zur Abfahrt vorgesehene – nein, nicht Zug, sondern irgendwas mit »Inter«, »Express« und sonstwas nach Nürnberg komme wegen »Gleisbauarbeiten« etwa fünf bis zehn Minuten später aus Nürnberg an und fahre deshalb auch fünf bis zehn Minuten später dorthin wieder los.

Das ist kein großes Problem, man hat genug Käsebrote dabei, um den Erwerb der erwähnten Mehl-Öl-Gemische zu vermeiden, setzt sich in die Sonne und gibt sich Erinnerungen hin, die eine Viertelstunde nach der vorgesehenen Abfahrtszeit jäh unterbrochen werden: Die »Gleisbauarbeiten« dauern doch länger, die Verspätung wächst auf zwanzig Minuten. Macht immer noch nicht viel, auch wenn die nun anrollende Welle kakophonischer Telephonpiepsversionen der schlimmsten »Evergreens« der Welt und »Ja, hallo, ich bin jetzt am Bahnsteig«-Plappereien doch ein wenig stört.

Als zwanzig Minuten nach »Abfahrt« der »Express« noch nicht mal eingetroffen ist, keimt doch ein bißchen Unruhe. Die »Schaffner«, die nichts weiter mehr zu tun haben als ihre Uniformen in der Gegend herumzutragen und müde zuzusehen, wie sich Türen »selbsttätig« schließen, suchen vorsichtshalber Deckung hinter blechernen Begrüßungs-Winkmännchen, die ansonsten nur die Funktion haben, fürchterlich in derselben Gegend herumzuragen, diese zu verschandeln und Schatten zu werfen. Erwischt man doch mal einen der notdürftig Uniformierten, zuckt er so lange mit den Schultern, bis ihn die Durchsage, die Abfahrt verzögere sich um weitere zehn bis fünfzehn Minuten, erlöst. Dafür kann er nichts, ist ja auch kein Beamter mehr, sondern bloß Dienstleister resp. »Service Point«.

Nun wird es wirr. Am gegenüberliegenden Bahnsteig fährt etwas Zugähnliches ein, das nach Nürnberg fahren soll, dies aber laut Städteverbindungszettel am Samstag gar nicht darf. Oder laut Fahrplan doch, dann um 12 Uhr 36, und da sich die Einfahrt des eigenen »Express« mittlerweile um eine Stunde verzögert, erwägt man einen Wechsel, zumal Durchsagen nun überhaupt keine mehr kommen; wahrscheinlich hat der freundliche Sachse, der zuvor für den Schwindel zuständig war, einen »McClean« aufgesucht (da es eine Toilette nicht mehr gibt), um sich für circa zwei Mark in der Kabine zu schämen.

Da kommt der »Express« doch noch; man knobelt, steigt ein, sieht den 12:36er gegen dreiviertel eins davonfahren, der eigene Lokführer (falls es einen solchen noch gibt) folgt ihm bald darauf. Man quetscht sich in flugzeugähnliche Plastikschalensitzreihen, hofft einer Kollision zu entgehen (die bei einem solchen Chaos logischerweise an jeder Weiche in ganz Deutschland droht), glotzt auf die hermetisch versiegelten, vor Schlammschleiern erblindeten Scheiben, bibbert im eisigen Strom von umgewälztem Dunst aus hunderten von Schuhen (ein vorbeikommender Serviceman erklärt, das Gebläse lasse sich nicht abstellen, höchstens aufheizen, worauf man angesichts der erahnten Zusammensetzung der Gase verzichtet); man stellt fest, daß der doppelstöckige »Express« deshalb aus allen Nähten platzt, weil er kaum so lang ist wie eine Nacht-S-Bahn, jedenfalls zu kurz für ein funktionierendes Exemplar der Hi-Tech-Klos – die bei Einbringung einer Zigarettenkippe sofort implodieren –, weshalb man die Beine notdürftig verknotet. Man sucht, da unter solchen Bedingungen an Lesen oder Konversieren nicht zu denken ist, vergeblich die gesamte Strecke nach den mythischen »Gleisbauarbeiten« ab, gedenkt wehmütig der unerreichbaren Anschlußzüge, und am Ende wundert man sich überhaupt nicht mehr, daß der »Express« weniger einem Zug als einer von Vandalen malträtierten rollenden Aschentonne ähnelt, die mancher Fahrgast beim Aussteigen empört anspuckt. Man wundert sich vielmehr, daß keine öffentlichen Fahrkartenverbrennungen und Winkmännchensteinigungen stattfinden. Denn wer die Service-hölle des deutschen Kollektivverkehrs ohne Ausbrüche sinnloser Gewaltanwendung überlebt, der sollte sich zum Dalai Lama wählen lassen.

(April 2002)

124

Erlauchter Bauch

In Zeiten der Gesundheitsreform ist Naturmedizin groß im Schwange, naturgemäß, weil erschwinglich – wenn man von den Anschaffungskosten für broschierte Ratgeber absieht, die ausnahmsweise nicht erst seit der Eurierung der Geldwirtschaft (aber nun erst recht) explodieren wie titanische Nach-Feiertags-Blähungen.

Womit wir beim Thema sind. Die nette Frau hinter dem Glasfensterchen der Notapotheke spricht von einer viralen Magen-Darm-Epidemie, weshalb es auch vollkommen sinnlos sei, auf den telephonisch versprochenen ärztlichen Bereitschaftsdienst zu warten; aber wir wissen beides besser: Letzterer kommt nicht, weil er jetzt ein moderner Service ist, und ersteres hat zumindest u. a. auch mit den Hekatomben von Eiern, Lämmern und sonstigen Tieropfern zu tun, die im Zuge des Osterfestes in die Bäuche geschichtet wurden, weil sie nun mal da waren und ja nicht verkommen durften.

Nun ist das Gestöhne groß, und da der Frühling zum Fensteröffnen verführt, tönt ein vielstimmiger Chor von Grummeln, Burpsen, Seufzen und Ächzen bis hin zum schmerzekstatischen Jodeln durch die Vorstadthöfe und sorgt per Induktion für Verbreitung des leiblichen Übels auch dort, wo Lamm und Ei gar nicht hingekommen sind.

Bewegung empfiehlt der eine dagegen, aber wer sich noch bewegen kann, dem fehlt gar nichts, der hat es mithin gar nicht nötig. Manch anderer meint, es sei am dienlichsten, sich gründlich zu entleeren, aber das Streben nach intestinaler Tabula rasa fügt den schwellenden Jammerchorälen eine Variante hinzu, die man bislang nur im Einzugsgebiet von Hellabrunn kannte, was wenig hilfreich ist. In höchster Not wird das traditions-, volks- und naturmedizinische Wissen abgerufen, und es ertönt der vielstimmige Heilsruf: »Bärlauch!«

Dieses auwäldlerische Liliengewächs nämlich ist dafür bekannt, die Darm- und andere Floren so gründlich zu »normalisieren«, vulgo: entmisten, daß man den intensiven Knoblauchruch gerne mit- und hinnimmt, zumal der ja sowieso nur Außenstehende, in diesem Fall also niemanden betrifft.

So schwärmt man aus und hinein in den Englischen und alle sonstigen erreichbaren Gärten, und es wird gepflückt, gerupft und abgeerntet, was die öffentliche Krume hergibt. Schwer grünbepackt kehrt man heim, wo der bärige Lauch sein heilendes Werk beginnt, mit Verve und Karacho und solcher Durchschlagskraft, daß in manchem Familienlazarett die Fenster vor- und rücksichtshalber nun doch geschlossen und Mutmaßungen gewälzt werden: Hätte man weiter hineingehen sollen ins Gebüsch und die Pflänzchen nicht unbedingt dort zupfen, wo Reifen und Rauchwolken des 54ers rollen respektive pesten? War die Reinigung der Blättchen nicht gründlich genug, um den Seich von Millionen Hunden und C-Turm-Besuchern rückstandslos zu entfernen? Hat man doch ein paar Maiglöckchen miterwischt und rumpelt nun einem grausen Ende entgegen? Oder ist am Ende was dran an der Grundidee der Homöopathie, die, soweit man sich erinnert, besagt, daß gegen Schlechtes nur noch Schlechteres hilft, daß man also den Stunk im Gekröse nur durch flächendeckendes Bombardement der Gesamtfront zwischen Krummdarm und Grimmdarm befrieden kann?

Da Gottes und der Verdauung Wege unergründlich sind, ist alles Fragen müßig. Am Ende heilt die Zeit auch die innerleiblichen Wunden und Schrunden, und wenn wir klug wären, hätten wir unser Teil gelernt und würden fürderhin dem Beispiel des Heiligen Hermann Joseph nacheifern, dem der heutige Sonntag nicht umsonst zugeteilt ist: Der nämlich, so will es die Überlieferung, erklomm, wiewohl als klösterlicher Tischkellner tätig, *mit Abtötung, Fasten und Selbstgeißelung die höchsten Stufen des beschaulichen Lebens* – welch leuchtendes Vorbild!

(7. April 2002, Münchner Seiten/FAS)

Mit dem Kirch ins Dorf

Das Privatvermögen von Leo Kirch ist schwer zu schätzen, aber ein paar tausend Millionen werden es schon sein, die der »alte Fuchs« auf die Seite gebracht hat, um sie, falls er nicht doch noch einen Weg findet, den Mammon mitzunehmen, seinem Buben zu vermachen, damit der auch fürderhin die Exfrauen anständig auszahlen kann.

Da gibt es nichts zu meckern, denn Leistung muß sich lohnen; und wie Kirch zuerst einen vollkommen wirren Großkonzern zusammengepflastert und aufgeplustert und ihn dann in den Abgrund geschossen hat, das war schon eine Leistung. Zudem müssen der geltenden Wirtschaftslehre zufolge nun mal jene, die die Verantwortung tragen, mehr verdienen als der Rest, was nicht heißen soll, daß sich Herr Kirch einen Pfifferling scheren braucht um die Heerscharen von Mitarbeitern, die demnächst den Bildschirm gegen einen Nummernzettelausspucker in der örtlichen Arbeitsagentur tauschen müssen. Nein, Herr Kirch hat der Menschheit große Dienste getan, und deshalb müssen wir ihn loben.

Zum Beispiel Unterföhring: Einst ein verträumtes Dörfchen, ließ er es zu einer der schlimmsten Blecharchitekturhöllen in ganz Mitteleuropa ummodeln. Jetzt werden die Betonkästen bald leerstehen, verfallen und schließlich verschwinden, und dank Leo Kirch wird sich in dem dann wieder verträumten Dörfchen kein Mensch noch mal einen Medienboom oder eine ähnliche Katastrophe herbeiwünschen. Welch Gewinn für Landschaftsschutz und Lebensqualität!

Zum Beispiel Fernsehen: Nicht nur die Armen, die seit Monaten vergeblich versuchen, die Gebrauchsanweisung für ihre Kirch-Box zu durchschauen, werden sehr genau wissen, was sie zu tun haben, wenn demnächst ein anderer Medienmogul vor der Tür steht, um ihnen ein neues Kästchen anzudrehen, mit dem sie sich ihre tägliche Überdosis Sex, Mord und Schumi in die Bude leiern können. Sie werden des guten alten CSU-Slogans »Einmal neidappt langt!« gedenken und zu Tatort, Tagesschau und

Brettspiel zurückkehren. Und wenn dann noch der kuriose Nullsender TV München zusammengefaltet wird und damit auch der Motivationskasper Erich Lejeune sein mißgünstiges Zockergrinsen nicht mehr in die Röhre kurbeln kann, wird die Welt eine viel bessere sein.

Und, zu guter Letzt: der Fußball. Da gibt es die wenigsten Probleme. Bundesliga eins und zwei werden kurzerhand gestrichen, die Profiteams landen samt dem um sie herum karriolenden Wontorra-Allotria auf dem Sperrmüll, und schwups! sind wir wieder in den goldenen siebziger Jahren des letzten Jahrhunderts gelandet: In der dann höchsten Spielklasse (der regionalen) rumpelt der FC Bayern wie weiland '75 im unteren Mittelfeld herum, gewinnt zwischendurch mal 9:0 und ist plötzlich wieder ganz sympathisch. Und eine Etage tiefer thront der TSV 1860 auf Platz zwei, verfehlt Jahr für Jahr in tragischer Dramatik den Aufstieg und hat dieselben Gegner wie damals: Augsburg, Hof, Bayreuth, Nürnberg, Fürth ... und zwar selbstverständlich im ausverkauften Stadion an der Grünwalder Straße.

Die Pläne für den Fröttmaninger Dampfkessel kommen in die Abteilung für irre Technikvisionen im Deutschen Museum; mit den brachliegenden Unsummen werden derart viele Kindergärten und Schulen gebaut, daß München spätestens 2006 den Titel »Weltstadt des Kindes« erhält. Ein goldenes Zeitalter bricht an, und zu verdanken haben wir das alles einem einzigen Mann: Leo Kirch. Will ihm da wirklich noch jemand sein Erspartes streitig machen oder gar behaupten, der Mann heiße zu Unrecht »alter Fuchs«?

(geschrieben im April 2002 für die Münchner Seiten der FAS, dort wegen Platzmangel nicht erschienen; gedruckt in »Der Untergang des Laberlandes. Belästigungen 101-166«)

Matte? Ben? Elise?
Olles blaß ein Mäßverstindnis!

Es passieren die seltsamsten Dinge. Zum Beispiel geht ein sehr norddeutscher Heavy-Metal-Fan mit seinem Kumpel an einem Laden vorbei, sieht einen Aufkleber seiner Lieblings-Heavy-Metal-Band im Schaufenster, will zu seinem Kumpel sagen: »Watte moll!«, aber vor Aufregung sagt er »Matte woll!«, und fünf Jahre später fragen sich die Soziologen, wieso Heavy-Metal-Fans von außen aussehen wie schwitzende Schafe. Sie werden es nie herausfinden, denn der Ursprung der haarigen Geschichte war ein Mißverständnis.

Apropos Matte: Auf hebräisch heißt dieses Wort übrigens »Stock« (oder »kcotS«, weil Hebräisch von rechts nach links gelesen wird, aber das ist mir jetzt zu kompliziert und würde bloß für weitere Mißverständnisse sorgen) – was im Grunde nicht weiter wichtig wäre; aber weil ein namenloser Bibelkundler vor vielen hundert Jahren aus einem »Matte« ein »Mitta« (heißt »Bett«, außer man sagt »-gessen« hinterher) gemacht hat, steht heute in Millionen deutschsprachigen Bibeln, Jesus habe zu einem Kranken am See Bethesda gesagt: *Steh auf, nimm dein Bett und geh!* Und jeder, der das liest, wird instinktiv und spontan überzeugt sein, Herr Christus habe damals die Iso-Matte erfunden, auf der heute Millionen von Heavy-Metal-Fans vor dem Stadion kampieren und ihren Kornrausch ausschlafen, um danach die Asi-Matte zu flotten Rhythmen von Judas Priest zu schwenken. Eine wirre Welt!

Ein Mißverständnis, dies zur Präzisierung, ist etwas ganz anderes als ein Zufall. Ein Zufall ist rot, sitzt auf dem Gartentürl, und wenn das Gartentürl zufällt, bleibt die Uhr stehen oder so (hingegen wenn ein Elefant auf dem Gartentürl sitzt, ist das kein Zufall, sondern Zeit für ein neues Gartentürl, und ein »Missverständnis« andererseits ist nicht besonders viel, obwohl die Damen angeblich auch immer einen Intelligenztest machen müssen).

Wenn beides (Zufall und Mißverständnis) zusammenkommt, wird die Sache verheerend, besonders für Kinder, die dann Unmengen grünes Gift essen müssen, weil in einer der ersten schriftlich niedergelegten Analysen des Eisengehalts diverser Lebensmittel ein Komma eine Stelle nach rechts geflutscht ist und sich damit der Spinat in ein wahres Erzlager verwandelt fühlen durfte, obwohl Schokolade dreimal soviel von dem Zeug enthält. Zwar wurde der Fehler schon vor achtzig Jahren korrigiert, aber wenn der Mensch etwas Falsches erst einmal gehört hat, kann man es ihm in achthundert Jahren nicht mehr aus dem Kopf herauspauken. Schließlich gibt es den Popeye, und außerdem: Wer würde schon einem Kind trauen, das an Eisenmangel leidet und deshalb statt Spinat lieber Schoki zum Mittagessen möchte?

So geht das weiter. Wenn unser Heavy-Metal-Fan mit seiner Iso-Matte irgendwann nach London kommt, wird er sich die Zeit bis zum Beginn des Judas-Priest-Konzerts mit einem Stadtbummel vertreiben und den Big Ben sehen wollen. Kann er aber nicht, weil Big Ben nicht der Turm, sondern bloß die tief (oder hoch?) innen drinnen hängende Glocke ist – klar, denkt er, wegen dem Mords-Beng, den das Ding macht, aber auch das stimmt nicht: Ihren Namen hat die Glocke vom Hall, aber wiederum nicht dem eigenen, sondern Benjamin Hall, der gar nichts besonderes war, bloß damals amtlich verantwortlich für das öffentliche Bauwesen.

Und wen das Geläute aus dem Turm entfernt an Beethovens Megahit »Für Elise« erinnert, der sollte einen kurzen Gedanken an Therese Malfatti verschwenden, die Tochter eines Wiener Arztes, der der liebeskranke Ludwig van sein Klimpertüdel eigentlich widmete. Leider schrieb der Klavierfeger auch nicht recht viel deutlicher als unser namenloser dazumaliger Bibel-kundler, ein bebrillter Lehrbub in der Druckerei entzifferte »Elise« statt »Therese« – diese hatte den Spinat, und ihrem Komponisten wuchsen graue Haare.[10] Wären gewachsen, heißt das, denn graue Haare gibt es nicht; sie sind ebenfalls ein Miß-verständnis: Man mische zehn weiße mit fünf braunen Haaren, schon hat man fünfzehn graue.

---

[10] Laut energischer Auskunft eines Leserbriefschreibers ist diese Geschichte seit langer Zeit widerlegt und also unwahr. Sie gefiel mir aber so gut, daß sie hier trotzdem steht.

Müssen wir uns noch wundern, wenn wir am Telephon eine Pizza bestellen und fünf Minuten später der Notarzt vor der Tür steht? Wenn wir die eine Katze rufen und die andere kommt? Wenn wir einem Freund erzählen, daß wir im Lotto zehn Mark gewonnen haben, und zwei Stunden später von einem anderen Freund erfahren, Ottfried Fischer sei im Park gestorben? Wenn Milliarden Lebewesen Milliarden andere Lebewesen lieben, hassen, feiern, verprügeln, aufessen, loben, verurteilen, heiraten, zum Pizzaessen einladen, verachten, verehren oder ihnen zehn Mark fürs Lottospielen leihen und kurz darauf feststellen, daß sie bloß einen Nebensatz falsch verstanden haben? Wie retten wir uns aus einem solchen Durcheinander?

Ich bevorzuge die Flucht ins gedruckte Wort. Hole mir also nicht den, sondern die Leiter, stelle sie vors Bücherregal, greife genußvoll hinein … und ziehe »Zweitehe« von Frederick Barthelme heraus, schlage auf und stelle fest, daß der Übersetzer Bartelheimer heißt. Husch! Pfui! Greife mir »Eine Geschichte der Welt in 10 ½ Kapiteln« von Julian Barnes: aus dem Englischen von Gertraud Krüger; ächze erleichtert und lese im Klappentext eine Rezension von einem Herrn Bahners. Und werde augenblicklich zum Heavy-Metal-Fan, weil Rob nicht Hall, sondern Halford heißt und der doofe Bibelkundler bestimmt nicht Judas Priest. Und weil das Beng! macht, uff.

(Mai 2002)

Der alte Mann und der Fruchtsaft

Neulich habe ich einen Hilferuf aufgefangen. Freunde schenkten mir ein Buch, ein sehr hübsches Buch: Peter Bogdanovichs Gespräche mit einer Reihe von Hollywood-Regisseuren. Dieses Buch ist ins Deutsche übertragen worden und in dem bekanntermaßen etwas seltsamen, mittlerweile irgendwie wohl gar nicht mehr existierenden Haffmans-Verlag erschienen; und obwohl fast tausend Seiten Interviews, eingeleitet von Erzählungen, abgerundet durch vollständige Filmographien, einige Bilder und ein Register eigentlich Grund genug sind, das Buch zu besitzen, dachte man sich in diesem seltsamen Verlag offenbar: Das kauft keiner! Da brauchen wir noch ein Vorwort!

Dieses »Vorwort« hat Hellmuth Karasek geschrieben, und es ist natürlich kein Vorwort, so wie Karaseks Romane keine Romane, seine Kritiken keine Kritiken und seine Aufsätze keine Aufsätze sind, sondern es ist ein Hilferuf. Ein sehr deutlicher.

Aus irgendeinem Grund wird Karasek oft als »Kritiker« bezeichnet. Diesen Beruf hat er nie ausgeübt, aber wenn man jemanden oft genug als solchen bezeichnet, dann gibt es mit der Zeit immer mehr Leute, die das Problem »Hm, wir brauchen einen Kritiker!« mit der Lösung »Na ja, fragen wir mal den Karasek!« beantworten. Der muß dann was schreiben; das heißt: er müßte nicht, aber weil er unter dem Zwang leidet, gesehen, bemerkt, gehört zu werden oder in anderer Form aufzutrumpfen, tut er es doch. Oder er redet, wenn Kameras dabei sind, das geht schneller. Wenn man ihm zusieht, wie er redet, schüttelt man meistens den Kopf, denn es ist Blödsinn, was er da redet, unterstrichen von einer ebenso vergeblichen Handbewegung, die aussieht, als wollte er seit vielen Jahren schon sehr gerne endlich mal eine Fruchtsaftflasche öffnen; allein: es kann ihm nicht gelingen, denn es sind immer nur Schnapsflaschen da oder (vor der Kamera) gar keine, und selbst wenn er eine Fruchtsaftflasche hätte, würde sie sich auf seine Handbewegung hin zwar öffnen, aber unmittelbar danach mit einem »Lümpf!«-Geräusch auf seine Schuhe entleeren. Das kann einen schon ein bißchen verzweifelt machen, und deshalb sieht Karasek vor der Kamera meistens so aus, als hätte ihn gerade jemand aus dem Stehausschank »Zum letzten Pfennig« gezogen: »Ich suche Sie seit drei Tagen! Keine Zeit mehr zum Rasieren! In zehn Minuten beginnt die Sendung! Trinken Sie schnell diese drei Liter schwarzen Kaffee!«

Karasek hat häufig die Anstellung gewechselt. Mal war er hier, mal war er dort, und immer wieder machte er denselben Fehler. Nein, nicht den Fehler, Fruchtsaft zu suchen und andere Getränke zu finden – so etwas kann einem »Intellektuellen« beruflich nicht schaden. Aber den mit dem Schreiben.

Zum Beispiel ist er mal gebeten worden, einen Beitrag für ein Buch über Ödön von Horváth abzuliefern. Darin stand, *der Held dieses Romans* – gemeint ist »Der ewige Spießer« – sei ein Mann mit Namen Alfons Kobler, der überhaupt nur im ersten von drei Teilen vorkommt. Die anderen beiden Teile konnte Karasek nicht lesen, denn wieder mal war kein Fruchtsaft im Haus, und da ging es wieder los, das mit dem Schreiben.

Und nun also dieses »Vorwort«, eine Art »Spätwerk« und zugleich ein Hilferuf, der nicht zu überhören ist. Da wird (in einem Buch, das ansonsten erfreulich arm an Tippfehlern ist) gleich in Zeile zehn ein Regisseur *Roger Coreman* erwähnt (ein Lehrer und Förderer Bogdanovichs, der im Rest des Buches so oft richtig als Corman vorkommt, daß ein Versehen ausgeschlossen ist). Dann sagt Karasek: *Es gibt zwei Filme über den Abschied von einer pubertierenden Jugend in den fünfziger und in den sechziger Jahren. Das eine ist …*, woraus wir lernen, daß es also neuerdings »das Film« heißt, sonst aber gar nichts, weil der erste der beiden Sätze vollkommen sinnfrei ist. Dann quält sich Karasek nach einem Haufen »hinreißend/großartig/imposant«-Geschepper folgenden Nasenpopel von einem Absatz ab: *Das Buch ist, wie gesagt, nichts Geringeres als eine imposante Geschichte des Films, erzählt von denen, die den Film gemacht, geschaffen haben, demjenigen erzählt, der sie mit seiner wissensdurstigen Neugier immer wieder zum Reden brachte.* Dann benennt er einen Hitchcock-Film in »Tropaz« um. Und endlich fällt ihm gar nichts mehr ein, also tippt er einfach die gesamte Seite 584 wörtlich ab (es geht dabei um Hitchcocks alters- und fruchtsaftmangelbedingte Hilflosigkeit), setzt Anführungszeichen davor und danach – und aus. Danach ist er zusammengebrochen, hat wieder mal vergeblich im ganzen Haus nach Fruchtsaft gesucht und gefleht: Nun müssen sie es doch endlich merken! und mich endlich retten! mir Fruchtsaft bringen und dafür die Schreibmaschine mitnehmen!

Wir haben es – nicht erst jetzt, aber jetzt erst recht – gemerkt, und darum flehen auch wir: Rettet Karasek! Ruft ihn nicht mehr an! Laßt ihn nicht mehr schreiben! Bringt ihm Fruchtsaft! Vielleicht wird dann ja doch noch etwas aus ihm.

(Juli 2002)

Hilfe! Hitze! Öltank-Terror
und Bombastik-Bunt-Bomben!

Dieter Bohlen singt Mädchen aus Koma! lese ich im Vorbeiradeln, und da denke ich mir, daß es erstens ganz schön heiß und zweitens recht nett ist, daß trotzdem jemand dafür sorgt, daß wir lückenlos mit Botschaften versorgt werden – über was sollten wir sonst nachdenken? über unser Leben etwa? Lieber Gott! Wo soll das denn hinführen! Im übrigen haben wir dafür keine Zeit, denn wir müssen »Content« aufnehmen, den man uns in den Hals, d.h.: in Augen und Ohren rammt und von dem man seltsamerweise aber nicht voller, sondern am Ende absolut leer wird und trotzdem gar nicht soviel fressen könnte, wie man kotzen möchte.

Die Luft steht still wie über Äquatorsümpfen, lese ich in einem zufällig herausgezupften Buch.[11] *Zu Musik-Beats wogt im Halbdämmer das Inferno. Stampfen, Schütteln, Hüpfen, Zucken, Hieronymus-Bosch-Gestalten und Toulouse-Lautrec-Geschöpfe.* Da das Buch von 1967 ist und ich »Musik-Beats« statt »Beat-Musik« gelesen habe, frage ich mich, ob mein Hirn schmilzt und ich deshalb kulturpessimistische Gespenster durch Idyllen treibe; aber nein: Die erzählte Szene spielt in einem Gebäude, und deshalb ist die Autorin doof, weil eine Loveunionsdrillparade, die in einem genügend abgedichteten Gebäude stattfindet, niemanden belästigt (höchstens ideell). Früher, als es noch keine ganz so flächendeckende Schwachsinnsvermittlungsmacht gab, war man zeitweise sogar darauf angewiesen, sich selbst mit »Content« (oder entsprechendem) zu versorgen. Da lag man dann im Freibad, blätterte in »Huckleberry Finn«, »Schatzinsel« und Asterix und fühlte sich wahlweise auf den Mississippi, in Long John Silvers Piratenlager oder in ein erfreulich einseitiges Gebolze mit lehrerähnlichen Legionären im tiefgrünen Urwald Aremoricas versetzt. Wenn man heute verhindern will, daß man von Printgeschrei, Bombastik-Bunt-Bomben und Halligalligeträller angefallen wird, genügt es nicht

---

[11] Es handelt sich um »Sibylles stern-Bilder«, eine Sammlung der Kolumnen von Anneliese Friedmann.

mehr, jene Ecken in manchen Münchner Stadtteilen auf-
zusuchen, wo es meiner Erinnerung nach weder Plakatwände
noch Zeitungsständer noch Tumpf-tumpf-super-hier!-»Straßen-
feste« noch autoputzende Bayern-drei-Terroristen gab. Denn
irgendwas davon gibt es heute überall, und wenn doch nicht,
dann beschallt man den stillen Winkel entweder aus der Ferne
oder es laufen zumindest ein paar verirrte Konsum-
hampelmänner durch die Gegend, die den grellen Müll per T-
Shirt- und Tütenaufdruck verbreiten und darauf möglicherweise
auch noch stolz sind.

Und wenn man doch mal wieder einen Blick in den »Huckleberry Finn« werfen und dazu ein paar pastell-nostalgische
Brausestäbchen lutschen möchte, muß man sich sputen, denn das
Freibad ist ein solches nur noch »teilzeit«; abends sperrt man die
Becken ab, stellt Leinwände auf, spult das Zeug ab, das gleichzeitig auf irgendeinem Kabelkanal läuft, und hofft, daß sich
genug Opfer finden, die einen Haufen Geld für den Quatsch
zahlen und lange genug auf die Werbe-»Banner« starren, um am
nächsten Tag einen unwiderstehlichen Impuls zu verspüren, sich
von Hitverramschungssendern vollmüllen zu lassen, bis sie
endlich gar nichts mehr spüren und losziehen, um sich dort, wo
es ordentlich »knallt«, mit hochprozentigen Zuckerlösungen die
Birne wegzuballern.

So lande ich wieder bei Dieter Bohlen, denn während ich mir
vorzustellen versuche, wie ein penetrant grinsender Schweins-
ledermops am Krankenbett eines unbekannten Mädchens steht
und »Cheri Cheri Lady, love is where you find it!« zirpt, bis das
arme Mädchen vor Entsetzen aus dem Koma hochschreckt, –
während ich zu erraten versuche, welch bösartige Lawine von
»Content«, Hits, »News« und Tralala dieses Koma verursacht
haben könnte, und mit einem Seitenblick auf die im Schatten
dumpf dahindämmernde Katze feststelle, daß es wirklich ziemlich heiß ist, – während ich mir überlege, daß eine Hitze eine
seltsame Veranstaltung ist, bei der jeder zum aktiven Teilnehmer
im Gerummel um den größtmöglichen Hirnaussetzer wird und
mit kalten Getränken seinen Nervus vagus reizt, um die Denk-

frequenz zu senken, wie etwa Reinhard Lorenz, Internist und Professor an der Universitätsklinik, der in einer anderen als der Bohlen-Koma-Zeitung empfiehlt, Gurkensaft sei bei Hitze sehr gesund, weil Gurken sehr viel Wasser enthalten, – während ich hinzufüge: Saft tut das auch! und mich verwirrt frage, ob Gurken in Saftform demnach mehr Wasser enthalten als Wasser selbst, und wenn nicht: ob es dann nicht besser wäre, gleich Wasser zu trinken, als vorher erst noch die Gurken auszupressen (was mir in mehreren Versuchen nicht überzeugend gelingt), – während ich bei dem nun naheliegenden Gedanken an das wilde Täterä der tapferen Männer im Mittelgeschoß des Chinesischen Turms einen leichten Anflug von Kopfweh verspüre und mich frage, ob es nicht das beste wäre, gleich wieder ins stille Bett zu gehen, erzittert plötzlich die Fensterscheibe. Draußen sitzt ein schwitzender Öltank in seinem Protzauto und stiert panisch durch die Windschutzscheibe, geschüttelt von dumpfen Wuchtschlägen und einem luftschutzsirenenähnlichen »Love! Body! Forever«-Schrillgeplärr, das seinem Radio entströmt und das er durch vier offene Fenster und die Dachluke loszuwerden versucht. Und da greife ich, da ich das Koma nahen spüre, zum Kellerschlüssel.

(August 2002)

Die Entscheidung:
Leberkrebs? Ebola? Zyankali?

Das Wahlrecht, habe ich in der Schule gelernt, ist etwas gaaaaaaanz Tolles. In fremden Ländern finden immer mal wieder blutige Bürgerkriege statt, damit endlich ein Wahlrecht hergeht, und auch die Amerikaner pflanzen angeblich ihre McDonalds-Filialen und Raketenabschußrampen im Prinzip nur dorthin, wo es das Ding gibt.

Schon gut. Aber: wenn jetzt dann bei der Bundestagswahl keiner Lust hat, sich zwischen Leberkrebs und Ebola zu entscheiden und dadurch eine Wahlbeteiligung von, sagen wir mal, 0,01 Prozent zustande kommt – dann fahren ein paar Wochen später trotzdem ein paar hundert Leute nach Berlin, versammeln sich im Bundestag und fangen an, wie gewohnt Wörter wie »Reform« in die Medien hineinzuschreien.

Wenn andererseits doch alle hingehen, dann stehen trotzdem ganz unabhängig von dem, was sie da ankreuzen, schon vorher neunzig Prozent der »Reform«-Berliner fest – weil sie auf so-genannte »Listen« gewählt worden sind, und zwar nicht vom »Wahlvolk«, sondern von den Parteien, also von denen, die gewählt werden sollen, also von sich selbst. Das ist so wirrsinnig, daß man am liebsten eine Demokratie gründen möchte, wenn so was einen Sinn hätte und man das schwachsinnige »Reform«-Gequatsche nicht sowieso schon lange satt hätte.

Andererseits: eine Politik ist schon was sehr Wichtiges, schließlich gibt es eine ganze Reihe Probleme. Zum Beispiel hat die Anzahl der Protzleute, die in Deutschland (und speziell in Schwabing) mit ihren Sportwägen herumbrausen, in letzter Zeit derart zugenommen, daß sie ähnlich wie gewisse Insektenpopulationen nicht mehr bloß ekelhaft, sondern gefährlich sind. Auf der anderen Seite stehen Staat, Länder, Städte und ein paar Millionen Menschen, die nichts mehr haben, weil es ihnen die Protzleute weggenommen haben. Und dazwischen brüllen die Marionetten der Protzleute herum, Geld gebe es nur für »Leistung« (was natürlich für die Protzleute nicht gilt) und man müsse die, für die es keine Möglichkeit gibt, »Leistung« zu »bringen«, eben anreizen, fördern, zwingen, unter Druck setzen, wozu man ihnen am besten das bißchen, was sie noch haben, auch noch wegnimmt.

Die generelle Umbenennung von »Arbeitslosen« in »Arbeitsverweigerer« hat sich noch nicht endgültig durchgesetzt, ist aber absehbar, ebenso wie die Forderung, sie in Lager zu sperren. Niemand, der auf Stoibers Plakaten »Sozial ist, was Arbeit schafft« liest, fragt sich, ob es nun vielleicht sozial sei, Häuser niederzubrennen, die dann ja mit Arbeit wieder aufgebaut werden müßten, oder erinnert sich, daß die Kampffront Schwarz-Weiß-Rot 1933 plakatierte: »Sozial ist, wer Arbeit schafft«, und damit den Hitler meinte, der dann ja auch jede Menge Arbeit schuf. Und tagtäglich schallt uns aus den gleichgeschalteten Medien die Ideologie entgegen, man müsse von zwei Blumenstöcken bloß den einen tüchtig gießen, dann werde der andere sich schon irgendwann aufraffen, selbst für Wasser zu sorgen. Man möchte am liebsten eine sozialdemokratische Partei gründen, wenn es nicht schon einen Haufen Industriehampelmänner gäbe, die sich so nennen.

Während wir uns darüber Gedanken machen, wird die halbe Welt jährlich und pünktlich von Stürmen und Flutwellen überrollt. Die, die vor ihren vollgelaufenen Kellern stehen, beschweren sich, daß »der Staat« nichts tut, und wenn das Wasser endlich zwischen den Asphalt- und Betonflächen wieder versickert ist, fordern sie sofort jede Menge neue Asphalt- und Betonflächen, damit »Wachstum« und »Aufschwung« losgehen. In den Schlagzeilen jubiliert die Autoindustrie, daß sie schon wieder dutzende Millionen Autos mehr verkauft hat, und an der Peripherie warten ein paar Milliarden Leute in Weltregionen, wo Stürme und Fluten inzwischen jedes Jahr Zehntausende »Opfer fordern« und ganze Länder unbewohnbar machen, wo die vom »Wirtschaftswachstum« erbrachte Luftverpestung laut Presseberichten nicht mehr nur das Leben, sondern sogar das »Wirtschaftswachstum« selbst gefährdet, darauf, daß sie endlich auch ein Auto kriegen. Man möchte am liebsten eine »Grüne« Partei gründen, wenn es nicht schon einen Haufen Industriehampelmänner gäbe, die sich so nennen.

Und dann sollten wir auch nicht vergessen, daß wir uns über solche Dinge zwar noch zu Hause auf dem Sofa Gedanken machen können, diese aber nicht mehr aussprechen oder - schreiben oder uns treffen oder versammeln oder überhaupt irgendwie irgendwo irgendwas tun, ohne beobachtet, photographiert, verfolgt, analysiert, kartiert, ausgewertet und notfalls aus dem Verkehr gezogen zu werden. Man möchte am liebsten eine liberale Partei gründen, wenn es nicht schon einen Haufen ganz besonders ekelhafter Industriehampelmänner gäbe, die sich so nennen.

Und so weiter. Unnötig zu erwähnen, daß auch eine konservative und einige weitere Parteien dringend gegründet werden sollten. Es hilft alles nichts, solange die Begriffsverwirrung anhält und wir uns nicht durchringen können, die Dinge beim Namen zu nennen; solange wir noch »Globalisierung« statt Faschismus sagen, »Wirtschaft« statt Geldreligion, »Werbung« statt Propaganda, »Reform« statt Zerschlagung, »Flexibilisierung« statt Entmündigung und Entwurzelung, »Partei« statt Vereinigung von Lobbyisten des Wirtschaftsfaschismus, »Wachstum« statt Vernichtung, »Wahl« statt Wahllosigkeit. Zu glauben, man könne Probleme lösen, indem man die Marionetten ihrer Verursacher mit der Lösung beauftragt, ist ungefähr so sinnvoll, wie Zyankali zu trinken, um eine Pilzvergiftung zu kurieren.

Und freilich: derartige Kolumnen zu schreiben ist genauso hilfreich wie der Rat des Arztes an den Krebskranken, sich die Zehennägel zu schneiden.

(September 2002)

Falschlachs, Taumler, Verbrüderungsenzian

Das »Wies'n-Bashing«, vulgo sich despektierlich ereifern über die Zumutungen des angeblich Volksfestes, jedenfalls größten, ist in München so beliebt, daß es fast schon wieder verdächtig ist. Freilich, wenn man sich die menschliche Zivilisation als Landschaft vorstellt, würde man als Menschenfreund niemandem raten, sich einem plötzlich aufbrechenden vulkanischen Höllenschlund auch nur bis auf Sichtweite zu nähern, selbst wenn es dort nebst metallener Patrona eine eigene Polizeidienststelle gibt. Auch die weiteren Argumente sind so oft durchgekaut worden, daß nicht mehr viel Würze drin ist: Für volksfestliche Massentränkungen nebst peripherer Belustigung gebe es eine kritische Masse; wenn die erreicht sei, komme es zur grausigen Kettenreaktion; die Eingangsbücher der Münchner Notaufnahmen, Prügeleiarchive betroffener Lokalredaktionen und die polizeiliche Vergewaltigungsstatistik sprechen eine deutliche Sprache. Weder glutamatgesättigte Geflügelreste noch sog. »Fischsemmeln« sind zur menschlichen Ernährung geeignet (letztere schon gar nicht, wenn ihr Sättigungsbelag aus giftrot gefärbter, ölgetränkter Hackwatte besteht); das eigens gebraute, dickflüssig-schaumintensive Oktoberfestbier macht (selbst in der als Litersurrogat gewährten Festschankmenge von 0,65 Liter) brummig, hilflos und aggressiv, und sowieso gehe es dabei nur um einen gigantischen Nepp, in dessen Verlauf nicht bloß das hineingezwungene Fraßmaterial umgehend wieder ausgekotzt werde (vorzugsweise in die Hauseingänge ohnehin vom Freudenlärm geplagter Anrainer), sondern zudem eine Mafia von Abzockern sich den dabei entstehenden Mehrwert in Form von Speckrollen über den Charivari hängt.

Man gruselt, schüttelt, empört sich und schwärmt von der wunderbar idyllischen Herbststimmung in den bis zur Menschenleere entmaßten Biergärten und Stadtteilen rund um den Moloch herum (und schon gar in kollateralschadensberuhigten Fernzonen, wo höchstens spätnachts bisweilen jemand auf der vergeblichen Suche nach dem sagenhaften Stadtrandpuff an ein Verkehrschild rennt, in den Keller wildbieselt oder sich scherbenklirrend des mitgeschleppten Maßkrugs entledigt).

Doch stellen sich zwei Fragen: Spricht nicht aus jeder derart instinktiven Ablehnung eine heimliche Faszination? und wer sind die Millionen, die Jahr für Jahr dennoch auf die Wies'n (die im übrigen nicht aus Wiese, sondern aus Asphalt, Kies und Pferdeäpfeln besteht) stürmen und wenige Tage nach dem Heimtaumeln schwören, es sei »trotzdem eine Riesengaudi« gewesen?

Zweiteres läßt sich notfalls erklären: Das sind die Unbelehrbaren; solche gehen auch in Andy-Borg-Konzerte und sehen sich Fernsehsendungen mit Karl Moik und Rudolph Moshammer an; deren Schädel ist so verhärtet, daß er erst was spürt, wenn man mit dem Lukashammer draufhaut oder einen Maßkrug dagegenrennt, den dabei entstehenden Reiz halten sie dann für »Spaß«.

Doch ist schon diese Abgrenzung statistisch fragwürdig, denn die Gesamtzahl der freiwilligen Opfer nähert sich rasant der Marke von zehn Prozent der Bevölkerung zumindest der »alten« Bundesrepublik, und ein solcher Anteil läßt sich mit einer selbst in Bayern bisweilen einigermaßen funktionierenden Demokratie aufgeklärter Staatsbürger nur schwer in Einklang bringen; zudem kennt niemand, den man kennt, ein Exemplar der beschriebenen Spezies näher als vom Hörensagen.

Die erste Frage ist noch schwerer zu beantworten. Denn man mag sich winden und krümmen – irgendwie zieht es einen doch hin, und sei es auch nur um zu lernen. Sie wollen den echten Menschen sehen? so wie er ist, ohne Zivilisationsklimbim und Konsensklamauk, als Geworfener (wenn nicht gar fahrgeschäftsmäßig Geschleuderter) im Daseinslärm, im Kosmos der eigenen Ausscheidungen substantieller, akustischer und spiritueller Art? Für Psychologen und Studenten humanen Abwärtsverhaltens ist das Oktoberfest ebenso unverzichtbar wie für Soziologen, denn im Biertischbiotop, im Dampf von Sud und Extrembeschallung, reißen sich die Grenzen von Höflichkeit, Anstand und Sitte von selber nieder, und, wiewohl schummrig: es erstrahlt das Licht der Wahrheit, dem noch jeder ungefaßt ins existentielle Gesicht sehen mußte, wenn er im Brodem der Pissoirbaracke die Nase aus der Zinkrinne reckt und statt dem solcherorts gewohnten Spiegel ein derangiertes, Rückschlüsse auf die eigene Außenansicht zulassendes Gegenüber erblickt.

Auch zwischenmenschlich sprüht die Wies'n Segen: Man möchte nicht wissen, wie viele der Millionen Ehen, die in München und anderswo vor Fernsehern verdämmern, dereinst beim vorletzten Schluck in einer Bierpfütze zart erkeimten, als plötzlich das Dirndl mit den Luftballons am Tisch stand. Ein Betriebsklima – ob gesund oder modern-fanatisch – ist ohne kollektiven Wies'nbesuch gar nicht denkbar; da steigt der Boß von seinem Roß und hernach ins falsche Taxi mit der Tippse, es kommt zu Verwicklungen, Verwirrungen und Aufschäumungen, die ausreichen, um den Rest des Arbeitsjahres mit Zurückhaltung zu polstern. Und schließlich: Erziehung muß sein; wem einmal von der fatalen Kombination aus Zuckerwatte, Autoscooter, rotgefärbtem Falschlachs, Taumler und Verbrüderungsenzian ordentlich schlecht geworden ist, der spart sich manch spätere Entgleisung ebenso wie möglicherweise das Abrutschen in Diät-Terror, Fitneßwahn und Quartalsalkoholismus.

Schon recht: Auch in diesen Ausführungen schlummert noch eine gut eingeschenkte Maß Ironie; doch ist diese ein nicht wegzudenkender Hauptstrom des Lebens, auch wenn es nicht nach einem Wies'nbummel beim Versuch der Schlüsselwiedererlangung durch Ertrinken im Gulli endet. Sarkasmus macht die Wahrheit nicht weniger wahr, nur weniger unerträglich.

Hilflos hingegen ist man den Anfechtungen der Nostalgie ausgeliefert. Die Gegenwart ist nun einmal nur die Spitze der Vergangenheit, eine Zukunft existiert nicht, und wer als kleinwüchsiger Jungmünchner mit dem Riesenrad durch den betäubenden Dunst von gebrannten Mandeln, Bratenduft und Pferdedung getaucht und den Toboggan hinuntergerauscht ist, staunend vor dem Riesenlöwen stand, der »Löwenbräu!« grölte und den Krug hob, sich gruselnd die Enthauptungen beim Schichtl ausmalte, wer als verzweifelt Frischverliebter durch die lächerlichen Pappkulissen der Geisterbahn gerasselt ist und nicht weniger verzweifelt mit schiefem Gewehrlauf auf Kunststoffrosen gezielt hat, seine erste Zigarre mit stundenlanger Flachlage unter der Bavaria büßen mußte, wildfremden Norddeutschen den Unterschied zwischen ihrem VfL Osnabrück und einem TSV 1860 erklären durfte und so weiter und so fort ... (bitte mit eigenen Erinnerungen ergänzen), den zieht es wie von Geisterhand doch immer wieder hin – und sei es auch nur, um festzustellen, daß nichts so ist, wie es war, und nichts je so war, wie es sein soll. Die idyllische Verklärung und 0,65 Liter von dem herbwürzig-knackigen Geschmack, den es eben nur einmal im Jahr gibt, tun das ihre und den Rest; und Karl Valentin wird schon gewußt haben (oder eben nicht), was er meint, als er dereinst *mit bierseeliger Zuneigung* an einen Königsberger Theaterdirektor schrieb: *[A]ber die Sonne der Vernunft bringt alles wieder ins weiss-blau zurück und wir singen in allen weltpolitischen Wirrwarr mitten hinein Ein Prosit, ein Prosit der Gemüatlichkeit – eins – zwei – drei – G'suffa! (getrunken).*

Ja ja, es sei in guter deutscher Tradition »eingeräumt«: Die Wies'n ist großartig! Wie bitte? Hingehen? Ich? Nun ist aber Schluß.

(15. September 2002, Münchner Seiten/FAS)

Wandern ohne Prallsack? Das wird teuer!

Tausende von Menschen sterben jährlich in Deutschland einen sehr plötzlichen, meist auch ziemlich grausigen und blutigen Tod unter Autokühlern, Reifen und sonstigen Rüstungsbestandteilen des »Mobilen Lebens« (SZ). Viele davon sind Radfahrer. Das ist ein großes Problem. Daß und wie es sich lösen läßt, beweist München auf typisch bayerische Art: indem man feststellt, daß die Radfahrer an ihrem Tod bzw. den Verletzungen, Schocks und Verkrüppelungen, die sie sonst so erleiden, ganz allein selbst schuld sind. Weil sie nämlich »Rowdys« sind und keinen »großen Seitenreflektor« haben.

Und deshalb müssen sie jetzt viel Geld zahlen. Früher war die Münchner Polizei vor allem damit beschäftigt, sämtliche Augen zuzudrücken, wenn hunderttausende Autofahrer mit grundsätzlich überhöhter Geschwindigkeit (»Sechzig? Ich bin Bayern-Fan, hähä!«) und ans Ohr genageltem Mobiltelephon über Gehsteige brettern, Radwege flächendeckend zuparken und vorbeikommende Radler prophylaktisch beschimpfen oder gleich niederschlagen (damit die Rowdys nicht den Lack beschädigen!). Nun hat sie besseres zu tun: an strategisch günstigen Punkten (etwa der Einfahrt in den Englischen Garten) lauern und Geld einsammeln, weil »große Seitenreflektoren« fehlen. Widerstand gibt es kaum; wer als Radler den Weg durch Schwabing überlebt hat, dem sind hundert Mark mehr oder weniger auch schon wurst.

Aber wir wollen nicht übertreiben, sondern erwähnen, daß es den Autofahrer auch etwa sechzig Mark (ich weiß, das sind jetzt ungefähr etwas mehr als dreißig Euros, weil aber mit einer solchen Wertangabe bei den meisten Menschen momentan noch höchstens eine minimale Wertempfindung verbunden ist und ich solchen Lesern das Umrechnen in fühlbare Größen ersparen will, bleiben wir heute ausnahmsweise bei einer Währung, die es offiziell nicht mehr gibt) – uff, wo waren wir? hier: – daß es den Autofahrer ebenfalls etwa sechzig Mark kostet, wenn er am Steuer telephoniert und dabei von Polizisten nicht nur beobachtet, sondern auch angehalten wird.

Das kommt zwar so gut wie nie vor, weil es rein personal- und verkehrstechnisch unmöglich ist, an einem sonnigen Dienstagnachmittag auf der Leopoldstraße zweitausend Autos anzuhalten und von jedem der Fahrer sechzig Mark zu kassieren – der Rückstau wäre in Starnberg noch nicht zu Ende, und weitere zwanzigtausend Autofahrer müßten zum Mobiltelephon greifen, um »Ich stehe im Stau! Stell das Fertiggericht warm!« in den Wellenäther zu krähen. Aber grundsätzlich ist es so, und ab und zu kommt es eben doch vor.

Nun könnte man empirisch vergleichen: Ist es gefährlicher, ohne »großen Seitenreflektor« durch den Englischen Garten zu radeln – oder mit neunzig km/h an einem Kindergarten vorbeizudüsen und dabei schreiend ein Meeting zu canceln oder die Ehescheidung einzuleiten? Aber bevor mein Lieblingsmensch fragt, ob sie die Erbsen holen soll, damit ich sie zählen kann, will ich lieber eine dritte Fallgruppe einführen: das U-, S-, Bus- und Trambahnfahren, das ohne Fahrschein demnächst nicht mehr sechzig, sondern achtzig Mark kosten wird, und zwar nicht deshalb, weil ein spürbarer Abstand zum Fahren mit Fahrschein gewährleistet sein muß, sondern, laut Auskunft der Verantwortlichen, weil die Schwarzfahrer heutzutage längere Strecken zurücklegen.

Nun haben wir also drei fahrende Verfehlungen: Fahren ohne »großen Seitenreflektor«, Fahren ohne die geringste Aufmerksamkeit für das Verkehrsgeschehen und die nicht in dämpfende Blechkisten verpackten Teilnehmer sowie Fahren ohne Beteiligung an den Kosten für den öffentlichen Personennahverkehr (d. h. vor allem: die dafür notwendige Reklame, die wahrscheinlich teurer ist als der gesamte MVV-Fuhrpark). Sollen wir jetzt mal Erbsen zählen?

Nein, wir stellen fest: Das erste kostet etwa hundert Mark, das dritte demnächst etwa achtzig Mark, und das zweite, das immerhin schon 1996 (als es etwa ein Viertel so viele Mobiltelephone gab wie heute) mindestens zwanzig Tote, hundert Schwer- und 450 Leichtverletzte »forderte«, darf nicht teurer werden. Wenn es nämlich auch achtzig Mark kosten würde, wäre keine Verwarnung mehr fällig, sondern eine Anzeige, und das, so erfahren wir, ist ein Aufwand, den unsere Polizei auf keinen Fall bewältigen kann. Weil sie ja schon soviel mit den Radfahrern zu tun hat. Und weil es *sinnvoller* ist, *an die Vernunft der Autofahrer zu appellieren*. Das meint der ADAC, der in solchen Angelegenheiten immer zuerst gefragt wird und kräftig mitreden darf.

Weil es keine mit dem ADAC vergleichbare Lobby der Radfahrer gibt, die deren Anliegen in die Medien hineintrompeten und sich Politiker kaufen könnte (von den Schwarzfahrern ganz zu schweigen), hat es wenig Sinn, herumzumosern und dies und das zu fordern. Wir sollten lieber Geld sparen, um für zukünftige Entwicklungen gewappnet zu sein: Wenn demnächst das Zufußgehen ohne vollreflektierenden Prallsack ebenso unter Strafe gestellt wird wie das Radfahren ohne kampfautokühlergrillsicheren Stahlhelm und das Mitführen von Kinderwägen ohne Fernlicht und Knautschzone von mindestens einem Meter, könnte das teuer werden. Aber vielleicht lassen wir uns dann ja erweichen und machen endlich doch noch einen Führerschein.

(Oktober 2002)

Die wundersame Zeitvermehrung

Eigentlich ist das ja eine geniale Idee. Wenn man sich überlegt, wie massenhaft heutzutage das Wort »genial« an jeden Schmarrn hingenagelt wird, dann ist das sogar eine sehr geniale Idee: Ich sitze im Biergarten, sehe auf die Uhr und stelle fest: Oh je, nur noch eine Stunde Zeit. Macht aber nichts, denn mein nächster Gedanke ist eben selbiger genialer: Ach was! Ich mache einfach eine »Überstunde«! Das geht ganz leicht. So werden aus einer Stunde zwei, und das tut keinem weh.

Der Gedanke ist nicht neu. Seit den »innovativen« achtziger Jahren haben die Anzughampelmänner, die nachts ihren Porsche vor unseren Fenstern auf dem Gehsteig parken, kaum besseres zu tun, als private Verabredungen mit ehemaligen »Kumpels« abzusagen, weil sie wie die Gockel in den Büros herumrennen und Überstunden machen. Inzwischen ist ein Millionenheer normaler Leute dazugekommen, die auch den ganzen Abend und möglichst noch am Wochenende kaum was anderes tun. Einziger Unterschied: Ich muß das Bier, das ich in der frisch gemachten Überstunde trinke, bezahlen. Der Boß, der den Profit der vielen Überstunden einschiebt, zahlt dafür nichts, sondern bringt den Rest von dem Geld, den er beim besten Willen nicht mehr ausgeben kann, nach Liechtenstein, damit er wenigstens keine Steuern dafür zahlen muß.

Deswegen ist da irgendwo ein Denkfehler: Die Überstunde läßt sich nämlich gar nicht »machen«, sondern die muß man von etwas anderem abschneiden: von der Freizeit, der Familie, den Freunden, dem Plaudern, Diskutieren, Lachen, Schmusen, Erzählen, Spielen, Träumen, Erinnern, Spazierengehen, dem Bücherlesen, Musikhören, Essen, Sex, Faulenzen, Schlafen, meinetwegen Fernsehen, von allem eben, was das Leben ist. Davon muß man die Arbeitszeit auch abschneiden, deshalb bekommt man dafür Geld. Für die Überstunde nicht, und das ist ein ziemlich mieser Trick.

Wir sollten daher die Überstunde – soweit sie nicht den Biergarten betrifft – umbenennen. Es hört sich irgendwie realistischer an, wenn man am Telephon sagt: Sorry, ich kann heute dies und das nicht und morgen auch nicht und nächste Woche auch nicht, weil ich noch Sklavenarbeit leisten muß. Das heißt: will, denn zwingen kann einen keiner dazu, zu arbeiten, ohne dafür Geld zu bekommen; das ist prinzipiell wahrscheinlich sogar verboten (es sei denn, man wird von einem Richter dazu verurteilt). Und es hört sich auch besser an, wenn nachts der Porsche auf den Gehsteig brettert, man kurz aufwacht und sagt: Ach, der arme Kerl, der mußte wieder Sklavenarbeit leisten – ein unterschwelliger Beitrag zur Abmilderung des Klassenkampfs sozusagen.

Aber leider waren wir mal wieder nicht schnell genug, und die anderen, denen das Schnellsein im Blut liegt, weil es die Grundlage ihres gesamten Handelns, Denkens und Redens ist (man achte mal darauf, wie hübsch Edmund Stoiber »Artzlosigkeit« sagt und Günther Beckstein »Terristen«), diese anderen waren schneller. Voranmarschiert ist der stellvertretende Vorsitzende von »Hubert Burda Media Holding« und ehemalige CDU-Bundestagshocker Jürgen Todenhöfer. In der neuerdings zügig zum Zentralorgan der wirtschaftsfaschistischen Phrasendrescher umfunktionierten ZEIT forderte er kürzlich: *Die Arbeitszeiten müssen verlängert werden.*

Das klingt zunächst unverfänglich, denn es scheint dem Grundgedanken, daß Arbeit auch bezahlt werden sollte, nicht zu widersprechen. Genau darum geht es Todenhöfer jedoch, und schon hat er in guter alter Tradition der »Public Relation« (deren Aufgabe es seit ihrer Einführung im »Dritten Reich« ist, die Zwangsmaßnahmen der Wirtschafts- und sonstigen Führer per Trallala-und-Hoppsassa-alles-klar-hier-Kampagne in erstrebenswerte »Reformen« umzupropagandieren) das Wort »Überstunde« aus der »Diskussion« hinausmanipuliert und abgeschafft: Die Arbeitszeiten müssen länger werden, sagt Todenhöfer, und zwar *bei qualifizierten Tätigkeiten mit Lohnausgleich.* Dadurch werde *Kaufkraft geschaffen.*

Da horchen wir auf: Aha! Geld führt zu »Kaufkraft«, und »Qualifizierte« sollen also fürderhin für ihre Arbeit tatsächlich Geld bekommen, um »Kaufkraft« ausüben zu können! Ungeheuer nobel von Herrn Todenhöfer! denken wir, aber schon fällt uns die Kehrseite ein, und Todenhöfer, der sich einst als deutscher Arm der Mudschahedinpropaganda zum Fürkämpfer der (selbstverständlich antikommunistischen) verfolgten Minderheiten stilisierte, ist unverschämt genug, es auch noch auszusprechen: *bei einfachen Tätigkeiten ohne Lohnausgleich; dadurch sinken die Stundenkosten, ohne daß Einkommenseinbußen entstehen.* Auf deutsch: »Lohn« heißt nun nicht mehr »Lohn« und ist auch kein Gegenwert für Arbeit mehr, sondern nur noch eine Art Almosen. Wer arbeitet (und das Pech hat, nicht »qualifiziert« zu sein), hat darauf kein Recht; aber wenn sein Boß nett und gnädig ist, gewährt er ihm einen gewissen »Lohnausgleich«. Böse Bosse lassen ihre Leute ganz umsonst arbeiten. »Einkommenseinbußen« entstehen dadurch nicht, denn wer nichts kriegt, kann auch nichts einbüßen; Hauptsache, die Stunde kostet wenig.

Ein winziges Detail hat Todenhöfer allerdings vergessen: Wenn wir fürs Arbeiten kein Geld mehr kriegen, können wir es eigentlich genausogut bleiben lassen. Und statt dessen viele, viele Überstunden im Biergarten machen. Ach so, aber wer bezahlt die Getränke?

(Oktober 2002; kurz vor Erscheinen übrigens teilte die SZ – die ansonsten nicht müde wird, zu behaupten, die Zahl der Überstunden sei »erneut« zurückgegangen (weil nur die bezahlten gezählt werden) – in einer kurzen Notiz mit, die Zahl der psychischen Erkrankungen nehme in Bayern rapide zu, schuld sei vor allem »Mehrarbeit durch Personalabbau«)

Ungeordneter vorweihnachtlicher Frühstücks-Hirnschwurbel

Wenn man fünfzehnmal hintereinander das Wort »waschen« ausspricht, klingt es so doof, daß man so lachen muß, daß man gar nicht bemerkt, daß man aus Versehen »kaschen« gesagt hat (weil einem so ein Schmarrn nur im abdämmernden Halbschlaf einfällt) und daß es deswegen so doof geklungen hat (und hier jetzt natürlich noch doofer klingt wegen der vier »daß« hintereinander, die gewissermaßen nebenbei eine gedrehte Nase für die Neuschreibfanatiker sind; oder nicht »gewissermaßen«, weil einem jetzt nicht genau einfällt, was das heißt, sondern: so oder so). Man lauscht dem Radio, der selig verkündet, der »Dachs« sei zwei Prozent »im Plus«, fügt hinzu: »Kaschen, kaschen, kaschen – und immer an die Käser denken!« und trinkt seinen Frühstückskaffee in der stolzen Gewißheit, sich in die Ruhmeshalle der Erfinder leerer Phrasen hineingearbeitet zu haben, wo es von Honoratioren nur so wimmelt.

Und von Durchschnittspampeln, die besonders gerne zum Beispiel der Zwangsadjektivierung verfallen, weshalb nicht nur die DDR in jedem Alltagspolitphrasenhaufen immer schon »ehemalig« war, sondern mittlerweile auch manchmal schon der ganze »Osten«, und der anstehende Überfall der US-amerikanischen Ölmafia auf die irakischen Ölquellen in Radio und Zeitung neuerdings generell »Ein Möglicher Krieg« gegen den Irak genannt wird; als würde man morgens ins eisige Treppenhaus tappen, den Briefkasten erblicken und freudig jauchzen: Ah, steckt da wohl Eine Mögliche Zeitung drin? Oder man sagt »Keitung! Keitung! Keitung! Keitung! Keitung!« und wundert sich, daß das nicht doof, sondern chinesisch klingt.

Das könnte mich jetzt auf Ernst Jandl bringen, weil dessen wundertolle »Radiophone Texte« mir ein Freund als nagelneues CD-Geschenk kredenzt hat und, derweil sie im Hintergrund laufen, selbige so wundertoll sind, daß ich sie schon zum fünften Mal höre und immer noch lachen und staunen muß über das seltsame Ding, das da vor mir schwurbelt und mal mein Hirn war. Es bringt mich aber auf deutsche Kinder, von denen jedes dritte angeblich (laut Keitung) nicht weiß, was Weihnachten bedeutet, und den lieben Gott mit dem Kapitalismus verwechselt (beide haben eine unsichtbare Hand, und beide Hände gibt es nur, wenn man an sie glaubt).

Statt sich eine ordentliche Religion zuzulegen, wachsen die Bamsen zu Teenagern heran und gehen in Jugendzentren, wo sie sich in kollektive Ekstase summen und dann Zeug ausstoßen wie »Hey Jesus, ich find's echt cool, daß du so eigentlich da bist und so!«, anstatt daß sie Jandl rezitieren und frohklug gedeihen. Und da wundern wir uns noch, wenn am Ende lauter »Terristen« und »Artzlose« draus werden, die nicht das geringste Verständnis für »die notwendigen Flexibilisierungen« (oder sonst was) aufbringen. Na gut, na gut. Raschel. Wir sitzen immer noch am Frühstückstisch und sind bei »kaschen« und den Käsern stehengeblieben. *Kann Käse denken?* fragt uns da unvermittelt die Sonntagszeitung, und wenn Sonntag ist, sinniert man einer solchen Frage schon mal ein bißchen hinterher. Versinkt in der Betrachtung eines besonders treffenden Photos von Max Strauß und entgegnet: Möglicherweise; es kommt darauf an, was man unter Denken versteht! Und unter Käse: Zählt der Leberkäse auch dazu? Fragen über Fragen. »Dose auf!« sagt die Katze.

Ich will nicht den Eindruck erwecken, dies alles hätte einen Sinn. Je näher das festlichste aller Feste rückt, je wilder die Konsumstürme durch die Stadt toben, desto weniger ist in den schmalen Zwischenräumen zwischen den zehntausenden allüberall aufgeschwammerlten und nullsubstantiell identischen »Weihnachtsmärkten« und in den Wohnungen, wo sich Wunschzettel und Verlegenheitsgeschenke der letzten zehn Jahre zu ragenden Türmen akkumulieren, ein solcher gefragt. Man fragt sich höchstens selbst: kaufen oder saufen?

Neuerdings nämlich hat sich die Parole der herrschenden Ideologie angeblich (schon wieder Keitung!) mal wieder gewendet: Tönte noch vor wenigen Wochen aus den Wachstumskirchen die verzweifelte Botschaft, »die Bürger« müßten endlich endlich endlich konsumieren egal was, so erfahren wir nun, wir sollten unser

Geld lieber dem Staat geben, damit dieser Autopisten, Schieß-flugzeuge, Kunstmuseen und Zukunftsfähigkeitskaderschmieden baue, weil wir so was ja auch brauchen. Während man darüber grübelt, ob man sich jetzt noch ein Käsebrot machen oder lieber das zum Erwerb der Zutaten nötige Kleingeld dem Staat geben soll, damit der den Käse zum Denken bringt, verwandelt man sich selber in einen Brie, schmilzt langsam dahin und kommt doch nicht »voran«. Es ist ein rätselhaftes rätselhaftes rätselhaftes Leben. Und in der Ecke steht ein Baum, und alle singen: »Die Börsen tendieren freundlich, aber der rechte Schwung fehlt!«

Vor kurzem forderte mich übrigens jemand auf: »Wenn du schon so dermaßen gegen alles bist, dann sag mir doch mal schnell fünf Sachen, die du sofort machen würdest, wenn du an der Regierung wärst!« Fünf Sachen machen? Ich würde fünfzehn mal »waschen« sagen, mich in Ernst Jandl verwandl und lachlachlach.

(Dezember 2002)

153

The Great Weihnachts-Swindle

Meiner Meinung nach gibt es ein Weihnachten überhaupt nicht. Zumindest kann ich mich nicht daran erinnern. Man könnte vermuten, es sei halt etwas so Selbstverständliches, daß man in unbewußter Absicht nichts davon behält: Es kommt sowieso jedes Jahr ein neues daher, da kann man das alte ruhig vergessen, um Platz für Ungewisseres im Kopf zu haben. Es werden ja auch seit Jahrzehnten dieselben Lieder gesungen.

Man könnte einwenden, daß all die vielen schönen und depperten Lieder, die man zu Weihnachten (i. e. eben: auf Weihnachten zu) singen soll, meistens davon handeln, daß Weihnachten »komme« oder »bald da sei«, wo man doch weiß, daß die Gegenwart bloß die Spitze der Vergangenheit ist und eine Zukunft nicht existiert. Das wäre aber Sophisterei; hingegen ist erwiesen, daß die Affinität, die so viele Menschen zum Weihnachtsgedanken empfinden, gerade aus der Vergangenheit herrührt: aus Erinnerungen an eine angebliche Kindheit. Und da kann ich wühlen und pflücken und grasen, ich finde nichts − außer einem diffusen Gefühl von Sehnsucht, das jeder kennt, der sich schon mal von der Reklame verleiten hat lassen, ein modernes Elektrogerät zu kaufen: Was war das noch gleich, worauf man sich gefreut hat?

Die Sache ist, vom mnestischen Standpunkt betrachtet, eine asymptotische: Je näher man sich ihr annähert, desto mehr sieht man, allerdings nicht von dem, was man eigentlich sehen wollte. Statt dessen zeigen sich wimmelnde, von Blinklichtgewirr krankgelb durchleuchtete und mit kakophonischem Blechchorjaulen beschallte Innenstädte voller verzweifelter Irr- und Suchgesichter zwischen silbrig-grün umkränzten Wühltischbarrikaden, jubelnde Schulkinder bei der ferieneinleitenden Massenschneeballschlacht (ein weiteres Rätsel, ist meßbarer Schneefall doch wetterhistorisch nur für die Zeit von Januar bis Mai belegt), endlose Blechlindwürmer (deren mystische Köpfe man in sogenannten »Skigebieten« vermutet), Fernsehprogramme voller Besinnlichkeitsdramen und süßbuttriger Rührgalas auf der einen Seite, umgekehrte Blechlindwürmer, struppige Scheiterhaufen, Berge von zerbröseltem Kleingebäck in verwüsteten Wohnungen, frischgebackene Scheidungskinder zwischen überquellenden Mülltonnen auf der anderen. Aber nichts dazwischen.

Über Paraphernalien und begleitende Verrichtungen wurde man früh (nämlich so früh, daß man sich des genauen Zeitpunkts nicht mehr entsinnen kann) unterrichtet. Da wurde zum Beispiel ein Baum umgesägt, von draußen hereingeholt, mit Stanniol und Glas behängt und hier und da unter großem Trara mitsamt der Wohnzimmereinrichtung abgefackelt; allerdings erfuhr man nicht, wozu. Des weiteren sollte man Geschenke bekommen. Entferntere Verwandte behaupteten gar, diese würden von einem eigenen »Weihnachtsmann« überbracht, einer Art reziproker Müllabfuhr mithin (mit andersfarbigem Sack und der Zusatzaufgabe, nach Art eines moralischen Gaszählerablesers kindliches Wohlverhalten abzufragen), die auf bildlichen Darstellungen ihren städtisch bediensteten Kollegen auch recht ähnlich sah. Gesehen hatte einen solchen Mann noch nie jemand in echt; nähere Freunde wußten hingegen, daß die Geschenke, bei denen es sich bestenfalls um Spielzeug, schlimmstenfalls um lange Unterhosen und ähnlichen Vernunftsplunder handle, vor ihrer Übergabe an relativ plump gewählten Orten versteckt seien, etwa unter dem Bett oder im Kleiderschrank der Eltern.

Seltsamerweise erinnere ich mich, nach derartigen Geschenkartikeln gesucht und einmal sogar einen gefunden zu haben: ein verkleinertes, mechanisches Modell einer Verkehrsampel aus Plastik, bei dem die Leuchtzeichen (die aus aufgeklebtem farbigem Papier bestanden) durch Betätigung eines Hebels am oberen Ende eingestellt wurden. Ich weiß jedoch ebenso sicher, daß ich, nachdem ich das gefundene Geschenk diskret wieder im Schrank verräumt hatte, nie mehr damit gespielt, es folglich mit größter Wahrscheinlichkeit gar nicht geschenkt bekommen habe, womit sich die Möglichkeit, daß es ein Weihnachten gibt, experimentellbeispielhaft gegen Null verorten läßt.

Und dann ist da schließlich noch der gute Freund, dessen Vater einst von einem Bauern eine lebende Gans geschenkt bekam –

»für Weihnachten«. Eine Woche lang wohnte die Gans in der Badewanne, wurde gefüttert, geherzt und betrachtet, dann brachte man sie zum Bauern zurück. Die Vorweihnachtszeit war nahtlos in die Nachweihnachtszeit übergegangen, und die Gans hatte ihre Schuldigkeit getan.

Fassen wir zusammen: Die ernstzunehmende Lebenshilfeliteratur von Lichtenberg bis Nietzsche schweigt; einen Weihnachtsmann gibt es nicht, Geschenke nur vor Weihnachten, zu essen nur danach (sogenannte »Reste«, deren Menge jedoch weit über den durchschnittlichen Viktualienvorrat hinausgeht); Gänse leben ewig, wenn sie nicht überfahren werden oder in Badewannen ertrinken. Und den familiären Frieden, der, wenn man den Erzählungen vorgeblich Festerfahrener glaubt, an Weihnachten so wichtig ist, daß er notfalls mit Gewalt hergestellt werden muß, den hat es sowieso noch nie gegeben.

(22. Dezember 2002, Münchner Seiten/FAS)

Explodierende Wichtigkeiten
aus Leder und Stahl

Man sollte über die Sachen, die man so gemacht hat im Leben, wenigstens mal schreiben, weil sie sonst für gar nichts gut waren; so läßt sich vielleicht was draus lernen. Zum Beispiel war ich mal beim Fernsehen, als Darsteller in einer Vorabendserie. Von denen gab es damals noch nicht so fürchterlich viele, und die, die es gab, waren hauptsächlich für Leute um die sechzig gemacht, weil jüngere Leute damals wohl nachmittags noch besseres zu tun hatten als vor einem flimmernden Kasten zu hocken, wer weiß; ich war selber recht jung und hatte gar keinen Fernseher, also kann ich das nicht beurteilen.

Beim Fernsehen war das so, daß man erst mal monatelang über die ungeheure Bedeutung der Arbeit aufgeklärt wurde, zumal für das eigene Leben und auch spirituell und so, man lernte Leute kennen, die Schauspieler waren oder sein wollten und die einem zeigen sollten, wo »die Mitte« ist und wie man sich mit einem Stuhl nach hinten umfallen läßt, ohne betrunken zu sein und sich zu verletzen. Das konnte ich schon (weitgehend: manchmal verletzte ich mich doch oder war betrunken oder beides), »die Mitte« hingegen fand ich trotzdem nicht. Dafür gelang es mir eines Vormittags recht überzeugend, mit geschlossenen Augen ein Glas Wasser zu imaginieren, die Augen nach hinten zu drehen (ohne den Kopf zu bewegen) und über der Vorstellung, daß ich nunmehr Zeuge einer Art reziproker Dreidimensionalität werden müsse, für kurze Zeit den Verstand zu verlieren. Vielleicht war das alles sehr sinnvoll; der Versuch, mir rhythmische Tanzschritte und Rumpfbeugen beizubringen, war es nicht.

Irgendwann kamen dann die Dreharbeiten; das heißt: man bekam Drehbücher ausgehändigt, die weniger Bücher als Mappen mit Satzfetzen waren, aus denen sich beim Überfliegen eine Art Handlung herauskristallisierte, die man in zwei Sätzen zusammenfassen konnte (wenn man sie verstand), über die man aber auch stundenlang erzählen konnte (egal, ob man sie verstand, meistens war da eh nicht sooo viel zu verstehen). Das Ergebnis war in beiden Fällen das gleiche: Unbeteiligte fragten, was der ganze Schmarrn solle. Darüber dachte man nicht lange nach, denn die Banausen waren ja bloß neidisch.

Bei den Dreharbeiten selbst mußte man sich schminken lassen, grauslige Klamotten anziehen, sich irgendwo hinstellen, auf eine Klappe warten, zwei Sätze aufsagen oder irgendwohin rennen, bis jemand »Und danke!« rief, dann zog man die Klamotten wieder aus, ließ sich heimfahren und war den Rest des Tages und der Nacht wahnsinnig wichtig. Das ist ja auch ganz schön, wenn man jung ist, abgesehen von den Kopfschmerzen am nächsten Tag. Irgendwann kam das Ergebnis der Bemühungen im Fernsehen, man schämte sich ein paar Wochen lang und wandte sich anderem zu.

So ist das, möchte man meinen; man macht so Sachen im Leben, vergißt sie dann wieder, und wenn jemand anderer etwas davon mitbekommt, dann lächelt man, ja mei, erzählt eine nette Anekdote und spricht von Wichtigerem. Bloß eben beim Film und beim Fernsehen ist das komplett anders. Das Fernsehen redet mit Vorliebe von sich selbst; wenn dann auch noch ein Jubiläum daherkommt, redet es nur noch von sich selbst. Wochenlang ist man (noch mehr als sonst) Galas, Shows und ähnlichen Aufmärschen ausgesetzt, wo feist bleckende Nullgesichter ihre eigene Wichtigkeit gar nicht so richtig aufpumpen können, weil das noch feister bleckende Nullgesichter für sie tun und ein Gehudel um ihre Funktion als »Talent«, »Star« oder »Publikumsliebling« machen, daß selbiges Publikum, das hundertschaftenweise herbeigekarrt wird, mit dem Stampfklatschen gar nicht mehr hinterherkommt.

Dann werden staubalte Konserven von »Sternstunden« abgenudelt, Tuschs gepompt und Blumensträuße rumgetragen, die aussehen wie explodierte koreanische Faschings-Reliquien-Schreine (und gleich beim Studiotor in riesige Müllcontainer geworfen werden). Und dann bleckt die ganze Bande gemeinsam ins »Finale« hinein und ist so wichtig, daß es sie bloß deshalb nicht alle miteinander zerreißt, weil sie den Rest der Woche in exklusiven Fitneß-Solarium-Komplexen damit zubringen, ihren

»Body« auf Leder und Stahl zu reduzieren, und dadurch eine Konsistenz angenommen haben, die in einigen tausend Jahren Archäologen von anderen Planeten vor Rätsel stellen wird, wenn sie zum Beispiel die praktisch unveränderte Mumie von Dieter Bohlen unter einer gigantischen Pyramide vergoldeter Blechscheiben hervorziehen.

Manchmal, ganz manchmal ist zu später Nachtstunde auf entlegenen Kanälen anderes zu sehen. Kleine, unscheinbare, für moderne Augen und Hirne wahrscheinlich unbeschreiblich langweilige Filme, denen man anmerkt, daß ihre Hersteller nicht viel mehr im Sinn hatten, als eine kleine, unscheinbare Geschichte zu erzählen, die man sooo viel wichtiger findet als den ganzen plärrenden Müllhaufen, der dem Gerät sonst entströmt, inklusive US-amerikanischer Massenvernichtungsfilme, deutscher Nachahmungen von amerikanischen Massenvernichtungsfilmen usw. Dann fragt man sich, warum so was keiner sehen mag (denn sonst würde es nicht zu später Nachtstunde auf entlegenen Kanälen laufen), und denkt sich, daß es den meisten kleinen, unscheinbaren Dingen, die mit Liebe, Stolz und Geschick hergestellt werden, so geht.

Und dann vergißt man es wieder; war ja bloß ein Film.

(Januar 2003)

Alles Neue ist doof und stinkt!

Das allerwichtigste und superste an dem, was man einst »Leben« nannte und heute »Wirtschaft« nennt, gewissermaßen also das, was das Existieren überhaupt erst coolomat macht, ist die »Innovation«. Man möchte meinen, man wisse das ja schon: Es muß sich halt alles ab und zu erneuern, weil es alt und stinkig geworden ist. Falsch gedacht: »Innovation« heißt nicht Erneuerung, sondern im Gegenteil Altundstinkigmachung.

Zum Beispiel: Wenn das Bier aus ist, holt man ein neues. Das ist keine Innovation. Wenn man hingegen das Bier im Kühlschrank ignoriert und sich dafür was GANZ NEUES, nämlich ein innovatives, von einer Horde ekstatisch in der Gegend herumzappelnder Volltrottel in Reklamespots »vorgestelltes« Industriezucker-Kunstaroma-Blubberlutsch mit angeblich zellerneuernden oder sonstwie dynamisierenden »Wirkstoffen« und mordspeppigen Neonfarben usw. reintut und sich dabei topfit und fittop fühlt – dann wird das Bier im Kühlschrank sauer, und zehn Jahre später hat man Krebs oder schaut aus wie ein amerikanischer Großstadt-Whopper und weiß nicht warum. Das ist eine Innovation.

Die meisten neuen Sachen kauft man sich, weil man die alten so gerne gemocht hat: einen bestimmten Käse, eine Lieblingsjeans, ein neues Buch von Urs Widmer. Innovationen kauft man aus anderen Gründen. Kein Mensch etwa denkt auch nur mit der geringsten nostalgischen Wehmut an Windows 3.1 zurück. Trotzdem rennen alle los und holen sich in immer kürzeren Abständen ein neues Windows, obwohl jeder weiß, daß es garantiert noch überkandidelter, unpraktisch, restriktiver, hinterhältiger, mit noch mehr nutzlosem Kram aufgemotzt und noch schneller überholt ist als das alte und mindestens das Zehnfache an Speicherplatz frißt. Macht ja auch gar nichts, weil es ein Gesetz gibt, nach dem sich die »Leistung« des Computers alle zwei Jahre verdoppelt. (Steht der Computer dann zu Hause, wird er jedes halbe Jahr um die Hälfte langsamer, aber das ist eine andere Geschichte.)

Auch alles andere, was innoviert wird, verdoppelt und halbiert sich mit exponentiell steigendem Tempo. Das Stadion an der

Grünwalder Straße war fast siebzig Jahre lang mehr als gut genug, das Olympiastadion ertrug man knapp halb so lange, und das neue Stadion ist zwar erst in 98 Jahren abbezahlt, aber ich gehe jede Wette ein, daß es spätestens 2020 nicht mehr für Fußball benützt und wahrscheinlich längst abgerissen sein wird. Ebenso braucht Bayern selbstverständlich einen Transrapid, denn während man vor hundert Jahren drei Stunden von München bis zum Flughafen brauchte (den es noch gar nicht gab), braucht man heute eine Dreiviertelstunde und mit dem Transrapid nur noch eine halbe, was jede Sozialleistungskürzung und jedes verhungerte Kind dieser Welt wert ist – nicht wegen der paar Minuten, die der Entscheidungsträger dann früher in der VIP-Lounge sitzt und sein »Begrüßungsgetränk« verzehren kann, sondern damit die Kette der Innovationen nicht abreißt.

Es ist abzusehen: In zwanzig Jahren ist der Wirtschaftsfaschist in einer Minute am Flughafen, in vierzig Jahren wird die Fahrt eine Sekunde dauern, in hundert Jahren wird er schon wieder »zu Hause« an seinem Geldschöpfungsterminal sitzen, bevor er überhaupt losfahren kann, denn er hat keine Zeit mehr für so was, weil er sich alle fünf Minuten einen neuen Sportwagen kaufen muß. Und in hundertzwanzig Jahren? und in hundertvierzig? und in hundertsiebzig? Fährt die Trambahn dann in einer Hundertstelsekunde vom Kurfürstenplatz nach Wladiwostok?

Selbstverständlich nicht, denn Menschen, die Trambahn fahren, sind von der Innovier-Raserei weitgehend ausgeschlossen: In Wladiwostok haben sie nichts verloren, und ein paar Minuten sind ihnen egal. Sie werden zu Fuß gehen, denn ein öffentliches Verkehrsnetz kann sich eine innovative Gesellschaftsfirma nur leisten, wenn es sich ultramordsmäßig rentiert und solange die Investierkohle nicht für Innovationen gebraucht wird, und irgendwann wird das ganze Geld, das die Nutznießer des Innovierwahns nicht privat gebunkert haben, dafür gebraucht werden und immer noch nicht reichen.

Die Sucht nach neuen »Innovationen« (womit eigentlich immer Produkte gemeint sind und nie etwas Gescheites) ist eine Folge des Überdrusses, den die alten »Innovationen« immer schneller auslösen. Irgendwann kommt man an den Punkt, wo man mit dem Innovieren kaum mehr nachkommt: in eine »Krise«. Dann fängt der moderne Mensch an, auch die Dinge zu innovieren, die (manchmal noch) keine Produkte sind: Er »definiert« oder »orientiert sich neu«, »wirft Ballast ab«, »über Bord« oder sonst wohin, kauft sich neue Pappmöbel und ein neues Outfit, wird womöglich eine »Ich-AG« und sucht sich im Sinnsupermarkt alle paar Tage ein neues »Weltbild« und neue »Überzeugungen«, die freilich ebenfalls bloß erstens Produkte und zweitens auch noch Innovationen sind, das heißt: die nach immer kürzeren »Halbwertszeiten« Ekel auslösen und zur Anschaffung von Ersatz zwingen.

»Neue Menschen« entstehen dadurch nicht, denn, wie gesagt, Innovieren meint und bewirkt das Gegenteil. Am Ende rotieren dann alle alt und stinkig in einem zerklumpten Schrotthaufen herum und haben keine Zeit mehr, sich zu fragen, ob da nicht irgendwann irgendwas war, was man auf diesem Planeten und mit diesem Leben wollte. Macht nichts: Auch das geht vorbei.

(Februar 2003)

Auf ins Land der
»Wie kann ich Ihnen dienen!«-Kasperl!

Wir werden uns demnächst verabschieden müssen. Wenn das, was die sogenannte »Hartz-Kommission« angeblich »erarbeitet« hat, Gesetz wird, dann ändert sich unser Leben grundlegend.

Zum Beispiel wird es keine Freundeskreise im geläufigen Sinn mehr geben. Jeder, der eine Anstellung hat, kann jederzeit gekündigt werden und muß sich dann sofort beim »Center« für Zwangsarbeit melden, das ihm befiehlt, zum nächsten Ersten bei irgendeiner Firma in, sagen wir mal: Kiel anzutreten. Dort macht er eine Zeitlang irgendwas, dann geht die Firma pleite, und unser ehemaliger Freund wird nach Visselhövede, Buxtehude oder Deppenhausen weitergeschickt. Die meiste Zeit wohnt er in Obdachlosenunterkünften, zwischendurch (wenn die jeweilige Firma spendabel ist) auch mal in einer Pension. Für uns ist er jedenfalls aus der Welt, von gelegentlichen Telephonaten abgesehen.

Wenn es uns dann noch selber trifft und wir die Koffer packen, um Hals über Kopf nach Braunschweig umzuziehen, bricht die Verbindung ab. Dasselbe gilt selbstverständlich auch für das, was man »Lebensgemeinschaften« nennt. Vielleicht hält der Kontakt ein bißchen länger, fährt man ab und zu »nach Hause«, aber auf Dauer kann sich niemand von uns die sündteure Hochgeschwindigkeits-»Logistik« der ehemals deutschen Bahn leisten; außerdem stellen wir fest, daß es ein »Zuhause« nirgendwo auf der Welt mehr gibt. Also bleiben wir, wo wir gerade sind, schließlich bietet dort eine boomende Unterhaltungsindustrie dem Humankapital für die Stunden zwischen den Arbeitseinheiten jede Menge Mega-Events. Die wir uns leider auch nicht leisten können, und wenn wir könnten, würde uns die Dummheit, Leere, Nutzlosigkeit des faden Aufzugs nur noch verzweifelter machen.

Wir werden nebenbei feststellen, daß es keine Handwerksbetriebe, Fachgeschäfte und ähnliche Stützpfeiler der Verläßlichkeit im Alltag mehr gibt, sondern ein wimmelndes Heer von »Ich-AGs«: unbeholfene, verzweifelte Würstchen, ehemalige

Schwarzarbeiter, die nichts (oder etwas ganz anderes) gelernt haben und sich nun mühen, minderwertiges Zeug und unnütze »Dienste« an den Mann zu bringen, um ihren erbärmlichen Lebensunterhalt zu fristen. Wir werden uns schämen, aber dann werden wir uns aus Mitleid (das wir für Solidarität halten) doch die Schuhe putzen lassen – wenn wir uns das noch leisten können und nicht selber längst als »Wie kann ich Ihnen dienen?«-Kasperl herumlaufen.

Und dann werden wir uns natürlich ans Betteln gewöhnen müssen. Vielleicht bleibt es uns selber erspart, aber es wird zunehmend unseren Alltag bestimmen, und es werden nicht mehr die gewohnten Bettler sein, denen wir von dem, was wir eigentlich selber nicht mehr haben, ein paar Münzen abgeben, sondern Leute, die aussehen wie wir und bloß das Pech hatten, viermal hintereinander einen Kurzzeitjob annehmen zu müssen, der ihnen jeweils dreißig Prozent weniger einbrachte. Und selbstverständlich die, die sich schämen, aufs Sozialamt zu gehen, weil sie nicht »der Allgemeinheit auf der Tasche liegen« mögen, obwohl diese Allgemeinheit für die gesamte Sozialhilfe pro Jahr neun Milliarden ausgibt und ein paar Superreiche gleichzeitig das dreifache an Steuern hinterziehen.

Und so weiter. Ein paar Probleme werden durch ein solches Konzept gelöst: Zum Beispiel wird niemand mehr gegen die Zerstörung von Städten, Beziehungen, Traditionen, Umwelt, politischen und sozialen Strukturen protestieren, denn erstens ist jede solche Zerstörung ein »Konjunkturmotor«, zweitens interessiert uns eine ständig wechselnde Umwelt, mit der wir nichts zu tun haben, sowieso nicht. Unser rudimentäres politisches Interesse wird mit knalligen Fernsehberichten über immer neue Eroberungskriege der kapitalokratischen Anti-Terror-Maschine und – natürlich – den »Kampf« um »neue Arbeitsplätze« gestillt.

Vorläufig haben wir noch Glück, denn die Hartz-Kommission hat immerhin auf den Vorschlag verzichtet, Arbeitslose in Lager zu sperren. Vorläufig. In etwa vier Jahren wird sich herausstellen, daß die Zahl der Milliardäre ebenso gestiegen ist wie die der Arbeitslosen. Auch dann wird es keinen Politiker geben, der auszusprechen wagt, daß es nicht genug sinnvolle, bezahlbare Arbeit für alle gibt und es daher klüger wäre, die Arbeitsämter abzuschaffen und das so gesparte Geld den Armen zu geben, zusammen mit einem kleinen Anteil vom nutzlosen Reichtum der Milliardäre. Da solche Einsichten gegen höchste Dogmen der Wachstumsreligion verstoßen, wird statt dessen in vier Jahren erneut verkündet werden, was wir seit dreißig Jahren so oft gehört haben, daß wir uns gar nicht mehr vorstellen mögen, daß den Quatsch noch immer jemand glaubt: weniger Unterstützung, mehr Flexibilität, mehr Druck, mehr Aufschwung, weniger Faulheit, niedrigere Löhne, niedrigere Steuern. Nach wie vor wird niemand daran denken, daß Armut von Reichtum kommt. Nach wie vor wird niemand befürchten müssen, daß sich die Armen, deren winziger Teil am gesellschaftlichen Gesamtvermögen von den Reichen langsam leergezapft wird, irgendwann wehren. Und nach wie vor werden wir uns schämen, weil wir immer noch nicht bereit sind, Familie, Freunde, Zuhause, Lebensgeschichte, Vorlieben und alles andere aufzugeben, um nur irgendwie irgendwo zu arbeiten und dafür zu sorgen, daß der Reichtum mehr wird. Wenn wir nicht irgendwann doch dazu bereit sind.

(März 2003)

Massenflucht ohne Ankunft

Kommt der Frühling spät, wird der Englische Garten sonntags zum Schauplatz einer besonders grausigen Begleiterscheinung des modernen Individualismus: Alle gehen dahin, wo alle sind, und keiner merkt etwas. Eine zivilisationshistorische Studie.

Zunächst muß festgestellt werden, daß der Frühling gar nicht »kommt«, zumindest nicht nach München; denn da ist er immer schon da. Er wartet bloß darauf, daß der rostschlammige Dreck, den man im Zeitalter maschineller Wetterzurichtung Winter nennt, brockenweise abfällt, damit er wieder strahlen kann. Das tut er dann zunächst sporadisch, und alles, was ein Gesicht hat, reckt es der bitter entbehrten UV-Quelle entgegen.

Manchmal dauert es recht lange, bis die ersten Brocken fallen; in solchen Jahren umweht selbst Ende März noch ein eisiger Sibirienwind den hoffnungsvollen Beginn. Aber wenn die Sonne erst einmal hindurchbricht durch Wolken, Nebel und Schwaden von Gummi, Ruß und Rauch, dann passiert, was Heinrich Heine während eines Münchenaufenthalts 1828 so erlebte: *Endlich kam der Tag, wo alles ganz anders wurde. Die Sonne brach hervor aus dem Himmel und tränkte die Erde, das alte Kind, mit ihrer Strahlenmilch, die Berge schauerten vor Lust und ihre Schneetränen flossen gewaltig, es krachten und brachen die Eisdecken der Seen, die Erde schlug ihre blauen Augen auf, aus ihrem Busen quollen hervor die liebenden Blumen und die klingenden Wälder, die grünen Paläste der Nachtigallen, die ganze Natur lächelte, und dieses Lächeln hieß Frühling.* Dann wirft man sich mit Vehemenz hinein in die immer wieder so neue Jahreszeit. Diese indes findet heutzutage seltsamerweise in streng begrenzten Arealen statt.

Meine wirkliche Welt ist im Lauf meines Lebens nicht viel größer geworden als das Haus und die Straßen der Kindheit, schrieb Isabella Nadolny Mitte der sechziger Jahre – eine Stimme aus einer im Unwirklichen versunkenen Vorzeit, denn wer käme heute auf die Idee, seine »wirkliche Welt« in jährlich wechselnden Schlafsilos und Entlastungsstädten zu suchen oder auf röhrenden Pisten, die sich wie tödliche Feuerwalzen durch den (zumal kindlichen) Erlebensraum hindurchschneiden?

Da zudem der größte Teil der (sowieso im Normalfall vorüber-
gehend) in München Lebenden seine Kindheit ganz woanders
hinter sich gebracht hat, hält man sich an Reiseführer und Tips
von anderen, die schon länger da sind, und versammelt sich am
ersten frühlinghaften Sonntag unweigerlich und vollzählig im
Englischen Garten, unbewußt angelockt möglicherweise auch
von verlegenheitsgeschenkten Prachtbildbänden, die die ehemals
soldatische Kleingartenkolonie so zeigen, wie sie, mindestens
sonntags, nie mehr sein wird: still, lichtdurchflutet, menschenleer.
Man sei *dortselbst*, behauptete einst Thomas Mann und meinte die
Münchner Stadt, *von Erwerbsgier nicht gerade gehetzt und verzehrt*, lebe
vielmehr *angenehmen Zwecken*. Das mag zu Zeiten des dorschigen
Literators, der die Gemütlichkeit weder er- noch je empfunden
hat, so gewesen sein; der späterhin zugezogenen Werbe-, Web-
und Wertpapierbranche seiner Heimatgegend böte sich jedoch
an einem ersten Frühlingssonntag heutiger Zeiten, wenn sie denn
sehenden Auges durch den Garten ginge, ein anderes Bild: Man
schiebt sich – eng gedrängt in solchen Massen, daß buchstäblich
kein Kieselstein länger als drei Sekunden unbetreten bleibt und
das plötzliche Ausschießen von Bodengrün und Zweigbelaubung
durchaus auf den Überdruck im Erdreich zurückzuführen sein
könnte – staubige Wege entlang, läßt sich von soeben den
Bächen entschlüpften Moderassenhunden mit möpselndem Fell-
Extrakt besprühen, widmet sich ausgiebigem Post-New-Econo-
my-Karriere-Bla (»Thorwald geht ja nun wieder nach Boston!« –
»Ach, hat er sein Loft schon abgestoßen?« – »…«) – brüllend und
kreischend nicht aus Übermut, sondern um den dröhnenden
Lindwurm des Mittleren Rings zu übertönen.
Bisweilen schert ein Kind aus, verfällt in ungesunde Kontempla-
tivität angesichts eines unscheinbaren Halms und wird weiter-
gerissen von sorgenden Elternhänden. Man trägt wampige, grell
beschriftete Baumwollsäcke, wirft sich Plastikscheiben zu, die
Frisbee heißen und einst von klugen Indianern erfunden wurden,
um das Reflexhirn des rosaroten Fremdlings auf Hundeformat zu
stutzen. Man wälzt sich schlangenweise in den Pestwolken des
54er Busses zum Chinesischen Turm (der sein Erscheinungsbild

mit jedem Modernisierungsumbau mehr der infantilen Funktionalität eines Autobahn-Automatenrestaurants annähert), wo dann, wer nicht unterwegs von Bikern, Bladern und Skatern über den Haufen gefahren worden ist, erneut Schlangen bildet und endlich einen Krug voll Schaum und eine der wenigen noch erhältlichen »Bierbeilagen« (H. Qualtinger) verzehrt: die Pappendeckelstaubbreze oder eines der Öl-Salz-Gemenge, die wahlweise als Schweinefleisch oder Fisch verkauft werden. Der Gesamtvorgang dauert im Einzelfall eine knappe Dreiviertelstunde, und auffällig ist der fremdelnde Blick, der vom ersten Schritt auf den Kies bis zum letzten Schluck Bier (aus dem immer noch viertelvollen Krug) anhält.

Abweichendes, möglicherweise an archaische Bräuche knüpfendes Verhalten wird nicht geduldet: Belegt ist der Fall eines Mannes, der sich am hellichten Frühlings- allerdings: -wochentag! in einer leeren Wiese niederließ, um nichts zu tun. Es dauerte keine fünf Minuten, da war er von Polizeikräften umstellt, die ihn von Kopf bis Fuß durchsuchten, um die Motivation solch verdächtigen Benehmens zu ergründen. Wer in derartiger Lage keinen Zweck (gymnastische Übung etc.) oder wenigstens Grund (Sonntagsarbeit, blind, ortsfremd, verlaufen, erschöpft) vorzuweisen hat, wird disziplinarisch sichergestellt, schon zur Prävention, während unverdrossene Kräuterbrocker mit fassungslosem Staunen davonkommen (»Kuck mal, die macht da wohl ins Gebüsch oder so was!«).

Neben der bekannten Vereinheitlichung (die auch hier nach dem Muster erfolgt, das wir aus der Gastronomie kennen, wo nicht mehr jede Straße ihre Gastwirtschaft hat, sondern man als entviertelter Eventnomade drei bis fünf »Kult-Wirten« in die jeweilige Location hinterherzieht, die sie gerade »bespielen«) sind es zweierlei prägnante zivilisatorische Prozesse, die sich im E-Garten-Verhalten des modernen Wahl- und Zufallsmünchners niederschlagen: zum einen die Entfernung und Entfremdung selbst von der städtischen Rudimentärnatur und eine institutionelle Unfähigkeit im Umgang mit ihr, die zum Beispiel dazu führt, daß man froh ist, nach absolviertem Märzwiesenpicknick incl. bei Aldi erworbenem Bärlauchquark mit aufquellendem

Heuschnupfen, frisch eingefangener Nierenentzündung und einem guten Pfund Hundekot im Turnschuhprofil den Parkplatz endlich wieder erreicht zu haben. Zum anderen ein unter diesem Aspekt nicht ganz unparadoxer Fluchtreflex aus der ehemals als angenehm empfundenen Enge, Nähe und Ruhe des häuslichen (bzw. neuerdings: betrieblichen) Umfelds, die allerdings Förderung erfuhr durch die gezielte Vernichtung lebensfreundlicher Milieus in Innen-, Zwischen- und Hinterhöfen mittels deren Umwandlung in betongeklinkerte, ganzjährig von sterilem Nadelgestrüpp verschattete Mehrzweckfreizeitareale. Diese Fluchtbewegung ist von der ohnehin erwarteten Enttäuschung mangels Aufmerksamkeit nicht zu bremsen: Scheint die Sonne ausdauernder und intensiver, verlängern sich auch die Fahrtwege, und man erklimmt die höchsten Berggipfel, um dort dasselbe Bier und identische »Pommes« zu konsumieren.

Ganz neu ist zumindest die innere Entfernung vom Umliegenden und -stehenden nicht: Schon Friedrich Hebbel wollte 1839 vom Monopteros aus *den großen Garten und die Stadt* vollständig *übersehen* haben und wies auf *die grünen Tannen* hin, *an denen der Park reich* sei, die wir aber trotz intensiver Suche nur sehr vereinzelt (und ganz jung) finden. Heute ist es dem Teilnehmer am Sonntagsgewühl ebenso einerlei, ob da Nußbaum oder Kiefer steht, solange nur genügend Abfallkübel den Weg säumen und der Kiosk das gewohnte »Magnum« bereithält. Die tiefliegende Sehnsucht nach Wildwuchs, Weite und wucherndem Detail scheitert an Rezeptionsfiltern, von denen man nicht lassen kann. Das Detail, im Alltag als »Bit« bekannt, ohne das der Rundblick nichts erkennt, rauscht ungesehen vorbei. Je drängender die Suche, desto höher das Tempo, geringer die Aufmerksamkeit.

So will sich ein seltsamer Kreis nicht ganz schließen: Einstmals auf Geheiß des (vor vier Tagen unbemerkt ein Vierteljahrtausend alt gewordenen) Kriegsministers Benjamin Thompson (und auf Kosten von dessen Kriegskasse, da München damals kaum 1.500 Steuerzahler zählte) den wilden Isartal-Urwäldern entrissen, da selbiger späterer Graf Rumford zur »Milderung der Sitten« seiner Soldaten es für angezeigt hielt, diesen durch Gartenarbeit eine sinnvollere Betätigung zu verschaffen, als es das müßige Herumlungern, Betteln und Zechen war, und sie zugleich der Natur und ihrer Hege und Pflege nahezubringen, ist der Englische Garten heute zum Ort der weitesten denkbaren Entfernung von der wirklichen Welt und ihren Gegebenheiten geworden. Vielleicht wäre es an der Zeit, die Soldaten der Ökonomie mit Schaufeln, Hacken und Rechen auszustatten, wenn sie sonntags hinausschwirren zwischen die anonymen Bäume, ohne dort je anzukommen.

(30. März 2003, Münchner Seiten/FAS)

Abgedönerte Bestseller in Asylistan

Es wäre, schrieb der halbverzweifelte Nietzsche, *ein schrecklicher Gedanke, daß die Innerlichkeit eines Tages verschwunden sei und nun nur noch die Äußerlichkeit, jene hochmütig täppische und demütig bummelige Äußerlichkeit als Kennzeichen des Deutschen zurückbliebe.* Da mag er recht gehabt haben. Andererseits meinte selbiger Großdenker, sei es *das Charakteristische an der Bildung wahrer Kulturvölker: daß die Kultur nur aus dem Leben hervorwachsen und herausblühen kann.* Und da sind wir pfeilgrad bei der Sprache, das heißt: bei Bohlen-Effenberg.

Die deutsche Sprache nämlich ist, wie jeder über dreißig weiß, traditionell ein Rummsbumms und Geföte von Äußerlichkeiten – man lese vorsichtig hinein in eine Politikerrede oder Nachrichtenmeldung aus den sechziger Jahren und erbleiche vor Grauen: Nichts als schimmelgraue Leerformeln, die man durchschaut wie leere Zellophantüten, einfach weil nichts drin ist. Daß sich die meisten dieser Leerformeln (»die notwendigen Reformen«, »Investitionsanreize«, »Umbau der Sozialsysteme« usf.) ohne jede Änderung bis heute erhalten haben und von den Anzugdeppen nach wie vor fließbandartig hervorgestoßen werden, ist arg, aber Rettung naht auf dem flinken Fuß des Megabestsellers. Kaum haben der unmusikalischste Musikproduzent und der hybrideste Fußballfaulpelz Deutschlands ihre epochenumspannenden Memoiren in die Kaufhäuser geschwallt, beginnt die deutsche Sprache mit einem Mal wieder zu leben, und aus dem Leben wächst und blüht eine Kultur heraus, daß der alte Fritz nur so schlackern täte mit den großen Ohren, wenn er sie noch hätte.

»Demütig bummelige Äußerlichkeit«? Nix. Es ist die reine Innerei, die aus den brünftigen Gedärmen der Zufallsmillionäre herausquillt und hineinquaddelt ins sowieso per Rap-Beschallung entgrammatisierte Massengesprech, das der »Mann auf der Straße« um sich blökt, wenn es ihm zu wohl wird. Daß ein Volksempfinden per se gesund ist, wissen wir seit BILD (»Steuern runter!«) und Führer, nur äußern muß es sich halt auch dürfen, damit man weiß, was Sache ist. Jahrzehntelang knödelte und pfriemelte man an »Beziehungskisten«, Konfliktverrenkungen und Kommunikationsanalysen herum; nun hängt der Hammer wieder, wo er hingehört: Man eckert die Maloche ab, fraggt die Konkurrenz weg, haut sich abends volle Motte zwischen die Nillen an den Tresen zum oberamtlich Abderben, macht bei Brauteintreffe einen Dicken, daß die Kinderbremser mit Pornobalken die Mulmeritis kriegen, und wenn Schnittenalarm eintritt und man noch nicht rabenstramm genug zum Abkotzen ist, pflückt man sich zackig ein leckeres Pistenhuhn, möglichst miximixi wegen Exotengeil und so was, schmeißt ihr ein paar Flocken ans Gehänge, und ab in die Karre (logo volles Jeep-Programm, keine Schnarchkiste), zur Tanke wg. Dosen und Chips, und an der nächsten Raste wird die Tante voll wackeldackelmäßig gebürstet und geplättet und dann zu Fuß zu Mami geschickt. Zu Hause klappt man in die Kiste, dönert noch mal kräftig ab und pfeift sich die 0190er-Streifen rein zum Nachrohren. Und am nächsten Tag panst man wieder in der Firma rum, oder wenn man ein leeter Checker ist, dann haut man bißchen Training runter oder zirpt kurz eine Single zusammen, damit neue Flocken eingehen.

So ist das Leben rund und schön und modern, alle paar Monate kommt eine neue Breitreifenwumme in die Garage; hey und wenn einem mal so ein kaputter Stützenstinkepenner in der Einfahrt rumbröselt und stinkt wie Sau und überhaupt im Weg ist, dann wird er notfalls zerwürfelt und weggebügelt, auch wenn's einem um die neuen Schuhsohlen leid tut. Wir sind hier schließlich nicht in Asylistan, Alter!

Ein empörter Kommentator meinte, Effenberg ob seiner buchgewordenen Ausdünstungen speziell in Sachen Sozialgetue (»Stütze runter!«) Verkommenheit vorwerfen zu müssen. Ja wo sind wir denn? In einer Gesellschaft, die aus innovativen Einzelkämpfern besteht, deren Hauptziel es ist, »Erster zu sein« (E. Stoiber) und einen »Ruck« nach dem anderen durchs Land rumpeln zu lassen, damit das soziale Kroppzeug vom Deutschland-Dampfer seitlich runterpurzelt, die zudem von einer »sozialdemokratischen« Hundestaffel regiert wird, die Sitz macht, wenn das Herrchen pfeift, und für die »politische Gestaltung« bedeutet, allen Verständigen einzubleuen, daß sie sich an die unaufhaltsame Wildwestwelt gefälligst anzupassen haben, und den Rest wegzubeißen − in einer derart verkommenen Abform menschlicher Zivilisation wird man sich als einer der »Sieger« wohl nicht schämen müssen, wenn man den Normaldeppen in Sachen Verkommenheit eine Nasenlänge voraus ist! Wer soll denn die neuen Ideale im Land durchsetzen, wenn nicht die, die sie prototypisch verkörpern? Außerdem geht es doch hier auch um Kunst, Alter, und da hat Andy Warhol schon ganz richtig gesagt, man solle sich die Oberfläche seiner Schinken ansehen − drunter ist nichts.

Das Buch ist als solches ein Kulturgut − nicht umsonst zogen Schüler des Willi-Graf-Gymnasiums kürzlich am Rednerpult des Bayerischen Landtags das treffliche Fazit einer Einladung von Grünen-Politikern, »gemeinsam mit Referenten aus der Kulturszene bis hin zur Wissenschaft neue, kreative Formen der Wissensvermittlung auszuprobieren«: »Umpf umpf okay umpf umpf, ey Leute, lest Bücher umpf umpf, Lesen ist cool!« Bei einem Mann wie Effenberg, der seine »Liebe« fand, indem er eine Nacht lang eine Plastiktüte anstarrte, oder einem wie Bohlen, der Verona Feldbusch mit einer Frau verwechselte, ist halt poesiemäßig nichts mit Dünnsprech.

Und der alte Nietzsche? Der sah erstens so was von verboten schlumpf-di-pumpf-vergnatzt aus, gerallt hat dem seine Intello-Klöten auch noch nie einer, und leben tut er irgendwie sowieso nicht mehr, oder was hey.

(Juni 2003)

173

Ah! Oh! M-hm! Nt!
(und ansonsten durchschlafen)

Der Mensch, da er das einzige Lebewesen im bekannten Teil des Universums ist, das freiwillig arbeitet (von der Ameise abgesehen, deren absurd wuselnde Existenz allerdings auch der sarkastischen Laune eines boshaften Gottes entsprungen sein könnte), braucht Erholung, dies um so mehr, als sich die Intensität seiner Arbeit alle paar Jahre verdoppelt, – logisch, daß sich auch der Bereich dessen, was sich zwischen Begriffen wie Urlaub, Ferien, Freizeit usf. abspielt, einer zunehmenden Verdichtung ausgesetzt sieht. Wer heute nach den täglichen Verrichtungen zur Bereicherung des »Arbeitgebers« spätnachts seiner Wohnzelle entgegenstrebt, gilt als sozial auffällig, wenn er sich dort nicht umgehend in phantasievolle Sportgeräte schirrt und die Bemühungen um Leistung und Tempo nahtlos fortsetzt.

Im selben Geiste wirft man sich, wenn längere Phasen der Unproduktivität anstehen, auf die Autobahnen und rast dem Süden entgegen. Dies, so sollte man annehmen, muß jemandem wie mir, dessen Fundamentalmisanthropie, Erbsenzählerarroganz, starrköpfige Fortschrittsverweigerung und Popelzynismus zu recht in Leserbriefen angeprangert werden, im Grundsatz unverständlich bleiben, sogar nach einem Winter wie dem letzten, der sich nach Kräften bemühte, die Theorien von der rasanten Erwärmung des Planeten in Bausch und Bogen zu widerlegen. Aber wenn der Ofen, der sich bereits eine halbe Tonne solider Eichenstämme einverleibt hat, auch Mitte April noch vor Hunger heult, dann platzt dem Geduldigsten der Kragen, und das Wort »Italien« entfaltet seine orangefarbene Leuchtkraft, die bis dahin unter schwarzen Nebeln von Berlusconimussolinidisputen verborgen lag.

Und schon wälzt sich der Lindwurm los – ade, deutsches Dunkel, ave, gelati e spaghetti! Auf dem Marktplatz des freundlich dahinbröselnden Städtchens, auf den man zur nationalkulturellen Kenntlichmachung eine wackelige Bank mit fünf krumpelbuckeligen Rauchsenioren gestellt hat, trifft man sich wieder;

Straßenkarten flattern im Morgenwind, der ächzenden Kollektivkiste entwindet sich die Mecklenburg-Vorpommern-Fraktion, die sich zunächst eine Vormittagsdose frischgebrühten Heimatbiers aus dem Kofferraum einschraubt, um den Gegebenheiten angemessen begegnen zu können, und dann im »Albergo zum Sauren Fritz« neben dem Bahnhof ins Bidet brunzt.

Wahllos zwischen die Häuser geworfene Suchblicke forschen nach günstigen Pizzerien, wo Pappendeckelanschläge Zauberwörter wie »Wurstel« und »Beck's« verlautbaren. Auf fußballfeldgroßen Parkplätzen hockt man im Staubsturm zwischen grotesk überzüchteten »Wohnmobilen«, die aussehen, als hätte jemand an ganz Germering unten Räder hingeschraubt, wälzt Automagazine vom vergangenen Herbst, kritzelt »Ur«, »Ger« und »Nu« in vergilbte Kreuzworträtsel und beschallt das bis zum Horizont reichende Kistenpanorama mit den schrecklichsten Kreationen aus den Häusern Siegel und Bohlen.

Ist es nicht furchtbar, wie ganze Bevölkerungsschichten sich im Preßverfahren mit Melanomen versorgen, umdröhnt von Kettensägen, sich wälzend schwiemeligen Schweißsand in alle Körperöffnungen hineinschieben, in grellbunter Neonunterwäsche in Supermärkten herumschlappen und tiefgefrorene Pizzabaguettes suchen, ratlos in verschneite Minifernseher hineinstarren, in denen streichholzgroße Figuren herumrennen, begleitet von einem unverständlichen Hochgeschwindigkeits-Dauermonolog (aus dem lediglich die Vokabel »Championse Lige« kleine Fahnen mit vertrautem Muster herausstreckt), ihre Salmonellenvergiftungen in blecherne Kanalisationsimitate hineinröhren und endlich einmal Zeit finden, Werkgruppe drei der gesammelten Schriften von Barbara Cartland ausgiebig durchzublättern, ehe die Karossen nach zwei Wochen einen Riesenberg Müll in den Naturpark neben dem Rastplatz kippen und sich kampfbereit hupend in den Rückreisestau einreihen?

Mag schon sein. Aber wenn der müde Blick gelassen im zeitlosen Dunst zwischen den Pinien ruht, wenn die einzige Nötigkeit daher rührt, daß man sich hektoliterweise Wasser aus Plastikkanistern mit dem rätselhaften Aufdruck »effetti diuretici« in die

Eingeweide gießt (wo sich die Menge umgehend verdoppelt und immer dann auf dringende Entleerung drängt, wenn man beim Spazierengehen gerade den Punkt erreicht hat, der am weitesten von allen bekannten Toiletten entfernt liegt), wenn man sich in Gianfrancos alten Keller zwängt, um beim ersten Biß ins vorbereitende Brot in ein allgemeines »Ah! Oh! M!« auszubrechen (während man ansonsten außer einem gelegentlichen »M-hm« oder »Nt« praktisch gar nichts sagt), wenn die Tage nutz- und zwecklos ineinanderfließen in einer warmen Brise aus Aromen von Rosmarin, Basilikum, Knoblauch und besonnter Haut ... dann fragt man sich nur noch dies: Ist das nicht wunderbar?

Doch, es ist wunderbar, unverzichtbar, der jedem Zweifel enthobene Höhepunkt des Jahres, dessen strahlende Schönheit sich nur noch steigern läßt, indem man, von langer Übung gestählt, dem absoluten Exzeß aller denkbaren Erholungsstrategien entgegenstrebt: den Liegestuhl aufklappt, das (in der Gewißheit, daß es unberührt bleiben wird, keusch lächelnde) Buch daneben ins Gras legt, ein sanftes Seufzen in die zwitschernde Weite sendet und ganz einfach durchschläft.

(Juni 2003)

Humanitäre Katastrophe:
Wilde Sau im Bikini eingegraben!

Eine meiner Lieblingsschlagzeilen aus dem Fundus von Deutschlands schlimmster »Zeitung« lautete: *Wilde Sau auf Autobahn: 10 Wagen Schrott!* Eine andere: *Die Hitze! Hammer-Schlacht auf Dachauer Straße.* Es liegt ein untergründiger, irgendwie auch peinlicher Reiz in der Vorstellung, daß Menschen von der Sonne so aufgeheizt werden, daß sie alle Hemmungen über Bord werfen und das, was sie nervt (was verdächtig oft das ist, was sie eigentlich am meisten lieben, also ihr Auto), einfach zu Klump schlagen (vgl. den schönen alten August-Junker-Schlager: »Nur ein Bier, nur ein Bier, nur ein Bier will i ham, sonst hau i alles zamm!«).

Leider ist Gewalt ein Thema, über das man schlecht reden oder auch nur nachdenken kann, ohne rot oder verhaftet zu werden. Es ist verboten, Gewalt auszuüben (mit gutem Grund), es ist verboten, zu Gewalt aufzufordern (mit meistens ebenso gutem Grund), es ist verboten, zu Gewalt bereit zu sein (manchmal dito), und es ist sogar verboten, sich gegen Gewalt zu schützen (wie kürzlich ein Münchner feststellen mußte, der vor Gericht landete, weil er es versäumt hatte, vor dem Besuch einer Demonstration seine an den Armen zum Schutz vor Prellungen verstärkte Motorradjacke abzulegen).

Also brennt die Sonne vergeblich, alles taumelt im Friedensgewalle umher, und statt zum Beispiel Tony Blair eine kräftige Watschen zu verpassen, weil er die halbe Welt belogen hat (»Irakische Massenvernichtungswaffen in 45 Minuten bei uns!«), um einen Grund zu finden, ein Land zu zerbomben, patscht man ihm begütigend auf die Schulter (nur symbolisch natürlich, denn etwas wie Tony Blair möchte ein anständiger Mensch nicht anfassen, noch nicht einmal mit »integrierten Unterarm-Protektoren«).

Dabei ist Gewalt, wie man uns in letzter Zeit immer wieder einbleut, ein »legitimes Mittel«, für was auch immer (letztlich, so hört man, zum »Friedenschaffen« – deshalb wird der Friede auf Erden auch immer mehr), mithin ein »Medium«, ebenso wie das erwähnte Gehirnmassenvernichtungsblättchen für Autobahn-streitaxtleute. Man sollte also schon manchmal darüber nach-denken. Etwa wenn man wieder mal vor einem tiefblauen Com-puterbildschirm sitzt und den Einsatz schwerster, deformierender Sanktionen erwägt, um das Ding zu disziplinieren. Oder wenn man in der Zeitung (diesmal einer echten) liest, der ehemals als zuckender Weltrettungsdarsteller zum Kindergartenidol aufge-plusterte Vierelandroid Michael Jackson sei eine *tickende finanzielle Zeitbombe*, und sich genüßlich vorstellt, wie es bei Jacksons näch-stem Pseudo-Christus-Spektakel plötzlich »Wumm!« macht und Wolken von Geldscheinen durchs Stadion flattern – weil Ge-dankengänge nun einmal so funktionieren, fällt einem sofort der Bundesgesichtsknitterminister Josef Fischer und seine Lieblings-vokabel »humanitäre Katastrophe« ein, die man ebenso genüß-lich als »wohltätigen Zusammenbruch« übersetzt und damit der Jackson-Sprengung beschreibend schon sehr nahe kommt.

Wenn es rummst und Gewalt stattfindet, klirrt meistens Glas; am lautesten und grellsten scheppert es in hiesigen Breiten in der Uschi-Form. Selbige Darstellerin ließ sich unlängst für ein dahin-siechendes Magazin im Bikini, wie man so sagt:»ablichten«, was ja nichts Bemerkenswertes ist; schließlich kann jeder drucken, was er will. Wenn jedoch mit der Photographierung von Stoff-Haut-Gemischen sozio-politische Ansprüche verbunden werden, sind wir schon wieder im Einzugsbereich des Gewaltbegriffs an-gelangt, welcher laut Brockhaus auch die *psychische Gewalt* durch *Schmerzzufügung* umfaßt, womit nicht nur das Abspielen von Rap- und Metal-Musiken vor Diktatorenpalästen, 2010-Agenden und jede öffentliche Zurschaustellung von Michel Friedman gemeint sind, sondern eben auch uschige Klirrschepper-Abrötungen wie die, es sei unbedingt nötig, sich als 59jährige im Bikini drucken zu lassen, weil *Frauen sich nicht eingraben dürfen, wenn sich irgendeiner eine 18jährige greift.*

Horrorszenarien entstehen vor dem inneren Auge: Eine Klassenparty im rauchwolkigen Isartal endet spätnachts damit, daß sich alle möglichen jungen Männer die eine oder andere 18jährige »greifen« oder umgekehrt, und schon rückt die weibliche Bevölkerung von Sendling und Thalkirchen mit Schaufeln und Spaten an, um sich stantepede und kollektiv einzugraben – spätestens am nächsten Morgen, wenn sich Rauchwolken und Teenage-Griller verzogen haben, böte sich dem zufälligen Betrachter ein Bild des Grauens.

Und da sagen wir: Na gut, wenn sich derartige Exzesse nur durch die Veröffentlichung von Uschi Glas und anderen Mergelgestängen im Bikini verhindern lassen, dann wollen wir das durchgehen lassen. Schließlich haben wir mit Autobahnen, Hammerschlachten und wilden Säuen schon Irrsinn genug am Hals.

Und mit dem Erwachsenwerden, übrigens. Darauf weist uns, ähem, jetzt ein neues, logisch: Magazin namens »Neon« im Untertitel hin. Und weil wir so etwas nicht lesen mögen, aber trotzdem wissen wollen, was Zwanzig- bis Vierzigjährige heutzutage als Erwachsenwerden-Ersatz und Lebensmuster so alles wissen sollen, begnügen wir uns mit einem Blick aufs Titelbild. Erstens: *Den Job sichern*, zweitens: *Sex und Videos*, drittens: *Terror in Deutschland*; und natürlich, wie man das seit FOCUS-Zeiten halt so hat: *Die 100 wichtigsten jungen Deutschen*. Die dann irgendwann einmal doch »erwachsen« werden und auf der soliden Grundlage von Arbeit, Videos und Terror ein natürliches Interesse für Autobahnen, Schrott und Uschi Glas entdecken. Ist es nicht schön, das Leben?

(Juli 2003)

Altfleischbrocken im Seichsud
der Zivilisationswüste

Wenn es Sommer wird und ist, geschehen im ansonsten das Jahr über (von den wochenendlichen Partisanenstürmen hetzender Fitneßfanatiker abgesehen) meist friedlichen Isartal geheimnisvolle Dinge: Während die dröhnende Hitze langsam ins nachmittägliche Koma hinüberdämmert, wallt ein düsterer Brodem auf, wolkt alsbald als stinkender Lindwurm von Grünwald bis zum Deutschen Museum und sondert dabei ekle Geräusche ab. Der erfahrene Anwohner weiß: Jetzt grillen sie wieder.

Eine kurze Einführung: Grillen – ansonsten die gängige Bezeichnung für die Zubereitung von Lebensmitteln durch Auflegen auf Metallgitter, die durch Holzkohle o. ä. auf eine weit über dem Pfannenüblichen liegende Temperatur erhitzt werden – meint hier nämlich etwas ganz anderes. Zunächst versammeln sich dickbebauchte Herren und bonbonbunt verpackte Damen um einen großen Haufen Holzbänke, Gerätschaften, Tupperkanister, Kühltaschen und Bierkästen. Diese Grundausstattung transportiert man sodann eimerketten- oder kolonnenweise ans Isarufer, wo in der beginnenden Mittagshitze eine Art kleiner Biergarten errichtet wird.

Ist dies geschehen, beginnen die Männer – wo es schon mal da und zudem so wunderbar magenverträglich warm ist – das Bier zu trinken und die Situation in Formel eins und Tour de France zu diskutieren sowie ernsthafte Erwägungen zur Transferpolitik des FC Bayern für die kommende Saison anzustellen, während die Frauen Thermoskannen mit lauwarmer Kaffeeplörre leeren, krähende Beschimpfungen bezüglich Nachbarn und Verwandten austauschen und sich über das wachsende Heer von nackten Körpern erregen, die ringsum zu anderem Zwecke lagern.

Ist es endlich heiß genug, schüttet der Grillführer mehrere Liter hochgiftiger Entzündungshilfe (mit sinnigem Namen wie »Husch« und »Fauch«) in den kohlegefüllten Grill, läßt das Ganze in einer ohrenbetäubenden Explosion anspringen, wirft das Eisengitter ins Inferno und bepackt es mit Glutamatzubereitungen aller Sorten und Klassen: »eingelegte« (d.h. durch chemische Behandlung notdürftig genießbar gemachte) Altfleischbrocken, geringelte, gebogene, rote, graue und sonstige Würste, Tomaten (die allerdings nie gegessen, sondern aufgrund ihrer hohen Hitzespeicherkapazität nur kurz in den Mund genommen und umgehend mit Ausrufen wie »Ah! Au! Zefix!« in den Kies gespuckt werden), Zwiebeln (dito, nur daß etwaige Verzehrversuche gleich ganz unterbleiben, weil niemand weiß, wie man das ißt und wozu) und ein paar Brotscheiben (die dazu dienen, die Feuersbrunst nach oben zu erweitern).

Nun wird mehr Bier getrunken (das derweil zwecks Warmhaltung in einer von Kindern vollgebrunzten Seitenarmpfütze abgestellt wird, von wo dann und wann eine Flasche davontreibt, an einem landschaftsarchitektonischen Findling zerschellt und Kindern, die so dumm sind, außer hineinzustrullen in der Kolibrühe auch noch baden zu wollen, die Fußsohlen zersägt); die Männer versammeln sich zum Schafkopfen am Holztisch, die Tiraden der Frauen werden lauter (hierbei sind gerne mal vorgemischte »Cocktails« und »Bowlen« im Spiel), durchzogen von gelegentlichem hysterischem Gekicher; das »Grillgut« verbrennt inzwischen brav in der chemischen Hölle und wirft stinkende Stickwolken in Richtung der eng zusammensitzenden Grillgesellschaft, die sich irgendwann (wenn alles »durch« ist) Pappteller und (manchmal) Plastikbesteck schnappt, die verrußten Trümmer mit Ketchup und Grillsauce überschüttet und sich bei dem Versuch, sie zu verzehren, von oben bis unten mit Fett und Klebzeug versaut. Schließlich – »Zum Glück hatten wir den Leberkäs und die Weißwürste zum Frühstück!« – wird die Restgrillade weggeworfen (in Richtung der verbliebenen Nackten und Kinder) und noch mehr Bier getrunken.

Dies führt, wie meist, zu kreativen Ideen: Zum Beispiel muß dringend ein Feuer her, um für ordnungsgemäßes Gemeinschaftsgefühl zu sorgen. Die Männer schwärmen aus, reißen Balken von Stegen, Brücken, Absperrungen und ehedem zum Zwecke der olympischen Volksertüchtigung errichteten »Trimm-Pfaden«, und im Nu ist ein Schwelbrand entfacht, der effektiver qualmt als ein explodiertes Müllkraftwerk und bisweilen schwitzende Männer in Uniformen einer Wachdienstfirma anlockt, die launige Belehrungen absondern, Unterschriften für den Erhalt des Deutschen Theaters sammeln und, falls es sich um Minijob-Exemplare handelt, gerne auch mal den restlichen Kartoffelsalat aufessen. Wenn dann endlich alle rauchvergiftet und restlos besoffen sind, schleppt man nach Entsorgung der leeren Bierdosen und -flaschen, Plastiktüten, Pappteller und sonstigen Unrats (»Wofür hat's denn da einen Fluß?«) sich und die Kühltaschen zum Parkplatz, gondelt heim und knallt sich vor die Glotze.

Wenn man genug Erfahrung und Frauen dabei hat, um solches tun zu können. Jüngere Griller, die der »Party-Fun«-Generation angehören, bleiben häufig gleich ganz hocken, schlafen mit versengten Klamotten im Seichsud ihrer Vergnügungsstätten und ziehen in der Morgenkühle schockgenüchtert und ziellos in alle Richtungen davon. Zurück bleibt ein verwüsteter Flußlauf und die erwähnten Giftgaswolken.

Ach so, was das alles soll? Eine interessante Frage.

(August 2003)

Rettet Ameise kein Irrenhaus, äh

Wer der Meinung anhängt, der Mensch sei die Krone der Schöpfung, hat es noch nie mit Insekten zu tun bekommen. Die wissen das besser. Nehmen wir einen ganz normalen Sommertag im Jahre 2003: Seit ungefähr acht Monaten hat es nicht mehr geregnet, die Hälfte der deutschen Menschenbevölkerung ist arbeitslos und rennt, sobald sie ihren Kaffee hinuntergeschluckt hat, hinaus an die Seen und Flüsse, liegt faul in Wiesen herum, läßt sich zur Bratwurst braten und den lieben Gott einen guten Mann sein. Abends schleppt das zweibeinige Gekreuch sich in die Biergärten, sodann zurück in die Behausungen, wo ein Fertiggericht mit Schinken und Käse verzehrt wird und der Fernsehkasten den neuesten Stand der Reformen verkündet. Tag Ende.

Mehr Sinnlosigkeit sei nicht denkbar? Irrtum! Während desselben Tages hat ein durchschnittlicher Käfer Millionen von Schritten hinter sich gebracht, ist also, auf menschliche Maße hochgerechnet, ziel- und planlos einmal um den halben Planeten getrippelt, ohne irgendwas zu finden, was ihn interessiert. Der Heuschreck ist fünfhundertmal in die Luft gesprungen, ohne vorher zu wissen, wo er landet; die Biene wollte sechshundertmal die gleiche leergesaugte Blüte noch mal leersaugen; der Schmetterling hat siebenhundert Kilowattstunden Energie damit verbraucht, na ja, herumzuflattern und lustig auszusehen; die Fliege ist achttausendmal gegen das Küchenfenster geknallt und kapiert immer noch nicht, was Glas ist; der Ohrenhöhler und seine Asselfreunde mußten neunhundertmal wild durch die Gegend rasen, weil irgendwer ihren Stein hochgehoben hat; der Holzwurm hat (auf menschliche Maße übertragen) fünf vollständige Wohnungseinrichtungen verzehrt und als Bröselstaub hinten wieder rausgebröselt, die Blattlaus Badewannen voller Saft geschluckt und als Zuckerwasser in die Gegend gesprüht; die Zuckmücke hat den ganzen Tag gezuckt und zugesehen, wie hunderte Artgenossen in den Augen von Radfahrern ihr Leben ließen; der Wasserläufer ist über den Teich gelaufen und wieder zurück und wieder hin und wieder zurück und wieder hin und nicht mehr zurück und hat zu spät gemerkt, was ein Frosch ist; die Wespe hat im Biergarten zwölf Wespenmaß Bier geschnorrt und durch betrunkenen Stacheleinsatz zwölf Kinder in schreiende Ventilatoren verwandelt und so weiter und so fort – jede denkbare wirre Betätigung wurde irgendwo von irgendeinem Insekt durchgeführt, und wenn es Insektenirrenhäuser gäbe, müßte man sich fragen, wer überhaupt noch als Aufseher übrigbliebe.

Wahrscheinlich die Ameisen; denn wenn es ein ordentliches Lebewesen auf der Welt gibt, das seine Zeit nicht mit Blödsinn verbringt, dann ist das die Ameise. Die arbeitet effektiv, zerwühlt systematisch den gesamten Beton- und Pflasterbestand des Münchner Nordens (den Süden wahrscheinlich ebenso), schleppt Zeug in den Haufen, baut Straßen, schafft Nahrung für die eierlegenden Fettmutanten heran, damit die Zukunftsfähigkeit gesichert sei, brunzt jedes Fremdinsekt, das sich dem Haufen nähert, mit Giftzeug voll und zerlegt es säuberlich, und das alles in irrem Tempo und reibungsloser Arbeitsteilung.

Die Ameise ist uns Menschen weit voraus, was die notwendigen Reformen angeht. Ein Blick auf einen anständigen Ameisenhaufen zeigt: Das ist Wachstum »pur«! Das hört erst auf, wenn außenrum kein Wald, keine Wiese und auch sonst nichts mehr ist, was man verarbeiten kann, und wenn es aufhört, sterben die Ameisen sowieso, dann ist es also wurst. So weit immerhin halten wir Menschen noch mit, aber jetzt kommen die Gewerkschaften ins Spiel, die dafür sorgen, daß Menschen für ihre Arbeit einen Lohn bekommen. Das ist, wie Ameisen wissen, absurd: Was sollte eine Ameise mit einem Lohn anfangen, wo sie doch eh keine Zeit hat, ihn auszugeben, weil sie die ganze Zeit arbeitet? Ohne Löhne gibt es auch keine Arbeitslosigkeit, und wer nicht arbeiten kann, weil er zu schwach oder zu alt ist, der stirbt halt; das fällt in den Bereich der Eigenverantwortung.

Ein weiterer Unterschied ist, daß die Fettmutanten, deren Mästung der ganze und einzige Zweck des Gemeinwesens ist, bei den Ameisen Eier legen und damit für weiteres Wachstum sorgen, während die menschlichen Fettmutanten für gar nichts gut sind (man stelle sich Ameisenfettmutanten vor, die ihre Eier auf

Schweizer Konten bunkern!). Außerdem können sich Ameisenarbeiter völlig frei aussuchen, welchem ihrer identischen Fettmutanten sie den erarbeiteten Nahrungsbrei einflößen. Dafür brauchen wir aus unerfindlichen Gründen immer noch Wahlen, und weil man Wahlen gewinnen muß, werden »Wahlkämpfe« geführt, über die Ameisen bloß den Kopf schütteln: Was das kostet! Das ganze Geld könnte man doch gleich den Fettmutanten geben, anstatt ein paar identische Typen zu wählen, die das erledigen! Und die müssen sich dann auch noch »Argumente« ausdenken: »Mehr München! Für Bayern!« (wg. Haufenwachstum), »Gut daß es Bayern gibt!« (weil sonst die Frankfurter den Föhn hätten) und »Rettet Schwabing keine Tram« (auch mit Fragezeichen unerklärlich).

Mehr Mühe gibt sich ein Münchner Landtagsabgeordneter, der so richtig in die »Themenkiste« gegriffen und die erhaschten Findlinge auch noch in eine griffige Serie eingebaut hat: »Wörner macht Frühstück!« – wir schließen messerscharf, er wolle an die Tatsache anknüpfen, daß jeder zweite deutsche Pflegeheiminsasse unterernährt ist. Folge zwei: »Wörner macht Raum!«, präzisiert durch die schlagende Erkenntnis: »Wohnen muß nicht teuer sein!« – wir fragen atemlos: Warum ist es denn dann so teuer? Weil die Mieten so hoch sind! Ein leuchtender Moment reinster Erkenntnis! Binse drei: »Wörner macht klar!« – dazu erfahren wir gleich zwei donnernde Einsichten: »Wasser ist keine Ware!« (mag sein, aber nicht mehr lange, dann werden sich SPD, CDU, CSU und noch ein paar Parteilinge auf einen »Kompromiß« in Sachen »General Terms of Trade in Services« oder so einigen und Wasser zur Ware machen) sowie: »Saubere Luft!« Das nun bedeutet schlicht gar nichts, denn erstens wird keine deutsche Regierung jemals den Autoverkehr und sein stetiges Anschwellen nicht mehr für die Grundlage von überhaupt allem halten, und zweitens fehlt da was: »Saubere Luft gut!« oder »Rettet Schwabing keine saubere Luft?« oder irgendwie so.

Gut, daß Ameisen nicht lachen können. Sie kämen zu nichts anderem mehr.

(September 2003)

Konsumdrill unter Fettdampfwolken

»HL-Markt, miniMAL und REWE laden Jung und Alt ein!« – einmal jährlich zu »Happy Family« auf der Münchner Theresienwiese, wo es dann »einen Tag voller Spiel und Spaß« geben soll, der hauptsächlich darin besteht, Produkte zu kaufen. Ein Spaziergang in der Kauf-Hölle.

Auf dem Boden liegt eine alte Zeitung und schreit: »Rasierter Affe als Baby verkauft!«. Obwohl diese Meldung nirgends so gut herpaßt wie hier, verhallt sie ungelesen. Man ist nicht gekommen, um etwas zu erfahren, sondern um zu erwerben, und nicht »etwas«, sondern: so viel wie möglich. »Happy Family« ist »Das Paradies für Schnäppchenjäger«: »Super Angebote zu supergünstigen Preisen«! »Gewinnen Sie drei Autos!« Kein Wunder, daß die Theresienwiese gefüllt ist wie sonst nur am finalen Oktoberfest-Sonntag.

Es ließe sich darüber nachdenken, ob eine Veranstaltung wie diese, zu der drei »Waren-Discounter« geladen haben, eine Art bayerisches Friedensangebot in Sachen PISA ist, denn was hier an potentiell verblödenden Botschaften auf den Nachwuchs geböllert wird, übersteigt jedes denkbare Maß. Aber zum Nachdenken kommt man nicht, denn man geriete in Gefahr, totgetrampelt zu werden. »Wenn die Frau mal nervt: eine praktische Handkreissäge!« brüllt es links. »Ich will zehn nackte Friseusen!« dröhnt es rechts. Dort werden von einer LKW-Ladefläche riesige Beutel voll mit Beuteln voller Knabbersubstanzen verkauft; man drängelt sich, gibt auf Kommando »bißchen Applaus«, läßt sich mit bedruckten Mützen und anderen Textilien (die man sofort anlegt, um sich gewissermaßen selbst in ein Produkt zu verwandeln) sowie kleinen Plastikschachteln ungewissen Inhalts bewerfen. Auf die Frage, was sie da kaufen wolle und was es koste, weiß eine junge Frau weder das eine noch das andere, reckt aber weiterhin mit leerem Blick ihren Geldschein dem Verkaufsanimator entgegen, der aussieht wie eine sprechende Chips-Tüte und über die »Moos hamma! Schee samma!«-Beschallung hinweg verkündet, es gehe »jetzt los, hier!«

Von ferne ähnelt das Billig-Spektakel einer nordamerikanischen Vorstadt, wie man sie aus kulturpessimistischen Bildbänden kennt, umrahmt von kulturpessimistischen Essays, die doch bisweilen eine gewisse Bewunderung oder Frappierung nicht verbergen können angesichts des titanischen Ausmaßes der Verwüstungen, die der Konsum anrichtet, und ihrer schreienden Sinnlosigkeit. Begibt man sich (auch der Münchner Oberbürgermeister Ude als »Schirmherr« kann den Dauerregen nicht verhindern) in eines der »Schnäppchen-Zelte«, wird man jedoch sofort Teil einer Gemengelage aus Körpern, Müll und Gebrüll, wie sie Hieronymus Bosch nicht ärger erträumen hätte können. Natürlich, denkt man: Hier kriegen die verbliebenen Normal-Münchner, die sich noch nicht von New-Economy-Ferraristen in Betonschachtel-Schlafstädte zwischen den Autobahnkreuzen am Alpenrand vertreiben haben lassen, mal was für ihr Geld.

Aber das meiste, was die Leute da kaufen und auf geliehenen »Bollerwägen« (deren Leihgebühr jedem Preisvorteil Hohn spricht) durch die Gegend karren, ist nicht billiger als sonst und zur menschlichen Ernährung oder Lebensgestaltung sowieso unbrauchbar: In erster Linie erwirbt man Plastik in Form aller möglichen Behältnisse, die mit Mehl-Fett-Glutamat-Gemisch, Milchpulverderivaten, bunten Industriezuckerlösungen und all dem Zeug gefüllt sind, das jeder kennt, der schon einmal eine Müllkippe gesehen hat, und das sich höchstens für ein Ratespiel eignet: Was könnte ein »Quickzelt« sein, eine »Dreibein-Liege«, ein »Svengeti-Set«, ein(e) »Cool-Bug«? Im »Frische-Paradies«, wo man sich um Alpen von Melonen tummelt, gibt es »Wraps mit Salat« – ein Häufchen Mehl-Wasser-Teig mit Gemüse-Öl-Pampe zum Preis einer ganzen Pizza. Beim Anblick der Übergewichtigen, die das Zeug in der freien, bloßen Hand halten und sich in die Mundgegend schmieren, kommt der Gedanke an die Motten und Nachtfalter, von denen man sich an Sommerabenden immer schon gefragt hat, warum sie eigentlich so stur und beharrlich ins Licht drängen, sich dabei stoßen und zerrupfen und verbrennen und endlich verenden: Müßte man nicht lediglich das Licht löschen, um ihr Leben zu retten? Ein Stand namens »Hitgarantie« verscheuert »Shitparade«-CDs für fünfzehn Euro, eine Toastbrot-Bude nölt mantraartig: »Das ist ja sagenhaft heute hier, Tüte für Tüte sagenhaft, also seien Sie dabei, machen Sie mit!«

Das ist die Botschaft: Ohne euch geht es nicht, ihr müßt kaufen, kaufen, kaufen, damit Deutschland vorankommt und ein »Wachstum« und ein »Aufschwung« kommt. Selten treten Verzweiflung und Aggression, die sich des Kapitalismus bemächtigen, sobald es darum geht, die produzierten Produkte gegen Geld einzutauschen, so nackt und konkret zutage wie in jenen Momenten, wenn die Opfer unter sich sind: Die einen müssen das Zeug loswerden, um ihren Job und damit den Lebensunterhalt nicht zu verlieren; die anderen stehen unter dem hypnotischen Zwang, jede Gelegenheit auszunützen, Waren für einen geringeren Preis als üblich zu erwerben, selbst wenn es Waren sind, die keinen wirklichen Wert haben und die sie eigentlich gar nicht wollen. So schreien die einen mit kaum überspieltem Abscheu in die überforderten und angesichts der Zumutungen mürrischen, mißtrauischen Gesichter der anderen, während jene ganz anderen, die das Geld, das bei dem perversen Rummel übrigbleibt, abschöpfen, unsichtbar bleiben hinter der Kulisse von Lärm, Gestank und grellen Farben und doch alles irgendwie steuern.

Die frischgebackene Besitzerin eines blauen, in Folie eingeschweißten Plastikkübels mit der Aufschrift »Badartikel« erklärt auf Nachfrage, »so was« könne »man immer brauchen«, weiß aber nicht zu sagen, wofür. Aus dem gigantischen Lautsprecher im Zelt tönt eine herrisch motivierende Stimme, draußen mache es »plantschi-plantschi«, empfiehlt aber unverdrossen Plantschbecken für fünfunddreißig Euro und (kann das wirklich sein?) ein »Gerede-Set«. Dann setzt wieder die Frohsinns-Beschallung ein: »Wir wollen Party, Palmen, Weiber und ein Bier, darum sind wir hier!« Eine alte Frau, die kaum so groß ist wie ihre drei Tüten, murmelt den Text mit unwillkürlich wippendem Oberkörper leise mit, erst bei »Der schönste Schlaf ist doch der Beischlaf!« verstummt sie, steht wieder still und starrt in den trübgelben Regen hinaus, als überlegte sie, ob es sich lohnen würde, eine Lungenentzündung zu riskieren, um wenigstens bis zum Rand der Theresienwiese zu entfliehen. Die blecherne Stimme krakeelt derweil weiter zum Umz-umz-umz: »Es gibt fünzigtausend Weiber, die haben einwandfreie Leiber, doch ich sag no!« Kaufen macht, die ohrenbetäubende Hit-Wumme hämmert es uns unablässig ein, »sexy«, »happy«, »lucky« und zwar »all over the world«. Da aber Konsumieren an sich ein unnatürlicher und wenig erheiternder, sondern peinlicher Vorgang ist, der das Schamgefühl ähnlich anspricht wie körperliche Ausscheidungen (weshalb zu seiner spaßhaften Ausübung ähnlich ausdauernde Trainingsbemühungen nötig sind wie etwa zum fröhlichen Kollektivkotzen), wird zwischendurch Spaß gehabt, daß sich die Wies'n biegt. Kinder dürfen zu Tumpfgedröhn auf monströs blinkenden Bühnen Jennifer Lopez imitieren, Plastikkugeln über eine Plane rollen, beim »Todessprung« mit Rollschuhen über Bierbänke zuschauen und sich fragen lassen, wie sie drauf sind (»Ja was! Das muß lauter gehen!«). Und vor allem: hüpfen, hüpfen, hüpfen. Das, so weiß man, tut der Entwicklung gut; damit diese nicht auf die schiefe Bahn gerät, warnt die Polizei im eigenen Zelt per Faltblatt vor Alkohol und Ecstasy, empfiehlt: »Be hard!« und läßt zu diesem Zweck die Kleinen schon mal kräftig am Motorradgasgriff drehen. Etwas Ältere lassen sich am »Topspin«, einer Art Waschmaschine für Menschen, willig kreischend schleudern und spülen, danach erbricht man die Bratwurstsemmel hinter die Laster der Müllabfuhr, die abseits des Geschehens geduldig warten, in der Gewißheit, daß ihre Stunde kommt. Vielleicht denken etwas ähnliches auch die Mitarbeiter der »Münchner Suppenküche Tischlein Deck Dich«, deren Stand gänzlich unbeachtet in der Gegend herumsteht. Nebenan preßt sich einer in ein Filzkostüm, um dem blaugelben Nilpferd-Abkömmling zu ähneln, der auf der Hüpfburg thront, wahrscheinlich nicht den verblichenen Jürgen Möllemann darstellen soll und es seltsamerweise trotzdem tut. Und hinter der »Oberpfalz-Festhalle«, aus der brechreizerregende Schwaden von Fettdampf quellen, steht ein Einsamer am Restmüll-Gitterbehälter, klammert sich an die Bierdose und verkündet per T-Shirt: »Wir haben fertig!« Während das vielstimmige und dennoch schauerlich monotone »Ein verrücktes Einkaufen hier! Total optimal hier! Sagenhaft! Heute! für! nur!«-Gebell wie ein Chor von Geisterstimmen durch den Kopf hallt, nähert sich der Beobachter dem Rand von Konsumgewühl und Fassungsvermögen und denkt in unwillkürlicher Pluralisierung: Wir auch.

Wer konsumiert, bricht keine Gesetze, und so gibt es wenig zu melden für die Polizisten, die mit einer berufsspezifischen Form von Gemütlichkeit in Kleingruppen durch die Massen schlendern: »Bloß paar vermißte Kinder.« Für die steht am Ende des Geländes das einzige Zelt, in dem jemand ohne Profit- und Reklameabsicht etwas loswerden möchte: die Kinderfundstelle. Daneben die Pressestelle, deren zwangsfröhliche Mitarbeiterin hemmungslos lügt: »Bis jetzt alles ruhig!« Und ganz hinten, wo die Theresienwüste in kiesiger Öde nach dem Münchner Westen ausläuft, ragt einsam die »Hauptbühne«, auf der im strömenden Regen ein paar Kinder zu müdem Norm-Hip-Hop-Tralala gedrillte Synchronbewegungen durchführen.

Zurück ins anarchische Gewimmel, in die Ursuppe der Konsumwirtschaft, die der Pesthauch glutamatisierter Dönerbrennerei durchweht. Und dort, umgeben von gehetzten Fratzen, verzweifelt weinenden Kindern und Plastiktüten, die aneinandergelegt wahrscheinlich bis zum Jupiter reichen würden, ist der Reporter plötzlich selbst den Tränen nahe und flieht, vorbei an heulenden Rettungswägen und unablässig herandrängenden Herden von Kaufwilligen, in angebots- und nachfragefreie Gefilde.

(7. Juli 2002, Münchner Seiten/FAS; bislang nicht in Buchform erschienen)

Die wundersame Wiederkehr
der Katzenschrulle

Katzen sind eine immens lohnende Anschaffung. Es geht nichts über den Anblick eines total leistungsunwilligen, stinkfaulen und an keinerlei Wachstum und Innovation interessierten, traumselig vor sich hindösenden, leise schnurrenden Tiers, dessen augenscheinliche Totalzufriedenheit man auf nichts anderes zurückführt als auf das eigene wohltätige Wirken als Doseninhausträger usw. Das Funktionieren des Kapitalismus beruht auf der Erzeugung von Existenzängsten – der Mensch muß ununterbrochen denken: »Oh Gott! Ich muß mich noch viel mehr anstrengen, sonst ist alles zu spät!« Betrachtet man eine Katze, die sich im sonnigen Hof im Staub wälzt und umgehend einschläft, weiß man: Alles Schwindel! Alles egal! Ohne Katze ist daher das Leben im Kapitalismus für vernünftige Menschen unerträglich.

Unser alter Kater hieß Ballou, war schwarz und nicht mehr der Jüngste. Wer nicht mehr der Jüngste ist, entwickelt bisweilen Schrullen. Das Entwickeln von Schrullen war Ballous Lieblingsbeschäftigung; die meisten davon hatten irgendwie mit Geräuschen zu tun. Er antwortete auf das erste morgendliche Klicken des Weckers unmittelbar mit einem dringenden Murrbrummen, das sich, wenn man nicht sofort aufstand und den Napf füllte, in kurzer Zeit derart steigerte, daß man glauben mochte, man habe es mit einem ganzen Teich voller brünftiger Monsterfrösche zu tun. Die allnächtliche Auseinandersetzung mit dem Nachbarhauskater (bzw. einem Phantom) endete regelmäßig mit einem Triumphgeheul, das sich anhörte wie das Wehklagen hundert verhungernder Folteropfer in einem Tiefkeller der heiligen Inquisition. Seit er sich an das Prrrrscht!-Geräusch des Wassersprudlers gewöhnt hatte, hatte sich Ballou zudem nicht nur daran gewöhnt, sondern imitierte es bei jeder Gelegenheit mit einem explosionsartigen Schneuzen, um auf die Nachfüllbedürftigkeit seines Napfes hinzuweisen (der für gewöhnlich sofort nach dem morgendlichen Wassersprudeln gefüllt wurde). Demselben Zweck diente das Trommelkonzert, das in stündlichen Abständen auf dem Plastikdach der Klokiste veranstaltet wurde, sowie das hooliganmäßige Herumschleudern besagten Napfes in der gesamten Küche und so weiter und so fort – es war ein fröhliches Lärmen.

All diesen Marotten und Macken (auch der, sich sichtdeckend vor den Fernseher zu setzen und sofort nach der Vertreibung dem liegenden Menschen um den Hals zu wickeln sowie »Spielzeuge« (auch Mäuse und Vögel bis Taubengröße) in Schuhe zu versenken und dort zu vergessen, um dann mit gelassener Heiterkeit die Reaktionen der Menschen – vom überraschten Kitzel-Hihi bis zum Entsetzensschrei – zu registrieren) begegneten wir Menschen zumeist mit gutmütiger Nachsicht, denn Ballou hat manches mitgemacht – vom Verlust des linken Auges über linksseitige Kahlheit (wg. winterlichen Schlafens auf dem voll aufgedrehten Gasofen), kleb-eitrigen Totalschnupfen nebst Abmagerung bis zum Skelett bis zum zeitweiligen Exil in der fernen Vor-Vorstadt –, und außerdem kam er seinen Aufgaben als Ein-Mann-Wachpatrouille pflichtbewußt nach, war im großen und ganzen oft hübsch anzusehen und gewöhnte sich in höherem Alter sogar weitgehend ab, lieben Gästen mit energischen Bissen die »Mei, ist der süß!«-Sprüche in den Hals zurückzutreiben.

Vor einiger Zeit nun entstieg einem harmlos aussehenden Korb, den die beiden unberechenbaren Wohnungsmenschen im Wohnzimmer abgestellt hatten, etwas Unfaßliches: ein zweiter Kater! der nicht nur von den Versorgungsbeauftragten unter Mißachtung aller älteren Rechte ebenfalls mit Futter versorgt und gestreichelt wurde, sondern sich aufgrund seines deutlich infantileren Alters auch umgehend anschickte, den weisen alten Ballou für ein etwas mißratenes Spielzeug zu halten, über das man am besten hochmütig hinweghüpft, wenn es auf diverse Animationsversuche nicht reagiert hat, dem man ansonsten die Vorräte aus dem Napf frißt und dessen Klokiste man exzessiv vollscheißt (damit die eigene hübsch sauber bleibt). Der Eindringling heißt Kasimir und nahm aufgrund der neuen Gewohnheiten schnell die ungefähre Form eines Niederflurbusses der Linie 54 an, was dazu führte, daß das anfängliche Spektakel ebenso rasch verpuffte und die zufriedenen Katzeneltern den harmonischen Anblick zweier pelziger Fladen genießen konnten, die dreiundzwanzig Stunden am Tag wechselnde Wärmeplätze bevölkerten und nicht eine einzige Bewegung ausübten.

Dann kam – obwohl wie stets niemand mehr ernsthaft damit gerechnet hat – der Frühling, da öffnen sich Blüten und Fenster, und da den Tieren nun neben ihren inhäusigen Schlafplätzen auch noch ein Hof zur Verfügung stand, dauerte es ein paar Tage, bis der jugendliche Kasimir unter des erfahrenen Ballous gütigen (oder, je nach Perspektive, desinteressierten) Blicken herausgefunden hatte, daß man auch dort am besten seine Zeit mit Ruhen, Dösen, Schlafen, Schlummern usw. verbringt. Ach, welch Frieden! welch erholsame Ruhe für die Menschen, die nun nicht einmal mehr die Klokisten säubern mußten, weil säuberliche Tiere brav in ferne Nachbarhöfe scheißen!

Aber es dauert eben das meiste Schöne immer nur eine Weile. Dann kam die Amsel, schrie beim Anblick der dösenden Katzen los wie eine mandelentzündete Feuerwehr, was der amselschimpferfahrene Ballou wie gewohnt mit hysterischem Keckern, Zischen und Heulen beantwortete, woraufhin sich der jugendliche Kasimir vor Angst unters Sofa verkroch, und wenn das Inferno eine Weile so ging, fragte ich mich, ob es wirklich vernünftig ist, aus kreatürlichem Mitgefühl auf den Verzehr von ins Feuer gehaltenen Tieren zu verzichten und ob man sich nicht lieber langsam daran machen sollte, ein paar raffinierte Rezepte mit Katzenfilet und Amselsteak zu ersinnen und umgehend auszuprobieren. Aber ach, sie können ja nichts dafür, alle miteinander; man gewöhnte sich eben seine Sonderschrullen und Spezialmarotten an und wird sie dann nicht mehr los.

Nun ist das Leben nicht endlos; bald nach Kasimirs Einzug raffte ein Krebsleiden den armen Ballou dahin. Schrecken und Trauer waren so groß, daß sich erst nach einem guten Jahr ein gewisser Trost einschlich: Immerhin, so dachten wir, hat der kleine Kasimir die meisten der Schrullen und Marotten seines nicht mitbekommen, und selbst wenn er eines Tages eigene entwickelt – so schlimm werden sie schon nicht sein. Das Leben ist aber auch rätselhaft und voller Wunder: Zwar bleibt nun das erste Klicken des Weckers unbeachtet, aber sobald ein Mensch die Küche betritt, ertönt das gewohnte dringende Murrbrummen, unmittelbar nach der Fütterung gefolgt vom Trommelkonzert auf dem Klokistendeckel und der Versenkung diverser Spielzeuge in Schuhen. Dann knallt sich der mittlerweile erwachsene Kasimir in den Hofstaub zum gegenseitigen Bekeckern mit der Amselbande, bekämpft an der traditionellen Zaunstelle Phantome von Nachbarhauskatern, um sich abends schließlich vor den Fernseher zu setzen und sofort nach seiner Vertreibung von dort einem Menschen um den Hals zu wickeln. Es fehlen noch ein paar Details (er schläft nicht auf, sondern unter dem Ofen, und extreme Jaularien sind bislang ebensowenig ertönt wie Wassersprudler-Imitationen), aber die Botschaft ist unmißverständlich: Die Welt ist ein Kreislauf, alles wiederholt sich, Fortschritt ist ausgeschlossen. Das Leben im Kapitalismus wäre für vernünftige Menschen auch ohne diese Einsicht vielleicht erträglich. Aber nicht so gemütlich, irgendwie.

(Mai 2004)

Schwabinger Krawall: In Kreisen

Am Freitag hat der Jackie den Franz Beckenbauer getroffen. Der hat »Also, hallo, gell!« gesagt und war wieder weg, aber es war bestimmt der echte Kaiser, und dabei hat der Jackie mit dem eigentlich nichts am Hut, mit überhaupt niemandem, genauer gesagt, denn ursprünglich wollte er diesmal ja bloß die Jacqueline treffen und ihr ein paar Sachen erläutern, mal Tacheles reden eben. Auf der ersten Party war die Jacqueline aber nicht, auf der Kulturgala auch nicht, beim Grafenempfang auch nicht, beim Benefizdingsbums erst recht nicht (weil da die Violetta war), und so ist er schließlich in diesem Lokal gelandet, wo dann die Jacqueline auch nicht war, dafür aber der Beckenbauer.

Weil der Jackie sich weder für den noch für die anderen da interessiert hat, wollte er gleich wieder weg, aber da war er auf den Hubsi angewiesen, weil der das Auto dabeihatte, und der Hubsi wollte erst mal noch ein bisserl ratschen, und dabei hat der Jackie erfahren, daß der Gauweiler jetzt angeblich doch wieder schwul ist, der Moshammer keine Prostata mehr hat, dem Hoeneß sein Sohn wahrscheinlich auf den Strich geht, der Beckstein aus Versehen seine eigene persische Geliebte ausgewiesen hat, die Uschi Glas neuerdings ziemlich schluckt (wegen dem Gauweiler), dieser eine Discjockey aus dem Kunstpark zwei Kilo Koks unter seinem Ikeabett lagert und der Ferrari-Schorsch ein Depp ist, genaugenommen. Dann wollte der Hubsi aber doch nicht zu dieser Premierenfeier, sondern lieber in eine Bar, die der Jackie noch gar nicht gekannt hat, weil sie eigentlich erst am nächsten Freitag eröffnet, für das Volk.

In der Bar war die Jacqueline auch nicht, obwohl sie angeblich dort gewesen ist, dann aber weiterwollte, zehn Minuten vor dem Eintreffen von Jackie, Hubsi und den drei Hasen, was ja vielleicht sogar ein Glück war, weil der eine Hase inzwischen ziemlich einen sitzen hatte, den Hubsi nicht mehr mögen wollte und sich schon im Auto ganz schön an den Jackie drangehängt hat. In der Bar hat der Jackie dafür einen Typen von der Zeitung kennengelernt, der noch nicht genau wußte, ob er jetzt für Focus,

die Bunte oder Glamour schreibt, weil man ja flexibel sein muß
mit heiklen Themen, und der Typ hat dem Jackie erzählt, daß
mindestens die Hälfte von dem, was er in dem Lokal erfahren
hatte, eine Falschmeldung ist und die andere Hälfte stark unter-
trieben. Und dazu hat ihm der Typ zwei Gläser Sekt schluck-
weise übers Hemd geschüttet, aber weil es so eng war, konnte der
Jackie nicht weg, außerdem hat ihn der Typ sowieso am Arm
festgehalten und ihm noch einen Haufen Zeug von jungen
Filmstars reingedrückt, die der Jackie alle nicht kannte, weil sie in
Soaps mitspielen, die zu einer Zeit laufen, wo der Jackie noch gar
nicht auf ist. Der Hubsi war dann plötzlich verschwunden; der
Typ hat dem Jackie erzählt, daß der Hubsi Aids hat und in
Wirklichkeit Ingo heißt; dann war der Hubsi wieder da, aber sein
Auto abgeschleppt, in dem Schuppen in der Marktstraße kannte
der Hubsi den Türsteher nicht (angeblich sei der Carlo im
Gefängnis), auf der Verona ihrem Geburtstagsfest waren bloß
Studenten und Nasen, der Renato hatte zu, also landeten der
Hubsi und Jackie in einer Galerie hinter der Uni, wo zwei von
den drei Hasen auch wieder auftauchten und der Jackie (weil der
Hubsi schon wieder verschwunden war) einen dicken Kerl von
einer anderen Zeitung vorgestellt bekam, dem er sämtliche
Geschichten vom ganzen Abend auf einmal ins Ohr schwallte,
allerdings ziemlich durcheinander. Der Kerl war trotzdem be-
geistert und sagte, der Jackie passe genau zu seinem Look and
Feel und ob er nicht gleich sein Reporter werden wolle, was dem
Jackie jetzt auch schon egal war. Dann bestellte sich der Kerl am
Telephon zwei Pizzas und wurde wegen irgendwas von der
Polizei abgeführt, und irgendwie ist der Jackie dann am Ende in
der Wohnung von dem einen Hasen gelandet und am
Nachmittag aufgewacht und hat aus dem Fenster geschaut und
die Schellingstraße gesehen.

Und weil er ja jetzt Reporter ist, hat sich der Jackie dann bei dem
Hasen in die Küche gesetzt und wollte alles aufschreiben, was er
erlebt hatte, aber es ist ihm nichts mehr eingefallen, und das war
ihm dann auch egal, weil es gab ja auch noch einen
Samstagabend, da ist sowieso mehr los.

Schwabinger Krawall: Warm, irgendwie

Der Sommer ist Frau Hammler schon lieb, lieber als der Winter, wo sie schneeräumen, Eiszapfen abschlagen und über mordsgefährliche Schlitterwege zum Einkaufen tippeln muß. Aber es hat alles seine Grenzen, und ihre liegt knapp über dreißig Grad.

Ob er schon einmal erlebt habe, daß die Milch durch Tasche und Flasche hindurch sauer geworden ist, fragt sie ihren Mann, der vor dem Fernseher sitzt, wo er seit Wochen seine Vormittage verbringt. Ob die denn in dem Geschäft keine Kühlung haben, fragt Herr Hammler zurück. Natürlich, aber das Kühlregal könne sie ja nicht gut mit nach Hause schleppen, und das sei immerhin ein ganz schöner Weg und sie könne nichts dafür, daß in der näheren Umgebung alle Milchgeschäfte in Telephonläden umgewidmet worden seien und jetzt gehe sie aber nicht noch einmal los, um eine neue Milch zu holen, die dann gleich wieder sauer werde. Sie solle ruhig sein, sagt ihr Mann, denn jetzt gebe es einen Freistoß für Japan; und sie fragt, seit wann er sich bitteschön für Japan interessiere, auf das er doch immer bloß geschimpft habe, wenn er die Gebrauchsanweisung nicht lesen habe können, aber jetzt schweigt er, stößt dann ein ruckartiges Geräusch aus, und Frau Hammler begibt sich in die Küche, um die Milch mit Natron aufzurühren, und schimpft derweil weiter, sie halte das Geschrei der Kinder auch bald nicht mehr aus. Die hätten eben jetzt Hitzefrei, grummelt ihr Mann von drüben, da habe sie als Kind sich doch auch gefreut wie ein Schneekönig.

Das sei ein Witz, schreit Frau Hammler, inzwischen gebe es doch wohl Ventilatoren, und man hätte doch ordentliche Schulen bauen können in der Zwischenzeit, anstatt die sowieso zügellose Brut nackig auf der Straße herumrandalieren zu lassen, und wenn das so weitergehe, mache sie eine Angabe beim Ministerium. Ihr Mann sagt, Hitzefrei sei nun einmal Tradition, und außerdem heiße das Eingabe und er sei ja gespannt, bei welchem Ministerium sie eine solche machen wolle und wie. Er habe es gerade nötig, an ihrer Sprache herumzumäkeln, brüllt sie, wo er sich den ganzen Tag diese Fußballer anschaue, die überhaupt des

Sprechens nicht mächtig seien und Sachen sagten wie »Der FC Tirol hat eine Optalidon auf mich« und »Ich sage nur ein Wort: Vielen Dank!«

Ersteres heiße erstens Obstruktion und sei ein Scherz gewesen und letzteres gar kein Fehler, sondern es gebe Worte und Wörter und dazwischen einen Unterschied, schreit nun auch Herr Hammler, und er habe ja wohl genauso wie alle anderen das Recht auf eine Fußball-WM. Und Frau Hammler schreit, die Ministerin kenne sie sehr wohl, das sei die vom Strauß, und er solle jetzt endlich eine Ruhe geben, und jetzt sei ihr sowieso die Milch zu weit aufgebraust und die könne sie wegschütten und er solle selber sehen, wie er morgen seinen Kaffee trinke und er könne sich ja einen Romadur hineinrühren ihretwegen und ihr sei jetzt aber auch schon alles egal und sie ziehe sich jetzt auch nackig aus und renne auf die Straße, und er schreit, das solle sie nur tun, dann sei endlich Ruhe, und er trinke jetzt ein Bier. Soweit komme es noch, brüllt sie, und er brüllt zurück, genau, soweit sei es schon und jetzt sei überhaupt alles zu spät und Japan draußen, und sie schreit, das wisse sie schon, weil gerade der Herr ?? aus dem dritten Stock auf die Straße gerannt sei und dort einen Veitstanz aufgeführt und sich jetzt aber zum Glück in seiner Fahne verwickelt habe und in den Rinnstein geflogen sei und da könne der Sanker dann die Frau Reibeis auch gleich mitnehmen, die seit vorgestern einen Hitzschlag habe und die ganze Nacht in die Klolüftung hineinstöhne.

Da, endlich, tut es in der Ferne, bei Feldmoching, einen dumpfen Knall, und dann noch einen bei Milbertshofen und einen dritten ungefähr in der Schleißheimer Straße, und dann öffnen sich die Schleusen des Himmels und es klatschen die Wassermassen herunter, und Frau Hammler sitzt am Küchentisch und weint, aber man weiß nicht, ob es wegen ihrer Wäsche ist, die im Hof hängt, oder einfach so, und in das Rauschen und Wehen hinein sagt ihr Mann ein lautes »Ja!«, und dann steht er in der Küche und fragt, ob sie schon beim Einkaufen gewesen sei. Und sie sagt, ach, sie sei ja so froh, wenn das alles vorbei sei, und er fragt nicht nach, was sie meint.

Weitere Titel der Edition B⬛D

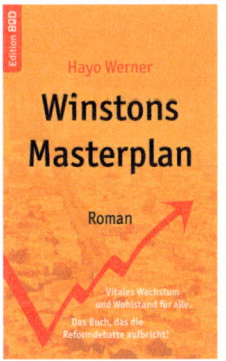

Hayo Werner: Winstons Masterplan

ISBN 3-8334-2019-7, Pb, 176 S., € 14,90

Auf unterhaltsame Weise entwickelt Erfolgsunternehmer Hayo Werner in seinem Debütroman eine faszinierende Vision, mit der die brennenden wirtschaftlichen Probleme unserer Gesellschaft gelöst werden könnten. Ein fesselnder Wirtschaftsroman, der spannende Unterhaltung garantiert.

Frank Grutza: Ach Nora...

ISBN 3-8334-1180-5, Pb, 112 S., € 7,50

In vierzehn humorvollen Geschichten fantasiert, kämpft und philosophiert sich der Berliner Autor Frank Grutza durch den Alltag. Immer an seiner Seite Nora, das faszinierende Pendant zu diesem skurrilen, leicht verrückten Helden. Von der Berliner Lesebühnen-szene gefeiert – jetzt als Buch.

Reinhard Krumm: Isaak Babel – Schreiben unter Stalin. Eine Biographie

ISBN 3-8334-2780-9, Pb, 244 S., € 13,90

Isaak Babel erlangte in den zwanziger Jahren mit seinem Buch "Die Reiterarmee" schlagartig Weltruhm. Unter Stalin ermordet, blieb ihm der Nachruhm verwehrt. Die weltweit erste umfassende Babel-Biographie schließt eine schmerzliche Lücke und schildert einen beispiellosen Lebensweg.

außerdem von Michael Sailer erhältlich:

Eure Armut kotzt mich an. *Belästigungen 1–30*

176 Seiten. ISBN 3-89811-792-8

In Wahns Welt. *Belästigungen 31–60*

180 Seiten. ISBN 3-3811-2727-1

Einladung zur Enthirnung. *Belästigungen 61–100*

184 Seiten. ISBN 3-8330-1085-1

Der Untergang des Laberlandes. *Belästigungen 101–166*

264 Seiten. ISBN 3-8334-2803-1

»Selbst der mit Münchner Verhältnissen oder besser Dubiositäten nicht vertraute Leser muß seine helle Freude an den schonungslosen Bösartigkeiten (das ist ein Synonym für Wahrheiten) haben, mit denen Sailer um sich wirft. Wer Michel Friedman – ohne Angst zu haben, in den Verdacht des Antisemitismus zu geraten – den ‚führenden deutschen Produzenten überkandidelten Hochstich-Schwachsinns' nennt oder von dem inzwischen schon wieder fast verdunsteten Benjamin von Stuckrad-Barre sagt, er sehe aus wie ein ‚Deutschländer Würstchen im Schröder-Anzug', wer von dem unsäglichen Modewurzel Rudolph-Pe-Ha-Moshammer als ‚Naturkatastrophe' spricht, kann kein ganz schlechter Mensch sein, ein schlechter Schreiber schon gar nicht. Ich kann nur dringend empfehlen, diesen Michael Sailer auf seiner Un-Sinn-Suche zu begleiten; allein die Erfindungsgabe dieses Mannes für stets neue und überraschende Bezeichnungen für das, was uns die sich verdächtigerweise Nahrungsmittel-Industrie nennenden Fastfood-Barone als vorgeblich Eßbares servieren, verdient höchstes Lob. Wie gesagt, man sollte sich nicht von der Lektüre abhalten lassen, weil man, münchenfremd, manche Anspielungen nicht mitbekommt. Es ist genug globalverständliches Denkgewitter in den Texten vorhanden, das auch Münchenferne genießen können.«
Herbert Rosendorfer

»Eine der besten Federn, die in dieser Stadt Buchstaben zu Sätzen fügen.«
Applaus

»Amüsante Provokation.«
Abendzeitung